Le journal de Kialys

FSC
www.fsc.org
MIXTE
Papier issu
de sources
responsables
Paper from
responsible sources
FSC® C105338

Le journal de Kialys

Charlotte Deghilage

Roman science-fiction

Copyright © 2024, Charlotte Deghilage
ISBN : 978-2-3225-4289-5
Édition : BoD · Books on Demand, 31 avenue Saint-Rémy,
57600 Forbach, bod@bod.fr
Impression : Libri Plureos GmbH, Friedensallee 273,
22763 Hamburg (Allemagne)
Illustration : Charlotte Deghilage

Dépôt légal : Juillet 2024

Le Code de la propriété intellectuelle interdit les copies ou reproductions destinées à une utilisation collective. Toute représentation ou reproduction intégrale ou partielle faite par quelque procédé que ce soit, sans le consentement de l'auteur ou de ses ayants droit, est illicite et constitue une contrefaçon, aux termes des articles L.335-2 et suivants du Code de la propriété intellectuelle.

À Isabelle, ma maman adorée…

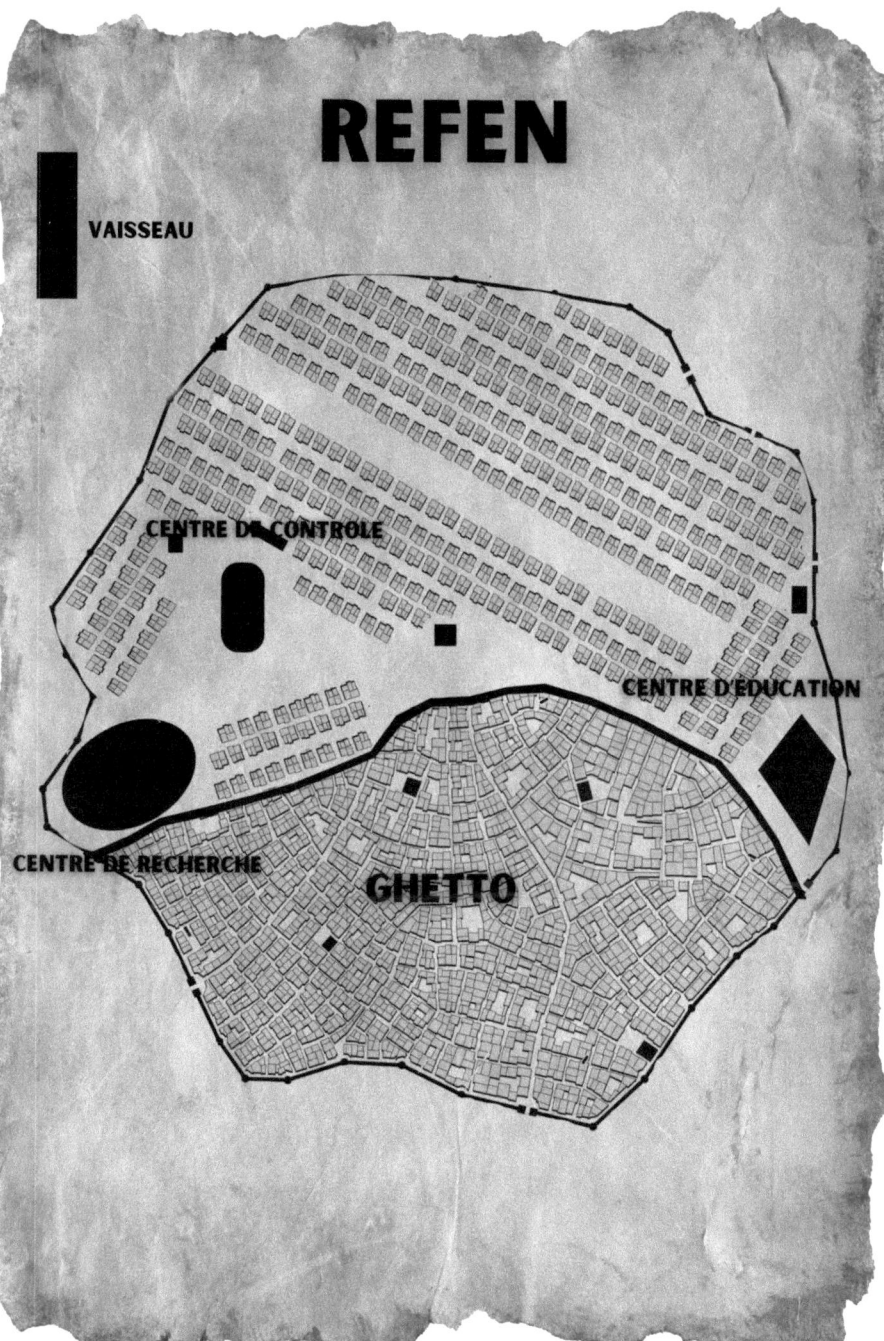

Chapitre 1

Le monde dans lequel je vis n'est pas si différent du vôtre. Il présente des divergences, bien sûr, mais cela s'applique principalement à la composition de la terre et de l'atmosphère. Sans vraiment savoir pourquoi, l'espèce intelligente dominante de ma planète est proche de vous, les humains. Mais nous ne sommes pas humains.

Là d'où je viens, il n'y a pas de couche d'ozone. La filtration des UV provenant de notre soleil ne se produit donc pas, ou très peu. C'est pourquoi l'une de nos caractéristiques est d'avoir développé, au fil de l'évolution, un système immunitaire contre ces rayons nocifs. Cela protège notre peau de la brûlure intense du soleil. Nos yeux sont aussi préservés naturellement à l'aide de ce procédé. J'ai appris, il y a peu, que c'est grâce à une protéine qu'on pourrait classifier comme étant un dérivé de la mélanine, bien que beaucoup plus puissante.

Par conséquent, notre peau est d'origine sombre, mais n'offre pas des nuances chocolat et caramel, comme chez vous. Il s'agit plutôt d'un genre de gris. La couleur de nos yeux s'en trouve aussi modifiée. Vous qui possédez de belles teintes bleues et vertes, nous n'avons pas cette chance.

Nos iris sont noirs, bien qu'il arrive, parfois, qu'un gène défaillant les fasse tirer vers une variante noisette.

Toute évolution renfermant ses faiblesses, certains enfants naissent plus clairs de peau. D'une tonalité rosée qui trahit une fragilité face aux rayons de notre soleil. Ils arborent des yeux verdâtres. Mais ceux-là ne vivent, la plupart du temps, que quelques jours. Parce qu'aucune protection contre les UV n'est nécessaire pour la majorité d'entre nous, les scientifiques n'ont pas approfondi leurs recherches afin de développer, comme chez vous, ce que vous appelez une crème solaire. Ces êtres se font donc brûler sans retour possible, et puisqu'il s'agit surtout de bébés, la mort s'ensuit.

De toute manière, la plupart des parents ayant un enfant défaillant ne souhaitent pas les garder en vie. Instinct de survie, peut-être. Je blâme depuis toujours ces comportements cruels et irraisonnés. En vain. Très peu partagent mon point de vue, c'est pourquoi l'équivalent du gouvernement n'a jamais rien accompli afin d'empêcher de tels actes de barbarie.

Certains parents vont même jusqu'à abandonner leur enfant, de nuit, au beau milieu de déserts de terres ténébreuses, préférant subir la douleur d'avoir tué leur progéniture imparfaite plutôt que d'endurer l'humiliation d'avoir engendré un – *je traduis l'expression avec vos mots* – Corbeau.

Certes, chez vous, les corbeaux ont un plumage noir. Ici, ce n'est pas le cas. Ces oiseaux sont blancs et leurs yeux vert luisant brillent dans la nuit. Ils sont albinos et se protègent de la lumière du jour, favorisant les voyages nocturnes. Ces animaux ne sont pas appréciés, chez nous. Je n'ai jamais pu en connaître la raison. Voilà pourquoi les enfants pâles sont surnommés ainsi.

Mais rassurez-vous, il existe encore quelques bonnes âmes sur mon monde. Et bien que la naissance de Corbeaux augmente depuis quelques années, certains parents ont fait le choix de s'opposer à tous et de conserver l'amour qu'ils possédaient pour leur petit dès la première heure de la conception. Évidemment, ces gens-là vivent reclus, souvent dans des zones pauvres, des ghettos, et principalement la nuit pour le bien de leur enfant. Il n'y en a pas beaucoup, mais des communautés de quelques personnes se créent dans certaines grandes villes, là où la dégénérescence de ce gène est la plus importante. Sans doute en raison des mariages au sein d'une même famille. Les nobles ne souhaitent pas le brassage génétique.

Chez moi, il n'est pas interdit d'épouser son cousin, voire son frère, ou sa sœur. C'est en fait plutôt conseillé. Les scientifiques ayant d'ailleurs soulevé les problèmes d'altération ont été sévèrement punis, pour avoir osé se lever contre notre éthique et nos mœurs. La plupart des gouvernements refusent de voir la vérité en face, alors ils ont le sang de milliers d'enfants sur les mains, chaque année.

Mais parfois, il arrive que des Corbeaux naissent alors que leurs parents ne font pas partie de la même famille. Ce sont ceux-là, les plus persécutés.

Comme chez vous, notre planète se divise en plusieurs continents, eux-mêmes disloqués en plusieurs pays, séparés par des océans. Nous avons tous une façon identique de vivre, bien que les langages changent la plupart du temps d'un état à l'autre.

Les civilisations différentes étaient source de problèmes et de guerres. Le gouvernement de chaque entité a donc décidé de les supprimer, souhaitant ainsi créer une culture commune au monde entier.

Autant vous dire qu'il n'y a pas beaucoup de variétés. Nous devons tous porter les mêmes vêtements, avec, tout de même, quelques nuances possibles. Chaque nation possède une couleur distincte en matière de textile. C'est pourquoi, lorsqu'on croise quelqu'un revêtant une teinte discernable de la nôtre, nous savons immédiatement qu'elle est étrangère et de quel pays elle vient.

Afin de limiter les risques de guerres, également, les règles de vie sont les mêmes chez tous. Quelques États s'autorisent encore quelques velléités, par exemple le Bohorc, qui permet à ses résidents de manger des sucreries et de boire de l'alcool. C'est extrêmement rare, ailleurs, et grâce à ces approbations, le Bohorc compte le plus grand nombre de vacanciers chaque année.

Je dois préciser aussi que lorsqu'on naît dans un pays, c'est pour la vie. Nous n'avons pas le droit de le quitter. Les citoyens doivent rester chez eux, à l'exception des congés. Enfin, sauf pour celui dans lequel je suis venue au monde. Le mien fait partie des plus sévères. Pas de sucreries, pas de graisses, pas d'alcools, pas de véhicules, pas de vacances hors des frontières.

Je n'ai jamais vu, en raison de ces restrictions, autre chose que ma ville. Une ville bien rangée, propre. Trop propre. Et jalousement gardée par un mur d'enceinte épais, afin d'empêcher toutes intrusions, comme toutes les autres cités. C'est d'ailleurs certainement la raison des mariages interfamiliaux. Mais quelque part, cette situation ne me pesait pas. Quelque chose que je ne connaissais pas ne pouvait pas me manquer.

Nous n'avons pas droit aux animaux non plus, puisqu'ils sont source de conflits au sein du voisinage. Nous ne mangeons jamais de viande, nulle part.

Seulement des fruits, des légumes, des écorces frites ou des graines. Cela nous permet aussi de surveiller notre poids, car il est interdit de dépasser la norme, sous peine de punitions – *cela créait, paraît-il, des rivalités également.* Je vis dans un monde de végétariens. Ils se refusent à abattre des animaux, mais tuent des enfants.

Ironique, non ?

Ça aurait pu être une société parfaite sans ce problème de dégénérescence. Mais ce n'est pas là le plus gros obstacle. C'est la surprotection, l'uniformité, le désir de n'avoir plus aucune différence, qui est la source de cet ennui et de cette cruauté.

« Souviens-toi de nos arrières, arrières, arrières-grands-parents, éreintés par la guerre causée par tous ces problèmes. Ils se sont battus par le passé, pour que leurs descendants puissent aspirer à une vie meilleure. On doit perpétuer leurs combats et leurs mémoires, et respecter la chance qu'ils t'ont offerte. »

Oui. Cela fait deux cents ans que cette fausse utopie, effrayante de perfection, a été mise en place. Même si les Corbeaux, eux, ont toujours subi une discrimination quelconque et que leur exclusion soit née bien avant. Tous semblent penser que pour atteindre et conserver la pureté absolue, des sacrifices sont nécessaires. Il n'y a pas si longtemps, je ne connaissais pas votre existence.

Je m'appelle Kialys et j'ai seize ans. Je viens de Nerca, dans l'hémisphère nord de Ténarus, là où le climat est frais malgré le ciel souvent dégagé.

Le monde dans lequel je vis n'est pas si différent du vôtre. Il présente des divergences, bien sûr, mais cela ne semble déranger que moi. Le vice de la perfection et son obsession nous rongent tous, jour après jour. Sans que jamais personne ne s'en rende compte. Jusqu'à maintenant. Mais depuis quelques semaines, mon existence et ma perception du monde ont changé.

Dans l'obscurité du désert avide de nous avaler, je me retournai vers Ného et le priai de ne pas faire de bruit. Si l'on nous attrapait ici, c'était sûr, nous serions punis pour au moins trois semaines. Il me lança un sourire suffisant, l'air de dire que c'était moi qui marchais lourdement, mais allégea tout de même ses mouvements.

Nous avions passé les remparts de la ville de Refen, là où, normalement, aucun franchissement n'était permis après vingt heures. Et il était… aux alentours de vingt-deux heures. Bien sûr, nous étions sur le chemin du retour, sans quoi nous aurions suscité la suspicion de nos parents et des agents de couvre-feu qui vérifiaient chaque jour que les citoyens dormaient. Des capteurs thermiques inspectaient toutes les nuits la présence de nos corps dans les lits, en numérisant le matelas et analysant la chaleur de celui-ci.

Si jamais l'un des scanners venait à ne rien trouver, les capteurs thermiques de l'ensemble de l'habitation se mettaient en route à leur tour. La maison savait combien de personnes elle abritait et transmettait toutes les anomalies numériques qu'elle relevait. Il était alors impossible d'échapper à la visite des agents de couvre-feu.

C'était pourquoi je rappelai une fois de plus à mon ami que je devais me dépêcher. Oui. Moi, seulement.

Ného n'était pas concerné par toute cette agitation. Il n'y avait pas de capteurs chez lui, ni même pour les incendies ou les cambriolages. Ma maison était intelligente, mais la sienne était un simple taudis. Un trou miteux perdu au milieu du ghetto de Refen. Parce que Ného était un Corbeau, et que ses parents avaient choisi de le garder. Même imparfait.

Il était donc inutile, au milieu du ghetto, d'installer ce genre de dispositif. Qui se souciait de la vie des gros, des Corbeaux ou de leurs proches ? Qui se souciait de la vie des maigres, des malades atteints d'un mal incurable ou des aliénés mentaux ? Personne, de toute évidence.

Et si un crime était commis par l'un des indésirables, il était directement retrouvé, grâce à ses empreintes rétiniennes. La ville entière possédait un système de sécurité impeccable. Peut-être trop, même. Mais Ného trouvait toujours le moyen de désactiver les capteurs et les caméras du mur d'enceinte, à l'endroit où l'on voulait le surmonter. Je ne savais pas comment il faisait, mais c'était amusant.

Moi, j'aimais bien errer dans les rues du ghetto. Généralement, une fille telle que moi n'avait pas la permission d'y entrer. Mais, grâce à Ného, j'empruntais sans difficulté les portes défendues par les gros musclés, afin de ne laisser pénétrer aucun Normal – *c'est une insulte* – et pouvais ainsi m'engouffrer derrière la paroi d'anthracite qui séparait la ville bourgeoise de ce quartier malfamé.

Ného et moi, nous nous étions rencontrés lorsqu'on était enfants. J'étais au supermarché durant le soleil couchant, avec ma mère.

Elle payait nos courses en passant le doigt dans le capteur d'empreintes digitales, les siennes étant directement liées à son compte. Un garçon m'avait brusquement proposé de lui garder du pain, en attendant qu'il puisse quitter le magasin sans régler. J'avais jeté un coup d'œil à l'agent de sécurité, qui le surveillait d'un regard mauvais, et j'avais glissé la provision sous mon T-shirt.

Qui se serait méfié d'une enfant de sept ans, de famille tout à fait honorable ? Personne. Même lorsque le portillon s'était mis à vibrer en crachant sa sonnerie criarde et ses gyrophares rouges, personne ne s'était posé de questions. L'agent de sécurité s'était confondu en excuses auprès de ma mère sans vérifier que je ne cachais rien dans mes poches, l'implorant de lui pardonner une telle offense due à un portail défectueux. Ného avait, bien entendu, tout vu. Il avait été incapable de me remercier tant il était subjugué quand je lui avais discrètement rendu sa marchandise. Depuis ce jour, nous découvrions sans relâche le moyen de nous retrouver, malgré la réticence prononcée de mes parents.

Peut-être que, au fond de moi, j'avais toujours eu une âme de rebelle. Je trouvais ça honteux de ne pas distribuer de nourriture dans le ghetto. Là-bas, ils n'avaient pas de liquidités et ne pouvaient pas s'offrir de quoi vivre correctement.

C'était pour cette raison qu'ils volaient ou qu'ils commettaient des crimes.

— Et après tu diras que c'est moi qui traîne ? me lança Ného, me tirant de mes rêveries. Ne te plains pas...

Je soupirai devant le désert de sable noir qui réfléchissait l'éclat argenté des étoiles. La terre sombre de ma région venait de l'ancien crache-feu – *quel est le mot, déjà ? Ah oui ! –*, volcan dont on apercevait encore le sommet somnolent et arrondi.

Ného était au pied du mur d'enceinte, prêt à le grimper.

— Je n'ai pas envie de retourner chez moi, lui expliquai-je alors qu'il cherchait des prises sur la paroi. J'aime bien, moi, être ici.

— Peut-être, me répondit-il en se hissant. Mais je ne crois pas que tes parents apprécieraient de voir des agents de couvre-feu débarquer chez toi.

— Ah! tiens? rétorquai-je, étonnée. C'est toi qui me fais la morale, maintenant?

Il cessa de grimper pendant une seconde pour me jeter un œil par-dessus son épaule. Comme il n'était pas très haut, il me tendit la main afin de m'aider à le suivre. Je décroisai les bras et glissai mes doigts entre les siens.

— Comprends-moi, aussi, ai-je ajouté avant d'agripper la première prise. La journée, on ne peut jamais se voir, à cause de…

Il me hissa de toutes ses forces et esquissa une grimace d'agacement en m'imaginant l'appeler Corbeau.

— Bref, continuai-je. Et la nuit, on ne peut pas non plus, parce que c'est moi qui suis retenue. Parfois, j'aimerais bien être comme toi.

Ného ne répondit rien, mais me fit signe de m'empresser de grimper. Sans vraiment comprendre son irritation, je m'exécutai, même s'il m'avait lâché la main. Je le dépassai, et il poursuivit son ascension derrière moi, comme pour me rattraper si jamais je glissais.

Nous faisions ce genre d'escalade chaque jour. Ou plutôt chaque nuit. Nous nous retrouvions chaque soir vers dix-huit heures. Du moins, à ce moment-là, parce que la période le permettait. Mais lorsque la saison était chaude, le soleil se couchait à vingt-deux heures. Nous ne pouvions donc passer que quelques minutes ensemble.

Et mes parents, conservateurs invétérés, m'obligeaient parfois à rester cloîtrée dans ma chambre, de peur que je n'aille le rejoindre encore. Pourtant, malgré ces moments rares partagés tous les deux, il était mon meilleur ami.

D'inattention, mon pied glissa brusquement sur la roche métallique, m'arrachant une de mes chaussures. Ného me rattrapa nerveusement, laissant mon soulier tomber. Nous avions déjà bien avancé et le sol se trouvait à plus de dix mètres en contrebas.

— C'est malin, dit-il en me forçant à continuer de grimper. Maintenant que tu es déchaussée d'un pied, tu paraîtras coupable.

— De toute façon, rétorquai-je, pour ma mère, je suis toujours coupable.

Il lâcha un petit rire devant mon entêtement, tandis que j'agrippais le haut du mur. Ma chaussure ne me manqua pas. La paroi avait beau être en pierre, sa surface n'était pas si rugueuse, comparée au sable qui recouvrait la vallée. Avec aisance, en raison de nos escapades journalières, et donc de mes bonnes conditions physiques, je me hissai au sommet de l'enceinte et m'y assis. Je lançai un regard victorieux à Ného, fière d'avoir une nouvelle fois escaladé le mur sans heurts, ou presque. Il soupira d'agacement en gravissant les derniers centimètres qui nous séparaient et me rejoignit sur notre trône. Celui que nous conquérions tous les soirs, celui de la liberté.

Durant quelques instants, nous restâmes à observer le paysage. C'était si beau, qu'il m'était difficile d'y trouver des défauts. De cet endroit privilégié, la vue était imprenable.

Les arbres secs, aux troncs clairs, noués et aux feuilles d'un vert un peu gris – *je pense que, pour vous, les arbres les plus proches sont les oliviers* – avaient l'air de s'incliner devant nous, rois de notre indépendance, rois de la nuit. Même les roches noires et volcaniques paraissaient nous guetter avec envie, jalousant nos pieds qui nous permettaient encore d'enfreindre les règles, alors qu'elles-mêmes n'avaient d'autres choix que de rester plantées ici.

J'échangeai un sourire complice avec Ného. Je me perdis un moment dans ses yeux verts, baignés de la lueur de notre ~~astrilla~~ lune – *il me semble que c'est de cette manière que cela s'appelle, chez vous*.

Heureusement, les rayons du soleil que ce satellite reflétait n'étaient pas dangereux. Seule la lumière s'y réfléchissait, dépourvue des rayons UV du soleil, en partie grâce à l'atmosphère qui enveloppait notre lune. Elle possédait une soi-disant barrière de protection autour d'elle, que nous n'aurions pas sur Ténarus – *je sais maintenant qu'il s'agit de la couche d'ozone*. Si elle reflétait quelques-uns de ces rayons nocifs pour les Corbeaux, Ného et les autres n'en étaient pas affectés. Et heureusement, sinon ils seraient contraints de ne jamais sortir de chez eux, à moins que d'épais nuages ne masquent le ciel durant la nuit.

Profitant de cet air frais et de la vue qui s'offrait à nous, je secouai la tête en arrière pour dégager mes cheveux. Ceux-ci étaient noirs – *à la base*. Aucune autre couleur n'était permise. Il existait bien un moyen de les rendre plus dorés, ou plus cuivrés, mais cela impliquait de vivre dans le ghetto, là où les règlements n'effrayaient aucun habitant. J'enviais Ného et ses amis, qui avaient les cheveux châtains. Les miens, je les trouvais ternes, fades.

Et des cheveux noirs sur un teint gris, ce n'était pas vraiment ce qu'il y avait de mieux.

Mon ami me tapota la main, pour me rappeler que nous devions rentrer. J'esquissai une moue boudeuse et m'apprêtais à me retourner, lorsqu'il m'arrêta en plein élan.

— Qu'y a-t-il ?

Comme il regardait le ciel, j'en fis de même.

Là, mon souffle se coupa. Au milieu des scintillements des étoiles, des millions de points brillants – *maintenant, le mot « lucioles » me vient à l'esprit pour les comparer* – une traînée de lumière traversait le ciel. Mais qu'est-ce que c'était ? Je n'avais jamais rien vu de tel. *Et j'aurais préféré ne jamais le voir...* C'était comme une flèche rayonnante qui scindait la voûte céleste sans pitié, lui arrachant ses étoiles et les dispersant dans l'atmosphère avant qu'elles n'atteignent le sol. L'idée que le scintillement des pierres du paysage sous nos pieds puisse être dû à ce genre de phénomène me laissa rêveuse.

Mais peu à peu, l'admiration fit place à l'angoisse. Dans la ville, nous ne voyions jamais les constellations, en raison des lumières incessantes qui éclairaient les rues. Peut-être que ce phénomène était normal ? Non. Depuis le temps que je passais des nuits dehors... à heure raisonnable, peut-être, mais tout de même !

— C'est dangereux ? demandai-je à Ného.

— Je n'en sais rien, répondit-il d'une voix qui paraissait endormie tant il était absorbé. Mais c'est superbe.

Oui. C'était beau. La flèche de lumière changea de direction, et semblait à présent plonger vers le sol. Droit vers nous.

— Ného... murmurai-je, pressentant la menace.

Comme il ne me répliquait pas, je lui donnai un coup de coude, sans quitter l'aiguille embrasée des yeux pour autant.

— Ného ! réitérai-je, plus fort. Ça vient vers nous !

Comme s'il sortait d'un sommeil prolongé, il cilla et s'intéressa à moi.

— Quoi ?

Soupir d'exaspération.

— J'étais en train de te faire remarquer que ça tombait vers nous, lâchai-je, lassée de devoir toujours me répéter. Alors, je ne sais pas ce que tu en penses, mais moi, je m'en vais.

Au moment même où je prononçai ces derniers mots, j'aperçus, du coin de l'œil, une lueur aveuglante et rougeoyante. Avant que je n'aie pu comprendre ce qui se produisait, un bruit sourd retentit, suivi d'un puissant ébranlement qui fit vibrer le mur pourtant épais d'au moins un mètre. Un souffle brûlant s'éleva vers nous, nous obligeant à baisser la tête et fermer les paupières, nous forçant à nous accrocher fermement à ce mur mouvant afin de ne pas réaliser une chute fatale.

Tout cessa, et une désagréable odeur de soufre et de roussi embrassa l'air. Haletante, mes cheveux encore effleurés par ce vent acide, j'amoindris ma garde et osai jeter un regard à la chose. Ného m'imita, risquant de découvrir ce qui venait de tomber du ciel.

De là où nous étions, difficile de dire de quoi il s'agissait. Mais cela ressemblait à un amas de métal fumant et immobile.

Cette… chose s'était écrasée au beau milieu de notre vallée, à seulement quelques centaines de mètres de nous. Mon premier réflexe fut de vérifier que Ného n'avait pas été irrité. Moi, je craignais moins les brûlures. Je fus rassurée lorsque je n'aperçus que de très légères rougeurs. J'en fus soulagée.

À une telle distance, nous aurions pu être brûlés vifs.

Mais non, nous allions bien.

Une tranchée boursouflée et ciselée s'était creusée dans le sable grossier et noir, comme l'aurait été une peau coupée par un outil aiguisé. Je ne m'étais jamais blessée, mais j'avais déjà vu des cicatrices de ce genre sur Neho. Les quelques arbres qui s'étaient, par malheur, trouvés sur le chemin de l'objet avaient été arrachés, brûlés. Quant à l'engin en lui-même, il était… intrigant. Sa forme était plutôt ovale. En raison de ses griffures et des apparents dégâts, j'aurais été, en réalité, incapable de retrouver son aspect d'origine. Il semblait fait de métal, et la tôle s'était d'ailleurs froissée de manière importante, comme s'il s'agissait de papier. L'appareil était déchiré en deux au niveau du toit.

Des traces fumantes de l'accident s'en échappaient, propageant tout autour un brouillard épais et puant. Je ne savais pas qu'elle était cette senteur, mais elle était désagréable. *C'était l'odeur de gaz et de fioul mêlés.* Peut-être était-ce un véhicule ? Moi qui n'en avais jamais vu, comment aurais-je pu faire une comparaison ?

D'autant plus que le choc de l'impact et son origine m'indiquaient que son altitude était supérieure à celle des véhicules de mon monde. Et à cette heure-ci ? Non, j'en étais certaine. Ce truc ne provenait pas d'ici.

Mais qu'était-ce, alors ? Pourquoi ne parvenais-je pas à me convaincre que la fumée épaisse qui s'en échappait aurait déjà dû me dissuader de vouloir en savoir plus ?

Dans un sursaut, comme si je comprenais que quelque chose de très important venait d'arriver, je me retournai vers Neho et lui agrippai le bras avec force.

Avant même que je n'ouvre la bouche, ses lèvres se pincèrent et il secoua la tête.

— Oh non ! réfuta-t-il. Non. Ce n'est pas la peine d'y penser.

Décidément, il me connaissait par cœur…

— Oh allez ! l'implorai-je, tentant de ne pas perdre l'équilibre. Tu imagines, si nous sommes les premiers à découvrir quelque chose de merveilleux ! Nous deviendrons célèbres, et on pourra effectuer des recherches pour que les Corb… pour que toi et les autres puissiez vivre en plein jour !

Il me lança un regard de reproche lorsque je prononçai, presque, le mot Corbeau. Je savais qu'il n'aimait pas ce mot, mais malgré moi, il sortait toujours plus vite de ma bouche que la pensée qui le refrénait.

— Ne rêve pas ! me répondit-il avec rancœur. Tu es bien trop naïve. Toi tu deviendras célèbre, moi, on m'enverra aux oubliettes pour avoir été là où je n'aurais pas dû être, avec quelqu'un que je ne suis pas censé connaître !

Je pris un air blasé. Ce qu'il pouvait m'énerver ! Le monde n'était peut-être pas gentil, mais il exagérait sûrement !

— Ne joue pas les rabat-joie, lui répondis-je. Pour une fois qu'il se passe quelque chose, il faut que tu me rappelles que je ne suis pas supposée être ici. Qu'est-ce que tu cherches, à la fin ? Tu ne veux plus me voir, c'est ça ?

Je savais qu'il n'en était rien, mais la provocation était toujours l'unique moyen dont je disposais pour le faire céder. Pourtant, il garda le silence, fixant le véhicule qui continuait de fumer abondamment, sifflant à la libération de cet air sous pression.

Devant sa passivité, je grommelai.

— Très bien, ajoutai-je en m'engageant à nouveau sur le mur. J'y vais toute seule, dans ce cas.

Il m'observa glisser doucement sur la paroi, jusqu'au sol noir, amusé par mon incroyable confiance en moi néanmoins fictive. Si l'ascension pouvait s'avérer malaisée, la descente, elle, était un vrai jeu d'enfant. Et au sens littéral. Il suffisait de se laisser déraper, comme sur un ~~glissoir~~ toboggan – *d'après ce que je sais*. D'ici, Ného n'était qu'un point sur le mur, et j'imaginais que moi aussi, je devais lui paraître minuscule.

— Allez, Kialys, cria-t-il pour que je l'entende. Reviens, ne fais pas l'idiote ! Qu'est-ce que tu comptes faire, une fois là-bas ?

En fouillant les environs, je remarquai mon soulier tombé un peu plus tôt et relevai la tête en triomphant.

— Mais quoi ? dis-je en me penchant afin de la ramasser. Je récupère ma chaussure !

Je savais très bien qu'il avait compris ma feinte, mais le taquiner me fit jubiler. J'enfilai mon soulier, tentant de ne pas perdre l'équilibre, et le frottai rapidement afin d'en retirer la saleté que l'explosion de l'engin y avait placée. Ça ne partait pas. Tant pis, je n'aurais qu'à dire à mes parents que j'avais reçu la fumée crasseuse de l'une des bouches d'aération d'un restaurant, en bordure du ghetto. Je retrouvai ma stabilité, ravie d'avoir récupéré ma chaussure, et pivotai à nouveau vers Ného.

Ainsi donc, il ne me croyait pas capable d'aller découvrir toute seule ce véhicule mystérieux ? Contrariée, je tournai les talons et fis face à la carcasse de métal.

— Oh ! dis-je avec un ton exagérément théâtral. Tu as vu ? Comme c'est étrange... mais comment est-ce arrivé là ?

Un sourire malicieux pendu aux lèvres, je jetai un nouveau coup d'œil à Ného. D'ici, il était trop loin pour que je puisse saisir sa réaction, mais je la devinai aisément. Je l'exaspérais. Peu importait. J'avançai de quelques pas, tout en comptant dans ma tête.

Trois, deux, un... Le bruit des cailloux noirs qui s'entrechoquèrent sous le poids de mon ami résonna jusqu'à moi. Gagné ! Un sourire plus fier encore éclaira mon visage. Ného avait beau me raisonner, il me savait entêtée. Et à chaque fois, c'était lui qui cédait. De temps en temps, je me demandais si c'était lui qui trouvait toujours le moyen de me faire désobéir, ou bien si c'était moi qui le convainquais de faire des idioties. Je ris intérieurement à cette pensée et me retournai vers lui, les mains croisées dans le dos.

— J'ai gagné ! lançai-je fièrement. Tu es un esprit faible.

Il balaya mes paroles d'un geste de la main en ronchonnant, mais l'assurance que je tentais d'appliquer à mes traits ne voulait décidément pas disparaître. Il avança vers moi d'un pas crispé, les poings serrés.

— Je suis venu simplement pour que tu ne te blesses pas, encore, par maladresse.

Je haussai les épaules pour éloigner ses mots amers, et me retournai vers le véhicule. Et malgré tout l'aplomb dont je souhaitais faire preuve, je ressentis de l'angoisse. D'un certain côté, Ného avait raison de se méfier. Qui savait ce que pouvait cacher cette étrange chose ? Était-il trop tard pour opérer un demi-tour ?

Je tentai de me persuader que je ne cherchais pas à impressionner mon ami. Sans succès. Ného se plaça derrière moi lorsqu'il remarqua mon hésitation.

— Aurais-tu peur à présent, fillette ? me souffla-t-il à l'oreille.

Cela suffit à me convaincre de poursuivre l'aventure. Indignée, je le repoussai violemment et courus vers la chose. Ce fut là que je me rendis compte que nous n'avions pas eu conscience de sa taille, depuis le haut du mur. Plus je m'en approchais, plus il devenait impressionnant. Je trouvai soudain que j'avançais trop vite et ralentis l'allure. Ného me dépassa comme une flèche, tandis que je m'arrêtais, bouche bée.

Le véhicule égalait la hauteur de la paroi. Quant à sa longueur, malgré un tel accident, elle restait grande. Trop grande. Ného se retourna vers moi et leva les deux bras, l'air de me demander ce que j'attendais pour le suivre, puisque c'était mon idée. Je déglutis difficilement et repris mon avancée. D'un pas plus lent, cependant. C'était facile, pour lui. Il n'avait jamais peur de rien. Ného n'avait pas à faire semblant d'être une tête brûlée. Pas comme moi.

En m'approchant un peu plus, une inscription qui avait résisté au choc de l'explosion demeurait sur la carcasse plissée. Mon ami l'inspectait déjà lorsque je le rejoignis.

— Qu'est-ce que c'est ?

— Je ne sais pas… répondit-il en se frottant le menton. Tu connais cette langue, toi ? À quel pays peut bien appartenir ce véhicule ? Je n'en ai jamais vu de semblables.

Oui, au ghetto, des images et dessins circulaient illégalement, et illustraient ce que notre État nous refusait d'expérimenter. Les représentations de véhicules en faisaient partie. Mais Ného n'avait jamais accepté de m'en montrer une. Il disait que ça pourrait me mettre en danger.

Je redirigeai mon attention vers le symbole.

L'ensemble de l'appareil semblait blanc, bien que la lune ait pu me donner l'illusion d'une pâleur. L'inscription que l'on tentait de comprendre avec Neho était le seul élément qui tranchait avec ce blanc presque parfait. Il y avait une sorte de sphère bleue, à l'intérieur de laquelle se détachait ce qui ressemblait à des caractères. « NASA ». Curieux. Je ne savais absolument pas ce que ça pouvait représenter, ou bien ce que ça voulait dire. Un peu plus loin, il y avait encore des symboles similaires, qui, eux, paraissaient former un tout. « United Sta ». Il me semblait que la fin du deuxième ensemble était arrachée.

— Je pense que c'est une forme de langage, décrétai-je.

— Sans blague ? rétorqua-t-il d'un air las. Tu es vraiment un petit génie, tu sais.

Je grognai d'agacement et portai ma main à mon menton, comme il le faisait toujours.

— Tu sais, dis-je d'une voix grave, pour l'imiter. Je crois que ce véhicule s'est simplement égaré et qu'il provient d'un pays lointain, ce qui explique l'altitude à laquelle il se trouvait.

— N'importe quoi ! Déjà, je ne parle pas comme ça, et en plus… je suis perplexe. Je présume que ça ne vient pas d'ici.

Je me figeai et laissai progressivement tomber ma main, comme si, cette fois, je le prenais vraiment au sérieux.

— Qu'est-ce que tu veux dire ? lui demandai-je, un mélange d'excitation et de frayeur teintant ma voix.

Il se perdit un instant dans ses réflexions. Là, c'était sûr, il était sérieux. Neho était bien plus cultivé que moi, en raison des restrictions qu'il ne subissait pas. Il n'était pas victime de la rétention d'informations, lui. Du coup, lorsqu'il affirmait quelque chose, je ne pouvais que le croire.

Mais j'en serais certainement venue à la même conclusion toute seule. N'est-ce pas ?

— J'n'en sais rien, déclara-t-il après un instant, sentant la pression s'accentuer en moi. Je ne veux pas m'avancer. Peut-être qu'en allant voir à l'intérieur, on pourrait se faire une idée plus précise ?

Je déglutis avec difficulté. Peut-être le pourrait-on, en effet. Mais était-ce une bonne proposition ?

Oh, et puis, après tout ! Pour une fois que je vivais autre chose que cette vie morne et sans débordement ! Je pris une grande respiration et bloquai mon souffle une fois que mes poumons furent remplis au maximum.

— OK, lâchai-je.

Là, enfin, j'expirai, soulageant ma cage thoracique douloureuse. Négo arborait un sourire espiègle sur les lèvres. Immédiatement après, il inspecta la coque de l'appareil, à la recherche d'une brèche susceptible de nous laisser entrer.

— Négo, l'interpellai-je d'un air amusé. Je ne sais pas ce que tu cherches, hein, je ne dis pas que tu es nul, mais l'avant du véhicule est totalement déchiré...

— Je n'y avais pas pensé, avoua-t-il ironiquement. Heureusement que tu es là !

— Que cherches-tu, dans ce cas ? m'étonnai-je.

— Rien qui pourrait t'intéresser...

À ces mots, il attrapa un morceau de ferraille de la taille de son bras, qui dépassait des débris. Il tira dessus de toutes ses forces, la tordant, et l'écharde métallique finit par céder. Il fallait dire, aussi, qu'elle ne tenait plus à grand-chose. Comprenant qu'il cherchait une arme afin de se défendre, je baissai les épaules.

— Crois-tu vraiment qu'on aura besoin de ça ? soupirai-je.

— Je n'en sais rien, répondit-il. Mais mieux vaut être prudents.

Il pinça ses lèvres, comme s'il était persuadé qu'on en aurait effectivement besoin, et s'avança vers l'avant de la carcasse. Je pris une profonde inspiration et le suivis.

Comment pouvais-je être si inconsciente ? Ne réalisais-je pas les dangers que je pourrais encourir ? Ne réalisais-je pas qu'il devait bientôt être l'heure du scan, et que les agents de couvre-feu viendraient chez moi ?

Je serais alors fermement punie par mes parents, voire par le centre de contrôle. Et je pourrais peut-être même ne jamais revoir Ného. Peut-être serait-il sanctionné, lui aussi ? Je chassai cette idée de ma tête. Que pouvait-il bien y avoir dans cette épave ? Pourquoi avait-elle atterri si brutalement ? Pourquoi personne ne l'avait-elle guidée, afin de lui éviter le pire ? Et surtout, d'où venait-elle… ?

Mais puisque mon ami ne semblait pas s'occuper de mes soupirs plaintifs, je le rejoignis malgré tout, presque sans réfléchir, sans vraiment savoir pourquoi mes pieds se plaçaient successivement l'un devant l'autre. J'aurais encore pu opérer un demi-tour, mais je ne pouvais tout de même pas abandonner Ného, si ? Non. Bien sûr que non.

Et peut-être qu'au fond de moi, je savais qu'il était déjà trop tard.

Chapitre 3

Négo me conseilla de me baisser afin de ne pas me blesser avec les débris de métal tranchants. Devant moi, il avançait dans la carcasse sans vraiment savoir où aller, malgré son pas confiant. Les dents de l'appareil semblaient prêtes à nous dévorer, brillantes lorsque le rayonnement de la lune s'y réfléchissait. Je tentai d'ignorer que ce véhicule ressemblait à l'extrême à un monstre affamé, et attrapai le pull-over de Négo pour ne pas me perdre. En même temps, j'aurais difficilement pu m'égarer, mais juste au cas où, mieux valait être prudente.

Une lueur rougeâtre scintilla soudain au-dessus de nos têtes, au moment où nous quittions la partie la plus abîmée de l'épave. Il fallait faire attention, puisque des morceaux de métal étaient encore brûlants. Je m'étais, d'ailleurs, éraflé le bras avec l'un d'entre eux.

Au rythme du clignotement lent de la lumière écarlate et diffuse, nous découvrions l'antre du véhicule. Ce n'était pas chaleureux. C'était froid et très mal rangé. Mais sans doute le crash était-il responsable du désordre. J'ignorai donc ce détail, tandis que Négo s'amusait déjà à chercher dans les moindres recoins ce qui pourrait lui rapporter suffisamment d'argent au marché noir.

L'endroit où nous nous trouvions était une pièce, pas si vaste en comparaison de la taille du vaisseau, dans laquelle s'agglutinaient des tas d'instruments que je n'avais jamais vus. Il y avait, là, un genre de boîte rectangulaire, plutôt épaisse, composé de ce qui semblait être des touches. Sur la partie supérieure de l'objet, un cercle d'une matière différente, en métal, se détachait. C'était amusant, on aurait dit des yeux de ~~ceshou~~ *mouches*, ces insectes qui vivaient dans les régions humides et chaudes, la plupart du temps.

Ného haussa les épaules et me fit remarquer qu'un fil en sortait avant de reporter son attention sur autre chose.

À cause de la fumée, je ne pouvais pas découvrir facilement où menait ce fil. J'attrapai donc le cordon épais et entortillé sur lui-même et en suivis la direction dans le brouillard. Derrière moi, Ného tenait ce qui ressemblait à un cahier. Mais ça ne m'intéressait pas. J'en voyais tous les jours, au centre d'éducation. Lui n'y avait pas le droit d'entrée.

Je sentis que j'arrivais au bout du chemin, et me préparai à toucher quelque chose en tendant les doigts devant moi. Au contact brûlant d'un métal, je sursautai et secouai sans ménagement ma main, la douleur m'arrachant un cri. Afin de ne plus ressentir cette brûlure qui s'enfonçait dans ma peau comme des aiguilles, toujours plus profondément, je reportai mon attention sur autre chose. Je lâchai le fil et éloignai la fumée en soufflant. Quelques lumières clignotaient frénétiquement, comme si elles avaient encore l'espoir de servir à quelque chose.

— Kialys ? appela Ného.

— Je suis là ! lui répondis-je distraitement, les yeux rivés sur ce que je pourrais comparer à un écran de contrôle.

J'entendis mon ami grogner en guise d'acquiescement, et un grand brouhaha résonna. Sans doute fouillait-il les décombres.

C'était amusant, parce que les lueurs ne semblaient pas s'allumer au hasard. Le sourire aux lèvres, je me décalai doucement vers la droite, cherchant ce que cet écran de boutons lumineux pouvait m'offrir d'autre. Mais, après quelques pas, ma hanche heurta quelque chose. Je lâchai un hoquet de surprise avant de me rendre compte que ce n'était qu'un siège. Soulagée, je me moquai de moi-même et de ma peur incorrigible, et entrepris de mieux analyser le fauteuil. Presque légèrement, je frôlai mes doigts sur ce matériau que je ne connaissais pas. C'était... étrange. Cela semblait lisse, mais on sentait au toucher quelques irrégularités, bien que le contact ne soit pas désagréable. *C'était du cuir.* Cette substance bizarre était, visiblement, de couleur noire, même si je n'en étais pas persuadée.

En me déplaçant vaguement devant l'assise, je remarquai un lambeau de tissus. Curieuse, je me penchai et le frôlai du bout des doigts, tandis qu'un nouveau vacarme retentissait.

— Fais donc un peu moins de bruit, Négo ! lui reprochai-je.

Sans même attendre sa réponse, je repris mon expédition. Je n'avais jamais vu de véhicule auparavant, alors j'ignorais à quoi pouvaient bien servir ces tissus déchirés solidement cousus au siège. En haussant les épaules, j'abandonnai ma tentative de compréhension et me retournai.

Alors que je m'apprêtais à avancer, je trébuchai sur quelque chose, et avant que je ne puisse me rattraper, je tombai violemment sur le sol encore chaud et puant. Dans une plainte, je me rendis compte que mon genou gauche avait subi tout le choc, et une douleur lancinante y naquit.

— Je vais bien, lançai-je en pressentant la question lourde de raillerie de Ného.

Mais il ne répondit pas, et j'entendis des bruissements pas loin de moi. Je ne le voyais plus en raison de la fumée, mais je savais au moins qu'il était là.

Dans un soupir d'agacement devant son silence, je me retournai sur ce qui m'avait fait trébucher. Il y avait ce que je dirais être des jambes. Mais elles semblaient être enveloppées dans une sorte de coque de protection épaisse et sale, déchirée à certains endroits. Des lanières en tissus comme celles que j'avais observées plus tôt maintenaient solidement ses deux pieds. Les chaussures étaient aussi blanches, et paraissaient imposantes. À moins que ce ne soient les pieds de ce spécimen qui étaient particulièrement gros.

Avant même de me rendre compte qu'il pouvait s'agir d'un être différent d'un homme de notre planète, je cherchai Ného, en vain, et toussotai en raison de la fumée.

— Tu vois que ce véhicule vient d'un autre pays, dis-je à l'adresse du rideau livide qui me séparait de mon ami. Il y a quelqu'un, ici.

— Ah bon ?

J'avais ressenti la curiosité dans la voix de Ného, et entendis des pas arriver vers moi. J'aperçus sa silhouette apparaître peu à peu au milieu du brouillard, pour finalement se détacher tout à fait. Il eut un rictus en me découvrant couchée sur le sol, devinant que je m'étais, encore une fois, cassé la figure. Il regarda furtivement le corps immobile, perplexe.

— Tu crois qu'il est mort ? lui demandai-je en m'accroupissant.

— Je ne sais pas, me répondit-il.

Il promena ses yeux sur le cadavre et remonta vers l'endroit où devait se trouver la tête. Là, il eut un sursaut. Inquiète, je lui attrapai le bras afin de me hisser jusqu'à lui et aperçus enfin ce qui l'avait étonné.

Le visage était semblable à l'espèce qui peuplait notre planète, mais quelque chose de vraiment étrange nous… effrayait, peut-être. En tout cas, il semblait bel et bien mort.

— Pourquoi est-ce un Corbeau ? hoquetai-je avec incompréhension.

Ného ne répliqua pas lorsque j'employai ce mot. Lui aussi savait que, normalement, aucun Corbeau, dans aucun pays, ne pouvait conduire un véhicule. D'autant plus que ce Corbeau était blond. C'était très étrange. Était-ce sa couleur naturelle ?

— Peut-être que l'un des États a assoupli ses règles, et que les Corbeaux sont maintenant égaux aux Normaux ?

— Ah ! ricana-t-il devant mon innocence. Tu vois que tu es naïve. Ce genre de scénario n'arrivera jamais.

— Peut-être, mais moi, j'essaye de comprendre ! rétorquai-je, vexée.

Je me levai. Le corps de ce Corbeau était éreinté, blessé. Il était sale, aussi, et on pouvait remarquer des brûlures récentes sur ses joues.

Bref, c'était quelqu'un de chez nous, donc…

Déçue, je me détournai, laissant Ného à ses observations, et vagabondai dans le véhicule. Mes pas résonnaient parfois dans un grincement sordide, et, dans ces moments-là, je m'empressais de me décaler, de peur de passer au travers du plancher.

Je tombai finalement devant une espèce de cuve géante. Peut-être était-ce une réserve d'eau ?

Je me rapprochai avec légèreté, maintenant que je savais que tout danger était éloigné, et effleurai la citerne du bout des doigts.

C'était curieux qu'elle ait résisté au choc. Normalement, elle aurait dû être complètement en lambeaux. Je découvris, sur le côté du réservoir, un bouton qui semblait protégé par une petite cloche carrée mais vide, dans un matériau translucide. *Chez moi, le verre et le plastique n'existent plus. Nous n'avons d'ailleurs pas de fenêtres.* On voyait cependant que cette matière avait… fondu, à cause de l'accident. Devinant que je devais le hisser, je plaçai prudemment ma main sur l'objet bulleux et roussi à certains endroits, et cherchai le sens d'ouverture. Je finis par le trouver et soulevai le capot. Le bouton était rouge, mais il n'était pas inquiétant.

Et si je l'activais ?

— Kialys… m'appela Ného.

Je l'ignorai en retenant un rire. J'avançai doucement, les doigts tendus, prêts à effleurer l'interrupteur.

— Kialys ! s'étouffa Ného. Il n'est pas Ténurien !

Un sursaut, et je trébuchai tandis que mon index appuyait contre ma volonté sur la première chose à laquelle je pouvais me rattraper : le commutateur vermeil. Je m'empressai de les retirer dans un cri de terreur, mais au moment même où l'espoir de n'avoir rien déclenché me traversait, un épais gaz rougeâtre me fut projeté en plein visage.

Surprise, j'eus un mouvement de recul et butai de nouveau, avant de tomber brutalement sur le sol encore chaud. J'agitai ma main devant mon nez, tentant de chasser les effluves âpres de ce gaz, et toussotai afin de l'évacuer de mes poumons.

Le bruit de ma chute résonnait dans le véhicule lugubre, et j'entendis les pas paniqués de Ného arriver vers moi. Ce fut alors que je pris conscience de ce qu'il m'avait dit. « Il n'est pas Ténurien. » Ces mots retentissaient presque aussi forts que le son précipité que produisaient les pieds de mon ami.

— Dépêche-toi ! me cria-t-il en m'attrapant le bras pour me relever. Il faut partir d'ici !

Je levai vers lui des yeux teintés d'un mélange d'incompréhension et de crainte. Cet homme était si semblable à nous… comment cela pouvait-il être envisageable qu'il ne soit pas un Corbeau ? Comment était-ce possible qu'il ne soit pas Ténurien ? Qu'était-il, dans ce cas ?

Sans attendre de réponse de ma part, il me tira violemment, me faisant presque mal à l'épaule, et avant que j'aie retrouvé mon équilibre, entama une course afin de quitter le véhicule.

Avait-il aperçu ce qui s'était passé de mon côté ? Avait-il vu que j'avais appuyé sur le bouton ? Avait-il remarqué ce gaz rouge qui avait pris possession de mes poumons, me brûlant la trachée et m'acidifiant le corps ?

J'eus à peine le temps de réfléchir qu'il m'entraînait déjà vers les dents brillantes de l'appareil, m'entaillant un bras au passage. Je poussai une plainte, mais il ne sembla pas s'en soucier. Moi non plus. Pour lui, comme pour moi, le plus important était de quitter ce cercueil effrayant et mystérieux.

Je sentis dans mes cheveux un léger filet d'air. On approchait de la sortie. D'ailleurs, Ného fit un petit bond, à la suite duquel j'entendis le sable noir crisser sous ses pieds.

Il me tira si fort que j'eus du mal à ne pas tomber en m'extirpant à mon tour, mais il y avait quelque chose d'étrange.

Nous étions bien partis avant vingt-trois heures, non ? Il faisait nuit, non ? La confusion s'installa dans mon esprit lorsque je remarquai qu'une lumière aveuglante me perçait les yeux.

Ného s'immobilisa et porta son bras à son visage pour se protéger, me lâchant le poignet.

J'eus alors le loisir de mettre moi aussi ma main en visière.

— Ne bougez pas ! cria une voix éraillée masculine à quelques mètres de nous. Éloigne-toi d'elle !

Je tentai d'apercevoir qui nous parlait, mais l'éclairage était trop vif et je ne parvenais qu'à voir l'ombre de mes doigts tendus.

Et encore.

— Éloigne-toi d'elle ! répéta la voix, avec de l'écœurement et de l'irritation en plus.

Sans comprendre à qui voulait s'adresser cet homme, j'entendisNého s'écarter de moi de quelques pas.

Bien entendu. Comment n'avais-je pu y penser ? En s'écrasant, le véhicule avait fait un tel bruit qu'il paraissait inespéré que les agents de couvre-feu, voire de contrôle ne l'aient pas perçu. Une pareille évidence nous avait échappé, à nous qui étions les professionnels de la fugue.

Comment avions-nous pu être si négligents ?

Je tentai de voirNého, mais n'aperçus rien d'autre qu'une silhouette mangée par la lumière trop gourmande.

— N'aie pas peur, fillette ! reprit la voix, assez fort pour que je l'entende, et d'un ton qui se voulait rassurant. Avance vers moi.

— Réduisez l'éclairage, murmurai-je en tâtonnant dans l'espoir de toucher quelqu'un devant moi.

Des rumeurs de voix s'élevèrent. Il y eut un moment d'hésitation, des grincements de pas, un grognement de colère. Là, enfin, la lumière déclina.

Dans un soupir de soulagement, j'abaissai mon bras et lançai un regard épuisé à ceux qui se trouvaient devant nous. Le temps nécessaire à mes yeux pour retrouver la vue fut rapide.

Le choc qui s'ensuivit, lui, fut violent.

L'entièreté, ou presque, des agents de contrôle et de couvre-feu nous faisaient face. Trois cents hommes réunis, c'était impressionnant.

Ného se concentrait sur l'armée, les poings serrés et les mâchoires crispées. L'individu qui me parlait depuis quelques minutes tenait un genre de projecteur dans les mains, baissé à présent vers ses pieds. Il tendit les doigts vers moi, comme pour m'encourager à le rejoindre. Comme si Ného était un criminel et qu'il s'apprêtait à me tuer. Comme si j'en avais peur !

— Ce n'est pas… tentai-je d'expliquer.

Ného me coupa. Il avait émis une espèce de sifflement pour me dissuader d'essayer de leur faire comprendre qu'il n'était pas forcément dangereux pour moi.

— Allez, viens ! m'encouragea l'homme, de la même manière que si j'étais un animal sauvage qu'il tâchait d'apprivoiser.

Perdue entre deux rives, je regardais successivement Ného et l'armée. Pourquoi pensaient-ils que Ného m'avait fait du mal ? Était-ce à cause de mon air effrayé ? De la manière dont il m'avait si brutalement entraînée ? Était-ce à cause de mes écorchures et du sang qui coulait sur mes bras ?

Où était-ce simplement parce que Ného était un Corbeau et qu'il était inconcevable qu'on soit ami ?

Résignée, je commençai à m'approcher de l'armée. Je pourrais bien tenter n'importe quoi, ils ne me croiraient pas. Sans doute penseraient-ils que cet infâme Corbeau m'avait persuadée de mentir à son sujet. Tout n'était que mensonges pour eux. Surtout quand il s'agissait de la plus pure vérité.

J'arrivai à quelques pas d'eux, les mains levées afin de montrer que je ne fuirais pas, lorsque l'un des hommes s'avança précipitamment vers moi, m'agrippa et me tira derrière celui qui parlait, comme s'il m'avait enfin sauvée d'un très grand danger. Là, je repoussai celui qui m'avait attrapée avec agacement et me retournai vers Neho, la lumière acerbe de nouveau rivée sur lui. Ainsi que trois cent une paires d'yeux.

Mon estomac se noua lorsque je l'aperçus, sans autre défense que la vérité, baignant dans cette clarté aussi acide que l'armée qui lui faisait face. J'eus la nausée et me dégageai un peu plus de l'emprise de l'agent de contrôle qui ne cessait de vouloir me soutenir.

Sans même lui adresser la parole, celui qui tenait la lampe fit un signe de la main, et cinq hommes se détachèrent du groupe au petit trot en prenant la direction de mon ami. Puisqu'il était conciliant, ils se contentèrent de lui asséner un coup de poing dans le ventre, de l'agripper par les cheveux et le plaquer au sol, avant de lui lier les poignets avec ce genre de menottes qui envoyaient une impulsion dans tout votre corps si vous tentiez de bouger les doigts.

La nausée me surprit à nouveau lorsqu'ils l'obligèrent à se redresser, exhibant son visage crispé par la douleur et la haine aux yeux de tous. Une souffrance exposée sous un projecteur. Nous étions près de trois cents personnes à assister au spectacle de la capture d'un Corbeau pris sur le fait. Et, de tous, j'étais la seule à en être écœurée.

Sans pouvoir réagir, je portai ma main à ma bouche entrouverte de terreur devant tant d'injustice. Les agents qui s'occupaient de Neho le firent avancer, tandis que celui qui tenait le spot, le metteur en scène, se tourna vers ses hommes et opéra un nouveau signe à un autre groupe. Comme si Neho n'existait déjà plus, ceux-là se dirigèrent vers le véhicule en lambeaux.

Mon ami captif passa à côté de nous, fermement gardé. Le metteur en scène ne prenait même plus la peine de l'éclairer. Après tout, tout danger avait été évincé, maintenant que le Corbeau était détenu. Il se contentait de balader son faisceau brûlant vers la foule. Mais je m'en fichais. Toute cette haine et cette cruauté ne m'atteignaient pas, pour l'instant.

Non. La seule chose qui me rendait malade, c'était le regard que me jetait mon ami. Un « je te l'avais dit » hostile. Pas envers moi, bien sûr, mais je pouvais lire la colère sur ses traits tendus.

Enfin, ils nous doublèrent, et l'un des agents qui le tenaient l'obligea à me quitter des yeux.

Je tressaillis. Allait-il mourir ? Allait-il subir le même sort que les autres Corbeaux pris sur le fait d'une transgression ? Moi, rien n'allait m'arriver, même si j'avais dépassé le couvre-feu, même si je me trouvais hors de l'enceinte de la ville. Je ne risquais rien, alors que j'étais aussi coupable que Ného. Si ce n'était plus.

L'homme au projecteur passait inlassablement sa main devant mon visage, tentant de détacher mon regard de Ného pourtant déjà loin.

Je fis enfin attention à lui, les yeux empreints de tristesse, de haine, de colère et de souffrance. Sans doute prenait-il mon expression pour du ressentiment envers mon « agresseur », puisqu'il tapota mon épaule en me rassurant. « Tout est fini », disait-il.

Non. Tout n'était pas fini. La douleur commençait à peine.

Moi qui n'étais habituée à aucune brutalité, comment espéraient-ils que je réagisse en voyant mon meilleur ami être torturé ? Était-ce de la violence, d'ailleurs ? Quel était ce degré de maltraitance, jusqu'où pouvait aller la cruauté ?

Sans lui répondre lorsqu'il me demanda si je me portais bien, je compris que jamais je n'arriverais à faire entendre la vérité. Quelqu'un d'autre s'approcha de moi et me prit par le bras, doucement. On me contraignit à avancer. Je ne répliquai même pas. Je n'avais pas envie de réagir.

J'étais fatiguée et malade.

Ného allait peut-être mourir, et tout ça par ma faute. C'était moi qui avais insisté pour aller voir le véhicule. Si je n'avais pas fait l'entêtée, nous serions tous les deux chez nous à cette heure-ci, profondément endormis.

Une autre nausée me torpilla les entrailles, et je remarquai avec angoisse que nous arrivions aux remparts de la ville. Déjà ? Dans mon dos, le faisceau violent du projecteur s'était éloigné de plusieurs centaines de mètres. Bizarre. Je ne m'étais pas aperçue qu'on avait tant marché en si peu de temps.

— Tu m'entends ? me demanda l'homme qui me tenait. Il faut que tu nous dises ce qui s'est passé.

Je cillai. Me parlait-il depuis le début ? Si c'était le cas, je n'avais rien écouté. Le crissement de nos pas résonnait de manière morbide dans l'obscurité.

— Eh oh ! se fit remarquer l'agent. Est-ce que ça va ?

C'en était trop. Je me penchai en avant, pliée en deux par une violente douleur à l'estomac, et le repoussai autant que je le pouvais. Je ne dus même pas forcer. La bile sortie presque d'elle-même. Comme si toute cette horreur la terrifiait elle aussi, et qu'elle voulait y échapper à tout prix.

Je sentis la main chaude de mon guide sur mon dos et n'en fus que plus écœurée.

Et si c'était la dernière fois que je voyais Ného ? Et si, par ma faute, un nouvel innocent allait perdre la vie ?

Je me redressai, essuyant ma bouche d'un geste négligé, tandis que je sentais des gouttes de sueur froide perler sur mon front. J'avais conscience de ne pas réagir de la bonne manière. Car bien sûr, mon état de choc les confortait dans l'idée que Ného m'avait fait du mal. Mais ils ne comprenaient pas. Ils ne voulaient jamais rien comprendre.

L'homme me fixait. J'opinai du menton afin de lui signifier que j'allais mieux. Il récupéra mon bras et reprit sa route. La sienne, seulement, parce que je ne marchais pas avec lui. Mes jambes se mouvaient, mes pieds avançaient, mais ce n'était qu'un automatisme.

Je levai la tête lorsque nous franchîmes les portes de la ville. Une grande arche rectangulaire, aussi sombre que ceux qui résidaient dans ce tombeau de la liberté.

***

— Allons Kialys, me réprimanda ma mère, fais donc un effort !

— Madame, conseilla l'agent, votre fille vient de subir une rude épreuve. Il n'est pas nécessaire de la brusquer.

Mon estomac me faisait toujours souffrir, et je me concentrais afin de ne pas vomir mes tripes au milieu de la pièce à vivre. Dans un soupir, je m'appuyai davantage sur le dossier moelleux du canapé, laissant le guérisseur soigner mes plaies sans rechigner.

— Mais pourquoi ne veut-elle rien dire, hein ? s'emporta un peu plus ma mère. Tu étais avec ce Corbeau, c'est ça ? Je me doutais que ça finirait par arriver ! On ne peut pas leur faire confiance, combien de fois te l'ai-je dit ?

— J'étais avecÉho, oui, répondis-je. Mais il ne m'a rien fait.

— C'est ça, se moqua ma mère, voilà qu'elle divague à présent !

Je soupirai une fois de plus et me forçai à chasser le malaise qui ne me lâchait pas. L'agent de contrôle s'accroupit devant moi d'un air compréhensif.

— Écoute, s'il t'a fait du mal, il ne faut pas avoir peur de le dire. Il est captif, maintenant, il ne pourra plus rien te faire.

— Je vous ai dit qu'il ne m'avait rien fait, répétai-je. C'est mon ami.

Contraint, l'inspecteur secoua la tête et soupira. Ma mère sembla suffoquer.

— D'où viennent ces blessures, dans ce cas ? me demanda-t-il en se tournant à nouveau vers moi.

— Je vous l'ai dit, expliquai-je. Nous avons assisté au crash du véhicule, et j'ai été trop curieuse pour y aller. C'est là-bas que je me suis écorché les bras. La tôle était déchirée.

Son expression me fit comprendre qu'il ne me croyait pas, et je me renfrognai. C'était peine perdue.

— Bon. Et si vous vous y êtes rendus, qu'avez-vous trouvé ?

— Un corps, dis-je presque aussitôt. Un corps pas Ténurien. Et un genre de cuve, aussi.

Perplexe, l'agent se tourna vers ma mère. Il savait que ce que je disais était vrai. Il le savait, parce que la radio qu'il tenait à sa ceinture lui avait forcément transmis, à un moment où il n'était pas avec moi, les mêmes informations de la part du reste de l'équipe.

Une grimace lui tordit la bouche. Il n'avait d'autre choix que d'admettre que je ne mentais pas, mais semblait à tout prix souhaiter me convaincre d'une nouvelle vérité.

— Et qu'est-ce que vous avez fait ?

— Rien de particulier, avouai-je calmement. Nous voulions savoir d'où venait le véhicule, rien de plus.

Je ne devais sûrement pas parler du gaz dans la cuve qui m'avait aspergée. Pas tant qu'ils ne se demandaient pas pourquoi elle était vide. Enfin, s'ils se posaient la question un jour.

Il se redressa et entraîna ma mère un peu plus loin. Il pensait peut-être que je n'entendrais pas leur conversation, mais il se trompait. J'écoutais tout.

— Je suis désolé, madame. Elle semble dire la vérité… Cela fait longtemps qu'ils se connaissent ?

— Trop, oui, répondit-elle avec agacement. J'ai déjà essayé de l'empêcher d'aller le voir, mais elle s'entête ! Tous les soirs, ils se retrouvent, malgré mes réprimandes et mes alertes !

— J'imagine, reprit l'agent, qu'en dépit de ce que l'on croit, le Corbeau ne lui a rien fait. Mes collègues m'ont fait part de sa version, et c'est la même que celle de votre fille…

Ma mère eut un tressaillement et siffla d'agacement.

— Mais c'est un Corbeau ! insista-t-elle. Depuis quand les Corbeaux bénéficient-ils du doute ? Je pensais qu'ils étaient tous coupables !

— Oui, madame. Mais devant le manque de preuves, nous ne pourrons pas le retenir… Et Kialys va bien. Tant que nous n'aurons pas d'aveux solides concernant l'agression de la part de votre fille, nos supérieurs ne voudront pas le garder. Vous savez, les places se font rares…

— Oui, oui ! s'agaça-t-elle. Je suis tout de même très surprise, et pas dans le bon sens, de voir que ce Corbeau mérite un traitement plus laxiste que les autres. Le simple fait de se trouver avec mon bébé constitue un délit ! Alors en plus, l'entraîner hors de la ville après le couvre-feu et l'agresser… Imaginez que ça s'ébruite !

Vous savez ce qu'on dit, on leur donne un doigt, ils prennent le bras…

Elle se passa la main dans les cheveux avec agacement et se mordilla le bout de l'ongle.

— Bon… revint-elle. Je vais essayer de convaincre ma fille de parler. Il sera corrigé, au moins ?

— Oui, répondit l'agent. Concernant le dépassement des limites de la ville, et sa fréquentation avec votre fille hors du ghetto, nous allons agir, ça, vous pouvez me faire confiance. Mais la peine de mort n'est pas applicable dans ce cas, sauf si votre fille change d'avis.

La peine de… mort ?

J'eus un nouveau relent et plaçai la main sur mon estomac. Le guérisseur me fit un sourire alors qu'il posait le dernier pansement sur mon bras. Il se leva, fit signe à ma mère et à l'agent, et quitta la pièce tranquillement.

Mes yeux se perdirent dans le vide à nouveau. La justice n'était pas équitable. Il suffisait que je prononce une seule phrase pour que cela soit considéré comme une preuve. C'était ma parole contre la sienne. Parce que la sienne n'avait pas d'importance et que la mienne valait de l'or. Voilà comment des milliers d'Exclus, les habitants du ghetto dont les Corbeaux faisaient partie, subissaient la peine de mort chaque année. Ils étaient, pour la plupart, innocents. Mais les Normaux profitaient de la situation et fabulaient pour se débarrasser du plus grand nombre possible de vermines, par fierté, par abus de pouvoir, ou même par amusement.

C'était d'ailleurs le cas de mes parents.

Mon père n'était jamais à la maison, mais ma mère serait prête à me faire mentir comme elle le faisait souvent, afin d'être délivrée de Ného pour toujours.

Un frisson me parcourut, et j'eus un haut-le-cœur. L'agent se retourna vers moi, surpris par ma plainte étouffée, et je lui souris avec crispation pour qu'il me laisse tranquille.

Au moins, Ného ne mourrait pas tant que je ne fabulerais pas. Et comme je disais toujours la vérité, il ne périrait pas.

Un grand sentiment de soulagement me fit prendre une inspiration profonde. J'étais rassurée, mais pas assez pour croire que tout allait bien. Il subirait tout de même un châtiment. Et les punitions, pour les Corbeaux, n'étaient pas tendres… Mais Ného était fort, tant physiquement que psychologiquement.

J'osais espérer qu'il s'en remettrait vite. Et je tentais de chasser les images morbides qui m'assaillaient.

Chapitre 4

La nuit fut de courte durée. D'abord parce que l'agent de contrôle ne s'était décidé à partir que vers deux heures du matin, une fois qu'il eut compris qu'il ne tirerait rien de ma part. Et ensuite, parce que j'avais de nouveau été malade. Mon ventre ne cessait de se contracter, mais il n'y avait pas que ça. Une curieuse brûlure s'était emparée de chaque parcelle de ma peau.

Je me levai, et la sonnerie crispante du réveil s'arrêta immédiatement. Chez moi, la maison intelligente surveillait le moindre de nos gestes. Je ne pouvais éteindre le réveil qu'en quittant mon lit. Et si jamais je me recouchais quelques instants plus tard, il carillonnerait de nouveau.

Tentant d'ignorer mes courbatures aiguës, je passai devant mon miroir, narguant les informations qu'il me donnait à propos de ma santé, de mon poids, des vitamines qui me manquaient et de celles dont j'avais un surplus.

Je m'en fichais, alors je continuai d'avancer dans ma chambre froide et impersonnelle et m'assis à mon bureau. Dans un soupir, je replaçai mes cahiers d'éducation trop proprement rangés, ma tasse de thé qui venait d'être remplie par la maison, libérant des volutes transparentes à l'apparence douce, et ma lampe de chevet qui ne s'allumerait qu'une fois la nuit tombée, lorsque je me trouverais sur ma chaise.

Il était impossible de l'allumer dans d'autres circonstances, car il n'y avait pas d'interrupteur. C'était notre poids sur le siège, et les capteurs externes de la demeure déterminant qu'il faisait nuit, qui déclenchaient les éclairages. La journée, comme nous n'avions pas de fenêtres, les architectes avaient mis au point des panneaux rayonnants accrochés aux murs, et qui suivaient la luminosité du jour en fonction de l'heure.

Je posai ma main sur la surface lisse et froide de mon bureau, et celui-ci s'alluma instantanément. C'était une plaque tactile, qui permettait d'écrire, lire, consulter les actualités de la ville – *de notre ville seulement, pour nous protéger* – et faire d'autres choses plus ou moins utiles. *Ça se rapproche d'un ordinateur.*

À l'endroit où était installée ma tasse, la plaque tactile m'indiquait sa température, et une couleur rouge ou verte m'informait des éventuels risques de me brûler la langue. En général, il attendait que le liquide soit à 30 °C avant de passer au vert. Mais je trouvais toujours que c'était trop tiède, alors malgré ses alertes, je finissais par attraper ma boisson à 37 °C, impatiente.

Je m'en emparai, d'ailleurs, et le bip régulier et doux du bureau s'empressa de me mettre en garde. Sans y prêter attention, je pris une gorgée et fis une grimace lorsque le breuvage brûlant traversa ma poitrine. Mais j'aimais bien cette sensation.

Comme j'avais soif, et que je n'avais rien mangé depuis la veille, je bus d'une traite. Je reposai ma tasse à l'emplacement prévu, et le poids de l'objet vide indiqua à l'écran de ne plus me donner d'informations à son sujet.

Je me frottai les yeux, tentant de chasser mes nausées toujours plus présentes, et me penchai un peu plus vers mon bureau.

J'effleurai le pictogramme des actualités, et une page s'ouvrit, me proposant plusieurs gros titres.

« Crash à quelques pas de la ville »

« La sécurité accrue »

« L'éducation souhaite renforcer ses méthodes »

« Le Corbeau relâché ce matin »

Cet article parlait-il de Neho ? Je jetai un rapide coup d'œil à la pendule et m'aperçus qu'il me restait une heure avant de devoir partir pour le centre d'éducation. Curieuse, j'effleurai du bout des doigts le gros titre concernant le Corbeau et attendis que le texte apparaisse.

Avide de savoir, je le lus en quelques instants. À la fin de ma lecture, je levai des yeux tristes vers le mur qui me faisait face et m'appuyai un peu plus sur le dossier de mon fauteuil dans un soupir.

Neho avait été relâché. Dans l'article, ils expliquaient que la victime refusait de le rendre coupable. La peine de mort n'avait donc pu être obtenue, mais les sévères réprimandes d'usage avaient, elles, été appliquées à la lettre. Il y avait même une photo de mon ami, après sa punition. Un haut-le-cœur fit remonter mon thé brûlant dans ma gorge.

Son visage était marqué par les coups. Ses pommettes étaient rougies, ses yeux cernés de noir et son cou portait des traces d'étranglement. Je détournai la tête, dans l'incapacité d'imaginer ce qu'ils avaient bien pu lui faire subir. Il fallait que j'aille le voir.

Une petite alarme retentit doucement, et je pivotai vers mon armoire incrustée dans le mur. C'était l'heure de m'habiller. D'un pas las, je me levai et me dirigeai vers le placard tandis qu'elle choisissait les tenues les plus propres qu'elle renfermait. Un encart s'ouvrit enfin et mit à ma disposition un pantalon, un T-shirt, un pull, des chaussettes et des chaussures.

Tous ces vêtements étaient d'une couleur bleu délavé, pas forcément désagréable, mais semblable à tout le monde. Le bleu gris, c'était la nuance de mon pays.

J'attrapai machinalement mes habits et commençai à me vêtir. La porte de l'armoire reprenait sa forme de miroir.

Une fois prête, je me plaçai devant lui. J'en avais marre de toujours voir cette couleur sur moi, même si je n'avais pas de comparaisons possibles avec une autre teinte. Je remarquai que les blessures que je m'étais faites la veille s'étaient déjà résorbées grâce aux soins du guérisseur. Les médicaments étaient très efficaces. Le miroir m'indiqua les mêmes informations que précédemment, mais je les ignorai souvent. Pourtant, après quelques secondes, un voyant clignota en rouge, dans le coin supérieur droit.

Intriguée, je me rapprochai, n'ayant jamais eu l'occasion de voir apparaître cette indication auparavant. « Erreur ».

Erreur ? Comment ça, « erreur » ?

— Kialys, intervint ma mère, tu vas être en retard, dépêche-toi !

Dans un sursaut, je me retournai en prenant soin de me décaler de la glace. Ma mère se trouvait sur le pas de la porte. Je tentai de paraître normale.

— Qu'est-ce que tu fais ? me demanda-t-elle, suspicieuse.

Je jetai un regard furtif à mon reflet afin de vérifier que l'erreur avait disparu et constatai avec effroi qu'il persistait à clignoter. Ma mère s'approcha sans attendre.

— Erreur ? dit-elle. C'est étrange… j'appellerai le réparateur, ton miroir doit être endommagé.

Elle attrapa mes joues en m'adressant un sourire, et je roulai des yeux, déjà prête à entendre de fausses excuses.

— Tu sais, me dit-elle. Concernant hier… J'étais en colère, parce que je me suis inquiétée, mais je ne t'en veux pas.

— C'est vrai ? répondis-je, une lueur d'espoir dans le cœur.

Elle resta figée un moment, un rictus crispé plaqué sur les lèvres.

— Eh bien, oui, dit-elle. J'ai conscience que ça a dû être éprouvant pour toi, tu parleras quand tu seras prête.

Ah. Bien sûr. J'aurais dû m'en douter. Je réprimai une moue déçue, lorsqu'elle m'attrapa le menton et sembla chercher quelque chose sur mon visage.

— Je te trouve bien pâle, ma chérie, dit-elle. Viens donc manger, tu dois manquer de vitamines.

Elle m'embrassa le front avant de se diriger vers la porte automatique de ma chambre, qui s'ouvrit à son approche.

Je restai un moment immobile. Ma mère n'abandonnerait alors jamais l'idée que Ného ait pu me faire du mal ? Mais il y avait plus grave.

Doucement, parce que je craignais de lire à nouveau ces six petites lettres rouges, je tournai les yeux vers mon armoire miroir. « Erreur » trônait encore fièrement, comme s'il souhaitait me narguer un peu plus. Ou bien comme s'il avait détecté quelque chose d'inquiétant. Qu'est-ce que ça pouvait bien vouloir dire ? Et surtout, pourquoi ma mère semblait-elle n'y prêter aucune attention ?

Ce n'était pas courant, un miroir défectueux. Peut-être était-ce moi, dans ce cas, qui étais défaillante ?

Un frisson d'effroi me parcourut le dos. La vue du ghetto dans lequel ils m'enfermeraient si tel était le cas me donna le tournis.

Non, non.

Je ne devais pas penser à ce genre de choses.

Les Ténuriens n'étaient pas des machines, ils ne pouvaient être endommagés. Un miroir, lui, le pouvait. Ma mère avait raison de ne pas s'inquiéter. Et si cela venait de moi, pourquoi le notifiait-il seulement maintenant ? La glace aurait eu d'autres occasions de me prévenir de ma tare.

Je soupirai et remis au plus vite mes cheveux en place, lorsque le visage meurtri de Ného me revint en mémoire. Mes yeux se teintèrent à nouveau de tristesse. Je lui aurais bien rendu visite, mais je devais aller au centre d'éducation. Il devait certainement dormir, à cette heure-là, puisque le soleil s'était levé.

D'un pas assuré, je me dirigeai vers la porte de ma chambre, attrapant au passage mes cahiers d'enseignement.

***

Le centre d'éducation. Un fleuron de Normaux à l'avenir prometteur, une émulsion de savoir et de culture, là où les plus grands ont été formés, au sein de cette structure immense et moderne et de ses toits en dôme. Ça, c'était la définition que tout le monde lui donnait. Pour moi, il s'agissait d'un lieu où l'hypocrisie et la prétention valaient plus que le véritable talent.

Certes, le cadre était magnifique, et je prenais toujours plaisir à errer dans les couloirs ou dans l'importante bibliothèque, ne serait-ce que pour la beauté des décors. Mais les élèves qui le fréquentaient n'étaient pas franchement mes amis. Je pourrais même dire que tout nous séparait. Mais puisqu'autrement nous subirions des punitions, je me voyais dans l'obligation de les supporter toute l'année, en dehors des quelques jours de vacances que nous accordait le gouvernement.

J'avançais dans le jardin, mes cahiers d'éducation sous le bras. Plusieurs élèves profitaient déjà du bon temps sur la pelouse grasse avant de devoir se rendre en classe, tandis que d'autres se contentaient de discuter en groupe de choses et d'autres.

Mais ce jour-là, il ne m'était pas difficile de deviner quels étaient leurs sujets de conversation. Ného, bien entendu, et le véhicule. D'ailleurs, les quelques étudiants au courant de notre complicité me fixaient à mesure que j'avançais dans l'allée de gravier noir. Sans doute attendaient-ils des explications concernant mon silence.

« T'a-t-il menacée ? » « Tu as eu trop peur de parler ? »

Eh bien, ils pouvaient espérer longtemps. Je n'avais rien à éclaircir, j'avais gardé le mystère dans le simple but d'être honnête envers mon ami, mais ça leur était inconcevable. Peut-être parce qu'il était impensable pour eux que je sois justement en bons termes avec un Corbeau.

Sans prêter attention à ces regards curieux et dévoreurs, je pénétrai dans la portion du centre où j'avais cours. L'aile du bâtiment était plus modeste que la partie principale, mais la hauteur des plafonds et le classique des colonnes lui conféraient sa grâce.

J'aperçus quelques élèves de ma classe déjà prêts à entrer dans notre salle d'éducation, attendant le professeur. Je m'avançai vers eux et leur fis un signe de la main pour leur souhaiter le bonjour. Peu me répondirent, enfin, si l'on considérait qu'un rictus haineux n'était pas une réplique, mais Nieb m'adressa un sourire timide et s'approcha de moi. Nieb était le seul qui osait me parler sans risquer la moquerie ou le dédain des autres.

Eh oui, lorsqu'on traînait avec un Corbeau, le mépris qu'autrui éprouvait pour lui vous était aussi réservé.

Mais Nieb n'était pas n'importe quel garçon. Il était le grand favori de ma mère. Sans doute parce qu'elle ne connaissait que lui, à part Ného, et j'étais d'ailleurs persuadée qu'elle tentait d'arranger un mariage pour nous avec ses parents. Cette idée me révulsa.

— Salut Kialys ! se réjouit-il. Tu vas bien ?

— Ça peut aller, répondis-je sans ton particulier.

Il parut non convaincu et ses yeux dévièrent vers mes blessures.

— Si c'est pour me parler de ce qu'il s'est passé hier soir, Nieb, tu peux t'abstenir.

— Non, non ! s'empressa-t-il de répliquer en remuant les mains. Ce n'est pas ça ! C'est juste que… Ného va bien ?

Cette question me surprit. Pourquoi s'intéressait-il donc à son sort ? Il avait déjà eu l'occasion de l'apercevoir, lorsque Ného venait me chercher à la fin des cours, quand je finissais tard, mais n'avait jamais particulièrement fait attention à lui.

— Je n'en sais rien, Nieb, répondis-je, la voix emplie de suspicion. Je n'ai pas encore pu le voir, figure-toi.

Il hocha la tête nerveusement et se rapprocha de moi.

— Tu sais…, me chuchota-t-il. Tu ne devrais plus traîner avec lui… C'est mauvais, pour ton image, et…

— Oh, mais, arrête ! le repoussai-je.

Mon intervention attira plus de monde que prévu. Je lâchai un grognement d'agacement.

— Je m'en fiche de mon image, repris-je, plus bas. Je ne vais pas sacrifier mon amitié pour leur faire plaisir.

À ces mots, je désignai les élèves qui se trouvaient le plus proche de moi d'un geste de la main.

— Attention, l'éducateur arrive, me souffla Nieb.

Je croisai les bras en serrant mes cahiers contre ma poitrine. L'éducateur, un homme âgé dont les cheveux conservaient malgré tout leur couleur noire, s'avança vers notre groupe. Il s'attarda un moment à côté de moi. Visiblement, il parut s'étonner de ma présence, mais ses lèvres se refermèrent avant même qu'un mot ne s'en soit échappé.

Distrait, il ouvrit la porte de la salle, une grande porte en métal renforcé, et laissa ses élèves passer. J'entrai à mon tour dans la pièce sombre au plafond trop élevé à mon goût, et pris place dans l'amphithéâtre, contre l'un des murs dépourvus de panneaux lumineux. Évidemment, Nieb s'assit à mes côtés.

Une fois tous les étudiants installés, le cours commença. Mais mon esprit refusait de se concentrer sur l'histoire de Nerca, mon pays, et s'entêtait à penser à Ného. Comment réagirait-il, lorsque nous nous retrouverions, ce soir-là ?

M'en voudrait-il ?

Je mordis le bout de mon ~~encreur~~ stylo. *Il déverse une encre jamais épuisable, conçue sur la technologie des lasers. La couleur de l'encre se modifie sur l'encreur, grâce à un bouton.* Distraite, j'observai mes mains légèrement écorchées par notre escapade de la veille. Là, tandis que Nieb tentait une fois encore de m'extirper de mes pensées, je remarquai quelque chose d'étrange.

Ma peau semblait... rougie. Pourquoi avais-je une irritation sur le dos de ma main ? Dubitative, j'étudiai la seconde, dans le même état que l'autre. Cela tapissait tout l'épiderme, de mon poignet à mes ongles, mais les paumes ne paraissaient pas atteintes.

Je posai mon ~~encreur~~ stylo sur mon cahier, et soulevai ma manche gauche.

C'était curieux, il semblait que la rougeur avait été plaquée sur ma peau exactement à l'endroit où le tissu ne la recouvrait pas.

— Kialys ? me murmura Nieb.

Je sursautai et rabattis très vite le vêtement sur mon bras.

— Quoi ? lui répondis-je, le cœur palpitant.

J'avais eu beau camoufler ce phénomène étrange, il paraissait l'avoir remarqué et fixait ma main d'un air hébété.

— Qu'est-ce que tu as ? me demanda-t-il. Tu es bizarre, aujourd'hui. Même ta figure semble plus… claire…

Qu'est-ce qu'il racontait ? Je tentai d'apercevoir le bout de mon nez, afin de juger à mon tour du teint de mon visage, mais finis par soupirer et laisser tomber mes bras sur mon bureau. C'était la deuxième fois, ce jour-là, que quelqu'un me trouvait pâle.

— Il me manque pas mal de vitamines, expliquai-je sans conviction. Je suis sûrement fatiguée.

Nieb se rapprocha un peu plus de moi, comme s'il voulait mieux analyser un détail. En lui donnant un léger coup de coude, je le repoussai.

— Mais qu'est-ce qui te prend ? lui demandai-je. Écoute le cours au lieu de t'occuper de moi.

L'éducateur nous réprimanda, et je lui fis signe que nous ne le dérangerions plus.

Mais les interrogations de Nieb me mirent la puce à l'oreille. J'étais pâle, ce qui pouvait s'expliquer par un manque de vitamines quelconques, mes mains étaient rougies, ce qui pouvait révéler une irritation, tout simplement. Bien que je n'aie jamais eu d'inflammation avant. Et je n'avais pas été brûlée, la veille.

Mais un souvenir me revint en mémoire. Un jour où nous étions enfants, Ného avait pris le risque de me rejoindre alors que le soleil n'était pas couché totalement, au crépuscule.

La nuit était tombée quand Népo était arrivé devant chez moi et j'avais remarqué sur lui des traces de rouge, semblables à celles que je venais de constater sur mes mains. C'était d'autant plus flagrant sur lui, parce que sa peau était claire. Je me souvins qu'il m'avait vaguement expliqué qu'il n'était pas protégé contre les rayons UV du soleil, et que cela le brûlait. Quelques jours après, il n'avait plus rien, puisque ses échauffements étaient légers, mais le plus inquiétant n'était pas là.

Pourquoi avais-je des rougeurs semblables aux siennes ? Je n'en avais jamais eu, et j'étais naturellement préservée par ma peau, d'ordinaire. D'autant que, ce jour-là, je n'avais été exposée au soleil que quelques secondes. Était-ce vraiment dû à cela ? Était-ce le soleil qui avait coloré mon épiderme ? Et si oui, comment était-ce possible ? Il fallait que j'en aie le cœur net.

Paniquée, je relevai la tête. Nieb avait semblé remarquer quelque chose sur mon visage, qui le rendait perplexe. Et je savais qu'il y avait des miroirs, dans les toilettes.

Je levai vivement la main en ayant l'air d'avoir une envie pressante, et l'éducateur soupira en me donnant la parole.

Je lui expliquai rapidement un mensonge, au grand étonnement de Nieb, et il me permit de quitter la salle sous le regard pesant des autres élèves. Une fois dans le corridor, je refermai doucement la porte en métal, ne souhaitant pas attirer davantage de soupçons.

Soudain, j'hésitai.

Les couloirs ne laissaient pas pénétrer la lumière du soleil. Si je voulais vérifier mes craintes, il fallait que j'aille à l'extérieur.

Mais, au moment même où j'avançai vers les jardins, un éducateur médiateur me suivit d'un air méfiant. Je déviai promptement en direction des toilettes. Tant pis, ça attendrait, nous n'avions pas le droit d'accéder au parc durant les heures de cours.

Pressant le pas, je poussai la porte des sanitaires et me faufilai à l'intérieur de la pièce en espérant n'y trouver personne. L'odeur de l'assainisseur et du désinfectant me brûla la gorge. Mais il n'y avait personne.

Ouf. J'étais seule. Par mesure de sécurité, je verrouillai l'entrée.

Au calme, l'adrénaline se transforma en appréhension alors que j'avançais prudemment vers les miroirs. Ils fonctionnaient sur le même principe que celui que j'avais chez moi. En gardant la tête baissée, je me postai devant l'un d'entre eux et entendis le « bip » mélodieux qui m'avertissait de ce dont je manquais ou non. Mais une autre alarme retentit, plus grave, et à intervalles réguliers.

Mon cœur se serra. N'était-ce pas une alerte similaire qui m'avait prévenue, ce matin-là, d'une erreur ? Doucement, je levai les yeux vers mon reflet, et l'horreur s'empara de moi lorsque je vis le mot rouge clignoter avec la même intensité qu'un peu plus tôt. Terrifiée, je me décalai et me mis face au second miroir. Le résultat fut le même.

J'avais beau essayer chaque glace, encore et encore, la même erreur apparaissait. Figée face à mon image, je tentais de retrouver une respiration régulière.

Un miroir défectueux était déjà rare, mais six ? Comment cela pouvait-il être possible ?

Qu'est-ce qui n'allait pas chez moi ? Pourquoi les glaces s'élevaient-elles soudain contre moi ?

Tentant de ne pas céder à la panique, je m'approchai un peu plus de mon reflet, cherchant à déceler ce que Nieb y avait trouvé. Je fronçai les sourcils afin de mieux voir, mais rien d'anormal ne m'apparut en premier lieu. J'avançai encore. Il était vrai que ma peau était blême ce jour-là, mais il m'était arrivé d'être plus pâlichonne lors d'une maladie.

Ce fut là que je remarquai ce qui avait perturbé Nieb. Avec un cri d'effroi, je mis ma main devant mon visage. Avais-je bien observé ? Était-ce mon imagination ?

Prudemment, je baissai mes doigts.

Mes yeux.

Mes yeux changeaient.

Au fond de leur couleur sombre, il me semblait apercevoir de légers reflets d'un vert profond. Vert ? Encore une fois, cela me parut impossible. Mais en y regardant d'encore plus près, je remarquai qu'en fait, mes yeux étaient verts, et que c'étaient les pigments noirs qui résistaient par îlots.

Un nouveau cri s'échappa de moi, et quelqu'un frappa à la porte.

— Est-ce que tout va bien ? me demanda une voix familière.

C'était l'éducateur médiateur. Sans doute s'étonnait-il de ne pas me voir sortir de la pièce après tant de temps.

— Oui ! tremblai-je.

J'allais ajouter quelque chose, lorsque ses pas résonnèrent en s'éloignant. Tentant de me détendre, j'ignorai le bip incessant du message d'erreur. Les taches noires de mes iris étaient encore importantes, voilà pourquoi j'avais cru que quelques stries de la couleur de l'herbe apparaissaient. Mais c'était étrange, elles semblaient déjà moins étendues qu'un peu plus tôt. Comme si elles se résorbaient.

Ce n'était pas moche, au contraire, mais si quelqu'un remarquait cette couleur, je…

Mon ventre se tordit à cette pensée. C'était ça qui m'effrayait le plus. Avoir les yeux verts, en soi, ne me dérangeait pas, c'était la réaction des autres qui m'inquiétait.

En continuant mon étude, j'aperçus avec appréhension d'étranges reflets or se dessiner près des racines de mes cheveux. Un peu à la manière de mes pupilles, le noir de ma chevelure semblait laisser place à une couleur dorée.

Là, je fus prise d'un rire nerveux. Je devais certainement être en train de rêver ! Voilà pourquoi je changeais de cette manière !

C'était totalement impossible ! Si je croyais ce que je voyais, je penserais devenir un Corbeau !

Oui, c'était forcément ça, je devais être en plein rêve !

Quelque peu rassurée, je ressentis une soudaine sensation de soif. Mes muscles ne me brûlaient plus et mes courbatures avaient disparu, mais j'avais excessivement soif. Je me penchai au-dessus du lavabo, qui déversa de l'eau fraîche au moment où ma main effleura le capteur. Le bip incessant du message d'erreur ne me parvenait même plus aux oreilles, comme si j'étais déjà habituée à être une irrégularité.

Je savais que s'abreuver dans un rêve ne procurait aucune sensation désaltérante, mais lorsque le liquide toucha mes lèvres, je ne pus m'empêcher de l'avaler goulûment. Et étrangement, ma soif disparut. Je me redressai vers le miroir en essuyant ma bouche à l'aide de ma manche, quand le choc se fit à nouveau.

Combien de temps avais-je bu ? Une minute ? Une heure ? Deux ?

Je ne reconnaissais pas celle qui me faisait face. Mes yeux étaient entièrement olive à présent.

Mes cheveux conservaient leur couleur noire, mais je remarquai facilement qu'ils s'étaient encore éclaircis.

Que m'arrivait-il ?

Sans chercher à comprendre, je me précipitai vers l'entrée des toilettes, la déverrouillant maladroitement. M'efforçant de fuir ce reflet qui ne me ressemblait pas, je courus dans le hall du centre d'éducation, vérifiant tout de même que l'éducateur médiateur avait disparu, et m'élançai vers les jardins. Les portes de sortie s'ouvrirent seules, à l'instar de celle de ma chambre.

Je ne pouvais pas revenir en cours dans cet état, je ne pouvais pas exposer ces yeux devant tout le monde !

Que feraient-ils de moi ?

Paniquée, je poursuivis ma cavalcade et quittai enfin le bâtiment trop grand et trop beau.

Mais, à peine eus-je mis un pied à l'extérieur qu'une lumière aveuglante me fit baisser la tête. Par réflexe, je levai les bras devant mon visage, me demandant pourquoi quelqu'un braquait un projecteur sur moi, en plein jour, lorsque je compris que je me trompais.

Ce n'était pas l'éclat d'un spot qui me brûlait. C'était celui du soleil. Pourquoi ne le tolérais-je plus ? Y avait-il un rapport avec le changement de couleur de mes yeux ?

Un hurlement de douleur s'échappa de moi. Je n'avais pas l'habitude d'être aveuglée. Il fallait que je rentre chez moi, que je me mette à l'ombre. Que pouvais-je bien faire d'autre ? Aller voir un guérisseur ? Pour quoi faire ? Si tout ceci n'était pas un rêve, il m'enverrait directement dans le ghetto, sans même chercher à m'écouter ou me comprendre.

Désorientée, je tentai d'avancer en chancelant, conservant mon bras sur mes yeux meurtris.

Heureusement, ma maison n'était qu'à quelques rues d'ici, et avec un peu de chance, je parviendrais à me diriger jusqu'à elle à l'aveuglette. Je reproduisais ce chemin tous les jours, matin et soir. Ce n'était pas pour une fois où je ne voyais rien que je n'y arriverais pas, non ?

Le mur me servait d'appui, tandis que je croisais, par moments, les rares passants qui ne travaillaient pas encore. J'entendais sans les repérer qu'ils se méfiaient de moi et de mon allure bancale, et je me réjouis qu'ils ne soient pas nombreux.

Au coin d'une clôture, je tournai à droite. C'était bien par là, n'est-ce pas ?

Je voulus me localiser, mais le simple fait de baisser mon bras me fit de nouveau pleurer et me dissuada. J'étais bientôt arrivée, normalement.

Mes mains sentirent un contact rugueux, que je reconnus comme étant le muret de ma maison. Soulagée, je hâtai le pas, ne préférant pas imaginer la sanction qu'allaient m'infliger mes éducateurs, et remontai l'allée de mon jardin. Je trouvai le boîtier de lecture d'empreintes en tâtonnant et plaçai nerveusement mon index dessus. Quelques secondes plus tard, un bip d'autorisation retentit, et la demeure se déverrouilla.

Je me précipitai à l'intérieur, refermai la porte et soupirai, enfin. Là, je pus retirer mon bras de mon visage et clignai plusieurs fois des yeux, le temps qu'ils s'habituent à l'obscurité après cette lumière aveuglante. J'entendis le moteur des panneaux rayonnants se mettre en route, et un éclairage doux m'accueillit.

Rien à voir avec la lueur du soleil qui m'avait assaillie un peu plus tôt.

À cette heure-ci, même ma mère était au travail. J'étais seule. Et je n'avais pas une minute à gaspiller.

Alors dès que j'y vis clair, je fonçai vers ma salle de bains. La lumière se mit en route dans la petite pièce, suivant mes mouvements. Il ne fallait pas que je perde de temps. Bientôt, la maison enverrait un signal au centre de contrôle et les préviendrait que je n'étais pas en cours. Et étant donné que je m'étais déjà fait remarquer la veille, mieux valait ne pas trop tirer sur la corde. Haletante, je me plaçai face à mon miroir, une grimace de panique sur le visage. Mes yeux étaient toujours verts, et rougis, maintenant.

— Oh, mais…, murmurai-je en me rendant compte que je ne rêvais pas.

Dans la lumière diffuse de la pièce, je constatai que mes cheveux s'éclaircissaient encore. Ma peau semblait pâlir de plus en plus. Mais alors que je levais la main vers ma figure, je remarquai que les érythèmes sur celle-ci avaient empiré.

C'était donc ça. Le soleil me brûlait.

Horrifiée, je tentai de me passer de l'eau sur le visage alors que le miroir reprenait son inlassable mélodie d'erreur. Je relevai la tête vers mon reflet. Rien. J'étais toujours pâle, et mes cheveux sans cesse éclaircis. Ils se rapprochaient, à présent, d'un châtain, un peu comme celui de Ného.

Plus rien maintenant, à part la couleur encore grisâtre de ma peau, ne me séparait des Corbeaux. Je devenais un Corbeau.

La panique me griffa les entrailles tandis que je réalisais ce que cela impliquait.

Que penserait ma mère de tout cela ? Et mes amis ? Non, des amis, je n'en avais pas. À part Ného. Qu'en dirait-il ? Et Nieb ? Voudraient-ils continuer de me parler ?

Je devais aller au ghetto afin de trouver une solution. C'était le seul endroit où je pourrais dénicher des réponses, où l'on me comprendrait.

Je me précipitai vers ma chambre. Puisque le soleil ne me brûlait pas – *pas encore* – sur les zones où j'étais couverte, il fallait que je masque chaque partie de mon corps. Décidée, je me plantai devant l'armoire, toujours aussi réticente à me considérer comme Normale, et attendis qu'elle me fournisse d'autres vêtements.

Seulement, ils ne venaient pas. Évidemment, je m'étais habillée il y avait quelques heures à peine. C'était trop tard.

Désespérée, je cherchai à ouvrir l'encoche par laquelle sortaient habituellement mes tenues, mais l'unique résultat que j'obtins fut de me casser un ongle. Dans un cri de douleur, je portai mon doigt à ma bouche afin de ne pas me tacher de sang et donnai un coup de pied dans le placard miroir. Toutes ces technologies destinées à nous faire vivre mieux ! Je commençais à me demander si ce n'était pas tout simplement pour mieux nous piéger, le moment venu !

Tant pis, je me débrouillerais autrement. Je cherchai en vitesse quelque chose qui pourrait faire office de vêtements improvisés, et mes yeux s'arrêtèrent sur ma couverture. Non, c'était bien trop encombrant, et la maison jugerait que quelque chose d'anormal se produisait. Si elle ne le savait pas déjà…

Dans un souffle, je me retournai, fouillant désespérément quelque chose que je pourrais « emprunter » sans que la demeure détecte sa disparition.

Mais les linges de bain et les édredons constituaient les seuls textiles transportables, et, fatalement, les seuls dont l'absence serait suspecte.

Mais bon, d'un côté, si je partais moi-même, qui s'inquiéterait d'un linge de bain ?

Mes mains agrippèrent l'un d'entre eux, que je plaçai sur ma tête. J'aurais aimé trouver de quoi préserver mes yeux, mais je ne savais même pas si un objet possédant une telle fonction existait. *Évidemment, nous n'avions pas besoin de lunettes de soleil…*

Une fois protégée, ou du moins les parties les plus importantes de mon corps, je m'empressai de quitter la maison qui, selon moi, avait déjà prévenu le centre de contrôle de ma présence inhabituelle.

Une nouvelle fois, la lumière m'éblouit, si bien que je fus dans l'obligation, encore, de sacrifier l'un de mes bras pour me cacher les yeux. Comme précédemment, je me guidais à l'aide des murets, des panneaux, de tout ce que pouvaient toucher mes mains afin d'arriver au ghetto. Je sentais déjà sur mes doigts exposés la morsure du soleil, et je lâchai un gémissement. Serrant les dents pour me donner le courage de continuer, j'imaginai pour m'apaiser que Ného posséderait un remède miracle pour les brûlures.

Les larmes roulaient sur mes joues fiévreuses. J'avais la sensation que chaque minute, je devenais de plus en plus sensible à ces rayons UV meurtriers. Je sentis un renfoncement dans le terrain et poussai un soupir de soulagement. L'asphalte de la ville n'avait pas été coulé sur le ghetto, ce qui provoquait une sorte de marche à l'orée de celui-ci. Heureuse d'avoir réussi à me guider à l'aveugle, je hâtai le pas, foulant le sable noir dans un crissement sinistre. À présent, même mes pieds me brûlaient, malgré les épaisses semelles qui les séparaient du sol et la solide matière qui les recouvrait.

Où se trouvait la maison de Ného, déjà ?

Le ghetto n'était pas vide, puisque les Corbeaux n'étaient pas les seuls à y habiter. Je regardai l'allée du coin de l'œil, malgré la lumière violente, et crus repérer la silhouette d'un colossal homme à la peau grise. Sans chercher à comprendre, je me précipitai vers lui, espérant ne pas me tromper en estimant qu'il s'agissait du gros Stan.

— S'il vous plaît ! l'interpellai-je.

Dans ma hâte, je trébuchai.

C'était sans doute le dernier moment où j'aurais voulu avoir un accès de maladresse, mais Ného disait que j'étais comme ça, et que je n'y pouvais rien. En m'emmêlant les pieds, je tombai brutalement sur le sable grossier, m'éraflant un côté du visage, et, surtout, laissant s'échapper mon linge de bain.

Dans un cri de douleur, je portai mes bras à mon front face au soleil. Pourquoi cela faisait-il si mal ? Était-ce ça, d'ailleurs, la souffrance ?

Comment les miens, les Normaux, pouvaient-ils oser abandonner des bébés Corbeaux sous le soleil, comme s'il s'agissait de vulgaires poupées ?

Chaque parcelle de mon corps, chaque cellule, semblait partir en fumée, s'évaporant au contact sulfurant de la caresse du soleil.

Me tordant de douleur, poussant des cris effroyables, j'aurais parié qu'un observateur aurait constaté que de la vapeur s'échappait de moi. Le souffle coupé, j'appelais à l'aide, mais je ne voyais rien, et je sentais déjà ma peau gonfler sous les cloques.

Si je ne me relevais pas très vite, j'allais mourir. Je le savais.

Je tentai de reprendre mes esprits, me mettant sur le ventre pour subir moins violemment l'attaque de cette boule de feu, mais même mes vêtements ne me protégeaient plus.

J'étais piégée.

Là, alors que je désespérais, j'entendis entre deux sanglots les pas de quelqu'un. Une ombre se pencha sur moi, faisant ainsi provisoirement obstacle aux rayons, soulageant pour un instant mes brûlures. La réverbération du sol et de ce qui m'entourait ne me laissait pourtant aucun répit.

Des mains se posèrent sur mon dos, et alors que la douleur me transperçait un peu plus et que je me débattais contre ces langues de feu invisibles, tout s'arrêta, enfin.

J'étais à l'ombre, dans l'un des taudis du ghetto. Mais les brûlures que j'avais subies continuaient de ronger ma chair, et ma douleur n'était visiblement pas décidée à s'atténuer.

— Tenez-la fermement ! lança une voix assez forte pour couvrir mes cris.

Jamais je n'aurais pu imaginer une telle douleur, jamais je n'aurais pu la nommer. Les Normaux savaient-ils à quel point c'était éprouvant ? Certainement pas, sinon ils n'agiraient pas de la sorte. Moi-même, je l'ignorais, avant d'en endurer l'expérience. J'aimerais, pour un jour seulement, que les Normaux se retrouvent à la place des Corbeaux. Ils comprendraient la cruauté de leur geste et la noirceur de leur âme.

Mais ils s'en moquaient. Tant que cela ne les atteignait pas, ils s'en fichaient.

On m'assit sur une surface molle et crasseuse, mais je n'y prêtai pas attention. Mes yeux ne voyaient plus rien, mes oreilles n'entendaient que mes cris et mon cœur battait à tout rompre. Le percevaient-ils, eux aussi ?

Je ne savais même pas qui était venu à mon secours. Était-ce le gros Stan ? Était-ce lui que j'avais aperçu, d'ailleurs ?

Une puissante odeur de détritus et de saleté assaillait mes narines. Je n'étais pas habituée à cette odeur, parce que les allées étroites du ghetto étaient partiellement entretenues par les plus courageux de ses habitants, et que les maisons des Normaux étaient nettoyées tous les jours. Mais nous n'étions plus dans l'un des sentiers du ghetto, je me trouvais chez quelqu'un, dans l'un des innombrables bidonvilles qui le peuplaient. Et Ného ne m'avait jamais permis d'entrer dans le sien, alors je ne possédais aucun moyen d'imaginer la dureté de leurs conditions de vie.

La morsure qui s'emparait de chacune de mes cellules commençait à diminuer, lorsqu'on me versa quelque chose sur les bras, le visage, les jambes. Partout. Étais-je nue ? Quand m'avaient-ils dévêtue ?

Le liquide à l'odeur âcre que l'on m'avait appliqué était sans doute destiné à apaiser mes douleurs, mais l'effet inverse se produisit, et un nouveau cri quitta ma gorge.

— Calme-toi ! me conseilla une voix. C'est normal que ça brûle, ça va passer !

Connaissais-je cette voix ? Il me semblait que oui, mais j'avais tellement mal que je ne parvenais pas à me concentrer pour y réfléchir.

Je ne voyais toujours rien, mais je soupçonnais mes larmes de me trahir. Je tentai d'ouvrir les paupières, mais j'avais reçu un choc si violent que je ne percevais que de vagues silhouettes nageant dans une demi-pénombre.

— Remets-en, Stan.

J'avais raison. Le gros Stan était venu m'aider. J'allais lui dire merci lorsque le liquide coula à nouveau sur mon corps. Un nouveau cri.

J'étais épuisée de souffrir.

Épuisée de hurler. Je n'avais même plus la force de rugir comme il se devait, si bien que je ne pus pousser qu'une légère plainte endormie.

— On est en train de la perdre ! brailla une voix.

Mais déjà, cette voix me parvenait de façon lointaine. Comme si j'étais enveloppée dans du coton. La douleur était telle que je me sentais faiblir.

Pourquoi cela faisait-il si mal ?

Je lâchai un nouveau soupir. Un soupir. Voilà le seul son que j'étais capable d'émettre, à présent. Je tentai de chercher une main, quelque chose à laquelle me rattraper. Pourquoi tombais-je vers l'arrière ? Chutais-je vraiment ?

On me donna une gifle et le nuage de coton s'étiola quelques secondes avant de m'avaler à nouveau. Une deuxième claque.

Mais c'était trop tard. Je sombrais.

Étais-je en train de mourir ?

Mes dernières pensées se tournèrent vers mon ami, et je sentis mes lèvres articuler son nom.

Ného.

Je n'aurais même pas pu lui dire au revoir.

***

Ma conscience semblait enfin reprendre le contrôle de mon corps lorsqu'une douce odeur de légumes grillés me réveilla. Je reconnus la senteur des pousses de ~~krovis~~ *carottes*, une plante potagère remplie de bonnes vitamines.

La faim tirailla mon estomac, et je décidai d'ouvrir les yeux.

Difficilement, mes paupières se décollèrent et ma vision floue s'habitua à cette clarté particulière. Surprise, je cherchai quelle était la source de lumière et découvris une lampe cylindrique, dont le pied avait l'air d'être en métal, et d'où une flamme bleue jaillissait. Je me trouvais toujours au ghetto, dans un taudis construit à partir de matériaux de récupération et de portes en acier usagé. Je tentai de bouger, mais la douleur de mes brûlures m'en dissuada. J'émis un léger murmure.

Le tintement d'une assiette résonna non loin de moi, suivi de bruits de pas.

— T'es enfin réveillée, gamine ? lança une grosse voix.

J'essayai de tourner la tête vers la gauche, là d'où provenait l'agitation, mais en fus incapable.

— Ne remue pas, c'est en train de cicatriser.

La silhouette d'un homme se pencha au-dessus de moi.

— Stan ? murmurai-je. Où suis-je ?

— Tu devrais te reposer encore, se contenta-t-il de me répondre. La nuit va bientôt tomber.

Il me sembla percevoir qu'il touchait mes blessures, mais je ne réagis pas. Comme si j'étais habituée à la douleur. Le contact froid du liquide me fit sursauter dans un éclair de souffrance, mais je m'endormais déjà.

Mes paupières se fermèrent presque seules.

***

— Comment va-t-elle ?

— Difficile à dire... si je n'avais pas été là, elle y serait sûrement restée.

— Va-t-elle avoir des séquelles ? Des cicatrices ?

— Grâce à moi, non.

J'entendis des bruits de pas, et bientôt quelqu'un posa sa paume sur mon front. Je voulus ouvrir les yeux, mais je n'avais pas encore assez de force.

— Lui as-tu donné à boire comme je te l'avais conseillé ?

— Bien sûr ! Pour qui me prends-tu ?

Un rire gêné. La main se retira de mon visage.

Mes doigts s'agitèrent.

— Elle est en train de se réveiller.

Comme si ces paroles suffisaient à me conférer le courage de m'éveiller totalement, mes paupières se levèrent enfin. Le gros Stan se tenait au-dessus de moi, aux côtés d'un homme que je ne connaissais pas.

— Où suis-je ? murmurai-je d'une voix cassée.

L'inconnu était un Corbeau. Il possédait des yeux noisette, des cheveux bruns et une peau claire, mais pas autant que celle de Ného. Sans doute était-il métis. Il était habillé avec des vêtements que je n'avais jamais vus. Une sorte de cape noire recouvrait ses épaules, et il portait un chapeau rond.

— Tu te trouves dans le ghetto de Refen, dans le pays de Nerca. Comment te sens-tu ?

Refen, oui, c'était ma ville. Mais ce n'était pas ce que je lui demandais. Ne me reconnaissait-il pas ? Dans le but de réagir à sa question, je tentai de bouger le bras, et, à ma grande surprise, la douleur avait amplement diminué.

— Bien, m'étonnai-je. Combien de temps ai-je dormi ?

— Trois jours, me répondit l'inconnu. Le gros Stan a bien veillé sur toi.

Trois jours ? Mais…

Un frisson me parcourut, alors que le gros Stan prenait un air fier. Comme si j'avais subi un électrochoc, je me redressai brusquement.

— Trois jours ! Mais ce n'est pas possible ! m'inquiétai-je. Ma mère, et… ils vont s'inquiéter, il faut que j'aille les retrouver ! Je dois trouver une solution au plus vite ! Pourquoi m'avez-vous laissé dormir si longtemps ?

L'inconnu me prit par les épaules et tenta de me calmer.

— Ce n'est rien, dit-il, tu devais te reposer… Si le gros Stan n'avait pas été là, nous ne savons pas si tu serais avec nous en ce moment…

Nouveau frisson. J'aurais été morte. J'en déduisis que je me trouvais chez le gros Stan, et je lui lançai un regard de gratitude. Mais ils ne comprenaient pas. Je devais chercher une solution pour ne pas devenir un Corbeau. D'ailleurs, à quoi ressemblais-je, à présent ?

Je baissai les yeux vers mes bras. En découvrant ma peau, un sursaut s'empara de moi. Elle n'était plus grise ni pâle. Mais blanche, rose. Plus claire encore que celle de Ného. Le seul être que j'avais vu arborer une telle couleur se trouvait dans le véhicule accidenté qu'on avait visité avec Ného. Et il était mort.

Il était trop tard.

— Ne t'en fais pas, reprit l'inconnu. Tu n'as pas de cicatrices grâce au remède du gros Stan.

Ne comprenait-il donc pas ? Ce n'étaient pas des balafres dont je me préoccupais. J'étais un Corbeau ! J'étais devenue un Corbeau !

Comment cela pouvait-il être possible ? Qui, avant moi, était né Normal et avait fini Corbeau ?

C'était insensé, absurde, délirant.

En tant que fille Normale, je connaissais le mépris des autres pour les Corbeaux et pour les habitants du ghetto.

J'étais au courant de leurs conditions de vie déplorables.

Même si j'affectionnais le ghetto et ses résidents, même si je défendais constamment les Corbeaux, devenir l'une des leurs me parut soudain insurmontable. Parce que le dégoût que mes semblables m'avaient accordé jusqu'à présent n'était rien en comparaison de ce qui m'attendait.

Un jour, Neho avait prononcé cette phrase qui résonnait toujours en moi : « Tu te penses différente, tu dis nous aimer, mais être comme nous serait la dernière chose que tu voudrais, et encore… » Il avait raison.

Cependant, je me gardai de faire part de mes doutes et de mes questions à mes sauveurs. L'inconnu pourrait mal le prendre, sans parler du gros Stan. Mes yeux se perdirent dans le vide tandis que je tentais de me résigner à vivre comme les autres, cachée et oubliée de tous.

— Où est Neho ? murmurai-je simplement.

— Neho ? me demanda le gros Stan. Tu es venu jusqu'ici pour voir Neho ?

— Euh… oui, répondis-je, surprise que cela lui paraisse si étrange.

Que se passait-il ? Pourquoi ne comprenaient-ils pas qui j'étais ? Étais-je à ce point différente ? Pour qui me prenait-il ? Une voyageuse ? Une fille qui s'était perdue ?

— C'est moi, dis-je, non convaincue pourtant que ce soit la meilleure solution. Kialys.

— Ne dis pas n'importe quoi ! s'empressa de répliquer Stan, stupéfié. Je connais Kialys ! C'est une bonne demoiselle, une Normale, pas un stupide Corbeau !

Oui, le gros Stan n'était pas un Corbeau, lui non plus. Il était Normal, avant. Son crime avait été de prendre du poids, à cause du manque d'exercice et d'une maladie génétique. Il avait donc été envoyé au ghetto, en indésirable. Mais il restait, au fond de lui, un Normal qui méprisait les Corbeaux. Sauf ceux qu'il maîtrisait.

L'inconnu tapota l'épaule du gros Stan pour lui signifier de se calmer et se tourna à nouveau vers moi.

— Je ne suis pas un Corbeau ! rétorquai-je. Du moins, je ne le suis pas vraiment.

Devant la réaction perplexe de mes interlocuteurs, je soupirai.

— Demandez à Ného de venir, dis-je. Lui me reconnaîtra.

— Pourquoi ? se méfia un peu plus le gros Stan. Tu te fais passer pour quelqu'un d'autre, et nous devrions te faire confiance ? Tous les mêmes, ceux-là…

— Allons, allons, calma l'inconnu. Je ne connais pas cette… Kialys, mais si tu dis t'appeler comme ça, c'est que c'est le cas. Il peut y avoir plusieurs Kialys, non ?

Le gros Stan se renfrogna en croisant les bras.

— Oui, mais il y a une seule Kialys de Ného.

Ses paroles claquèrent comme un fouet, et je me sentis gênée. D'ailleurs, il me sembla que mes joues s'empourprèrent.

— N'est-ce pas la jeune fille qui a disparu, il y a quelques jours ? reprit l'inconnu sans me prêter attention.

Quoi ? Disparue ?

— Il faut que j'aille voir ma mère ! m'empressai-je de dire. Je n'ai pas disparu, vous le savez bien, vous, j'étais là !

— Tais-toi donc ! me lança le gros Stan.

Je m'enfonçai un peu plus sur mon oreiller de fortune.

— Si, répondit Stan à l'inconnu une fois sûr que je ne parlerais plus. Ného l'a attendue, comme tous les soirs, mais elle n'est jamais arrivée. Et le centre de contrôle est à sa recherche.

Il se frotta le menton et se tourna vers moi.

— C'est bien la preuve qu'il ne s'agit pas de toi! reprit-il. Ils sont venus ici, et quand ils t'ont vue, ils sont repartis comme si de rien n'était.

— Ont-ils relevé mes empreintes? sollicitai-je, le plus naturellement possible.

Le gros Stan se figea. Il savait bien que ce n'était pas le cas. Pourquoi l'auraient-ils fait, si j'étais un Corbeau et qu'ils cherchaient une Normale?

— Et si tu demandais à Ného? proposa l'inconnu au gros Stan. Peut-être pourrait-il nous éclairer.

C'était un véritable cauchemar. Personne ne me reconnaissait. Pourtant, mon visage conservait les mêmes traits, non? Une simple couleur de peau ne suffisait pas à changer quelqu'un, si? Je baissai la tête en soupirant et remarquai des fils dorés qui pendaient de mon front.

Quoi? Mais!

Un nouveau sursaut de panique m'emporta, lorsque je découvris que mes cheveux étaient blonds. En trois jours, je m'étais métamorphosée. Voilà pourquoi personne ne me reconnaissait. Je levai des yeux troublés vers les deux hommes et voulus m'extraire du modeste lit qui m'enveloppait. Mais le gros Stan me retint et le deuxième m'attrapa les bras.

— Laissez-moi! criai-je. Il faut que j'aille voir Ného!

— Calme-toi! me conseilla le gros Stan. Je vais le chercher, ton Ného!

En lui disant quoi ? Qu'une folle fraîchement arrivée prétendait le connaître ? Non, non. Je devais y aller moi-même !

Je tentai de me débattre un peu plus, mais les deux hommes étaient trop forts pour moi.

— Reste tranquille, me rassura l'anonyme, tu n'es pas totalement guérie !

Je me calmai. Je n'avais pas assez d'énergie pour les combattre. D'ailleurs, je n'étais pas sûre de savoir comment m'y prendre pour le faire.

Je laissai pendre mes bras le long de mon corps, encore sous le choc d'être devenue… Corbeau.

— D'accord, dis-je doucement.

Stan ne s'éternisa pas davantage. Il quitta la chambre dans un grincement de bois et de tôle rouillée. *Oui, les taudis font rarement plus d'une pièce.* Je m'aperçus, lorsqu'il ouvrit la porte, que la nuit était tombée.

— Quelle heure est-il ? demandai-je à l'inconnu.

— Hmm… hésita-t-il en observant quelque chose, dans l'ombre de sa veste, 21 heures 65 minutes.

— Qu'est-ce que c'est ? m'étonnai-je en remarquant un ustensile étrange dans ses mains.

Il me le tendit, et je m'en emparai.

L'objet était ovale et fabriqué dans un métal doré et froid, sans doute du cuivre. Il contenait quatre cadrans et quatre aiguilles. Le premier, celui qui se trouvait le plus à l'extérieur, était gradué en vingt-quatre fractions. Le deuxième, inclus dans le premier, comportait quatre-vingt-dix tirets, chacun numéroté de 1 à 90. Dans chaque partie écrasée de ce deuxième cadran s'en dessinaient deux autres, circulaires. L'un était chiffré de 1 à 60, et son voisin de 1 à 31.

Une horloge.

— Comment la lit-on ? demandai-je. Chez moi, je n'ai que des horloges électroniques, qui m'énoncent tout directement...

L'inconnu se pencha sur moi afin de mieux m'expliquer.

— Le premier cadran précise les heures, dit-il. Tu vois, il y a vingt-quatre tirets parce qu'il y a vingt-quatre heures dans une journée.

Je hochai la tête. Ce n'était, pour l'instant, pas compliqué.

— Le deuxième cadran indique les minutes, poursuivit-il. Il y a quatre-vingt-dix divisions, pour quatre-vingt-dix minutes. Lorsque l'aiguille fait le tour de ce cadran, une heure est passée.

Chez moi, les heures font quatre-vingt-dix minutes. C'est pourquoi il n'est pas étrange de dire qu'il est 1 heure 85 minutes, ou 21 h 65... Les minutes, en revanche, s'écoulent toutes les soixante secondes, comme chez vous.

Une fois qu'il m'eut expliqué l'utilité des deux premiers cadrans, il fut aisé pour moi d'en déduire que celui gradué de 1 à 60 représentait les secondes, et celui de 1 à 31, les jours.

Chez moi, soixante secondes font une minute, quatre-vingt-dix minutes font une heure, vingt-quatre heures font un jour, et trente et un jours font un mois. Notre planète est plus grosse que la Terre, c'est pourquoi les heures sont plus longues. En comparant nos journées, la nôtre ferait trente-six heures, avec vos heures. Nos minutes et secondes sont les mêmes, seules les heures diffèrent. Nos années ont douze mois, chacun composé de trente-et-un jours.

Je pus interpréter sur le premier cadran qu'il était 21 heures, sur le deuxième, je lus 69 minutes, sur le troisième, 35 secondes, et sur le quatrième, je remarquai que nous étions au jour dix de ce mois-ci.

21 heures 69 minutes et 35 secondes, le dix du mois de Vire – *décembre, pour vous.*

— Mais, il n'y a pas l'année ! m'exclamai-je.

L'homme eut un fou rire, et je lui rendis l'horloge.

— Non, rétorqua-t-il. Cela ferait bien trop d'aiguilles à déchiffrer ! Nous sommes censés savoir en quelle année nous sommes.

Il me lança un clin d'œil, et je lui répondis par un sourire gêné.

— Au fait, reprit-il, je m'appelle Meps. J'ai reçu une formation de guérisseur, grâce à mon père qui travaillait au centre de santé. Avec mon aide, tu as pu vite te rétablir ! Et avec celle du gros Stan, aussi, parce que c'est lui qui vole les médicaments. Tu peux le remercier, sans quoi tu aurais le corps couvert de cicatrices !

Instinctivement, je portai ma main à ma joue. Je me souvenais être tombée, avant que le gros Stan ne me secoure. Je ne sentis aucune irrégularité, alors j'en déduisis que j'étais guérie. Je reportai ensuite mon attention sur Meps. Son père travaillait au centre de santé ? Sans doute faisait-il partie, comme les parents de Ného, des rares à avoir refusé de sacrifier leurs enfants Corbeaux.

Je voulus lui poser une autre question, mais la porte s'ouvrit brusquement et m'en empêcha. Dans un sursaut, je me tournai vers le gros Stan qui fit irruption, les bras chargés de… nourriture.

Avait-il oublié d'aller chercher Ného ? J'allais lui faire la remarque lorsque mon ami avança dans la pièce à son tour, l'air las.

Son visage… Il était couvert de bleus et d'éraflures. Son œil droit était noirci et sa lèvre inférieure présentait une coupure à moitié résorbée. Sa posture légèrement courbée et son faible appui sur sa jambe gauche montraient qu'il n'avait pas reçu de coups uniquement à la figure.

Mon cœur bondit dans ma poitrine et se cala dans ma gorge, appelant mes larmes.

— Ného! m'exclamai-je en voulant me lever à nouveau, mais sur-le-champ retenue par Meps. Mon Dieu, Ného! Je suis désolée, c'est ma faute, jamais je n'aurais dû insister pour aller voir ce véhicule!

Le regard de Ného changeait à mesure que je me débattais.

Ne me reconnaissait-il pas, lui non plus?

— Pourquoi n'avez-vous pas soigné ses blessures avec le même médicament que moi? reprochai-je à Meps et au gros Stan. Pourquoi vous…?

— C'est lui qui a refusé! se défendit Stan sur un air enfantin.

— Kialys? intervint Ného.

Tout le monde s'immobilisa, moi compris. M'identifiait-il, finalement? J'aurais aimé lui dire que oui, c'était moi, mais aucun son ne voulait quitter ma gorge serrée. Pour briser le silence, le gros Stan toussota.

— Hum, dit-il, je t'ai apporté à manger… qui que tu sois.

Il s'avança vers moi et déversa ce qu'il tenait dans les bras sur mon lit. Perplexe, j'étudiai la nourriture que je ne connaissais pas, puis me tournai à nouveau vers Ného qui me fixait d'un air dur.

— Allez viens, Meps, reprit le gros Stan. Laissons-les s'expliquer. Il lui fera vite comprendre qu'elle se trompe.

Meps me donna une légère tape sur la main, sans doute pour m'encourager. Je tressaillis à ce contact, peu habituée à ce que quelqu'un me soutienne par un geste si tendre. Il se leva et rejoignit Stan, avant de quitter le taudis presque instantanément.

Le visage fermé de Ného ne m'indiquait rien qui vaille. Ses poings serrés non plus, d'ailleurs. Était-il en colère contre moi?

Il aurait des raisons de l'être. Comprenait-il que j'étais moi ?

Sans savoir que faire, je lui souris, mais mon ami resta de marbre.

— Si tu ne me reconnais pas… tentai-je. C'est parce que…

— Tu ne peux pas être Kialys, me coupa-t-il. Kialys n'est pas un Corbeau.

À ses paroles cinglantes, je déglutis difficilement. Ainsi donc, il me voyait comme un Corbeau. C'était bien ce que j'étais devenue. Je baissai les yeux, ne sachant comment faire pour lui prouver mon identité. Il se détendit pourtant après de longues secondes et s'avança vers moi. Doucement, il s'accroupit à côté de mon lit pour se mettre à ma hauteur.

— D'où as-tu dit que tu venais ? me demanda-t-il.

— Ného, répliquai-je. Réfléchis un instant ! Comment te reconnaîtrais-je si je n'étais pas moi ?

— Tu as parlé d'un véhicule, que c'était ta faute… reprit-il en m'ignorant. À quoi faisais-tu allusion ?

— À… quatre jours, répondis-je. Nous nous apprêtions à rentrer dans la ville et étions assis sur le mur d'enceinte, lorsque cette chose est tombée du ciel et s'est écrasée. C'est moi qui ai insisté pour y aller, ce qui t'a valu ça.

Je lui désignai son visage du bout des doigts.

— D'ailleurs, repris-je, ce n'est pas très malin de ne pas vouloir te soigner.

— Que s'est-il passé, il y a trois jours, quand tu as disparu ?

Mais quand allait-il comprendre ?

— Ného ! Je te dis que c'est moi !

— Explique-moi d'abord.

Je levai les yeux au ciel et croisai les bras en serrant la bouche.

— Je me sentais mal depuis qu'ils nous avaient surpris, lâchai-je à toute vitesse. J'avais la nausée, ou un truc du genre. Et au centre d'éducation, j'ai remarqué que mes mains, mes mains seulement, étaient rouges ! Et puis, Nieb semblait avoir aperçu…

— Nieb ? me coupa-t-il.

— Mais oui, tu sais, celui que ma mère espère que j'épouse, répondis-je en faisant une grimace de dégoût. Enfin bref, je te passe l'épisode des miroirs qui me balancent des messages d'erreurs, et de mes yeux qui changent de couleur. J'ai paniqué, je me suis enfuie du centre d'éducation, puis j'ai voulu venir te voir, mais le soleil m'a brûlé la peau. Et depuis… je suis ici.

— Donc tu es en train de me dire, récapitula-t-il, que tu es Kialys, et que tu es devenue blonde à la peau pâle et aux yeux verts ?

— Si seulement je pouvais te donner une explication logique, Ného, je le ferais ! Mais là, franchement, je suis aussi paumée que toi ! Si ce n'est plus…

Devant son air suspicieux, je soupirai.

— Ného, honnêtement, repris-je. Quel est le pourcentage de chance pour que quelqu'un qui vient d'arriver et qui ne connaît personne te raconte tout cela ?

— Justement, me répondit-il. Il est presque nul… C'est bien ça qui m'inquiète.

— Donc tu me crois ? m'extasiai-je peut-être un peu trop tôt.

Il joua avec l'une de ses mèches de cheveux avant de se redresser.

— Je n'en sais rien, Kia… commença-t-il. Je n'en sais rien. Pourquoi aurais-tu… « muté » en Corbeau ?

— J'aimerais bien le comprendre…

Il se releva précipitamment et fit les cent pas, posant sur moi un regard plein d'espoir.

— Kialys ? dit-il en souriant. C'est vraiment toi, alors ?
— C'est ce que je me tue à te dire.
— Mais…

Il s'approcha de moi et examina mes yeux, mes cheveux, ma peau, mes traits, mon visage. Tout.

— Tu as l'air… Je veux dire, on ne croirait pas que tu es devenue Corbeau. Tu as l'air d'en être un. Comprends que j'ai pu douter…

Il me sourit, apparemment rassuré de me savoir Corbeau plutôt que disparue.

— Tu n'as vraiment aucune idée de la manière dont tout cela a pu se produire ? me demanda-t-il.
— Non… répondis-je. Même le gros Stan ne m'a pas reconnue…
— Quand est-ce que ça a commencé, dis-tu ?

Mes yeux se perdirent dans les siens, tandis que je tentais de me souvenir de ce qui s'était passé, depuis qu'on s'était quitté, il y avait quatre jours, et avant cela. Pourquoi étais-je devenue un Corbeau ?

Qu'est-ce qui avait bien pu déclencher cela ?

La haine que j'avais éprouvée lorsque j'avais vu Neho se faire embarquer par les agents de contrôle ? Le dégoût que j'avais ressenti quand ma mère me poussait à mentir ? Le soleil particulièrement fort qui avait précédé la nuit du crash ?

Non. Tout cela pouvait changer quelqu'un au fond de lui, mais l'apparence tenait des gènes. Les gènes ne se modifiaient pas à cause d'un sentiment, et encore moins du soleil. Non, il nous faudrait approfondir une autre voie.

Chapitre 6

— Je dirais que ça a commencé le soir où l'on a découvert le véhicule accidenté…

Négo frotta son menton recouvert d'une légère barbe. J'observais d'un œil gourmand ce que le gros Stan m'avait ramené à manger. Il y avait quelque chose qui ressemblait à du pain, mais en plus… moelleux, peut-être ? Il y avait aussi, dans ce pain, des petites boules noires. Perplexe, je m'en emparai et le sentis. L'odeur était plutôt agréable, alors je mordis dedans. Terrifiée, je cessai de mâcher au moment où je compris pourquoi je ne connaissais pas.

— Négo ! m'étouffais-je, interloquée. Mais ce sont des sucreries !

Il se retourna vers moi, surpris, et me lança un sourire satisfait.

— Oui, me répondit-il, fier. Tu aimes ? C'est mon stock personnel, donc ne les mange pas toutes d'un coup, s'il te plaît.

— Mais c'est prohibé !

Il parut attendri et s'assit sur mon lit.

— Tu apprendras que rien n'est interdit au ghetto, répliqua-t-il mystérieusement.

Je reposai la sucrerie – *qui, en fait, était une brioche* – devant moi. J'allais peut-être être contrainte de vivre ici, mais je n'étais pas obligée d'oublier les règles avec lesquelles je grandissais depuis toujours. Du moins, pas si vite.

— Enfin bref, reprit-il. Tu n'es forcément pas au courant, mais il a été démontré, au centre de recherche, que ce véhicule n'appartenait pas…

Il s'immobilisa avec inquiétude.

— À… ? l'encourageai-je à finir.

— Eh bien, comme nous l'avions découvert, ce n'était pas un véhicule ténurien, m'expliqua-t-il. Et l'individu qui se trouvait à l'intérieur non plus.

— Mais on le savait déjà, répondis-je.

— Oui, mais maintenant, ils en ont la preuve, reprit-il très sérieusement. L'ADN de l'homme n'a pas été reconnu…

Cela changeait tout, bien sûr…

— Évidemment que l'ADN de cet homme n'a pas été identifié, me moquai-je. S'il n'est pas Ténurien, il ne peut pas être perçu par nos systèmes…

L'ADN de cet homme n'avait pas été reconnu. Cette phrase résonnait en moi comme une condamnation à mort. Je savais déjà que cette personne n'était pas Ténurienne, mais là, ça n'altérait pas les choses pour lui, mais pour moi. Les miroirs fonctionnaient sur le même principe que les lecteurs d'ADN. Et tous ceux que j'avais croisés, depuis quatre jours, m'affichaient un message d'erreur. Se pouvait-il que je ne sois plus Ténurienne ? Que les Corbeaux ne le soient pas non plus ?

Ného attendait la fin de ma phrase patiemment.

— Ného, le sollicitai-je calmement. As-tu déjà essayé l'un de nos miroirs ?

Ne comprenant pas le fil de ma pensée, il parut d'autant plus étonné. Il s'apprêtait à réagir, lorsque le gros Stan poussa de nouveau la porte dans un grincement lugubre, nous conduisant à sursauter, tous les deux.

— Alors ? demanda-t-il à mon ami.

— C'est elle, répondit Ného avec enthousiasme, loin d'imaginer ce qui parcourait mon esprit.

Stan grogna avec satisfaction et se frotta le ventre de ses mains.

— Bon, eh bien, je vais faire mes courses ! dit-il comme s'il s'agissait d'une boutade. Tu devrais aller la faire marcher un peu, de toute façon, personne ne la reconnaîtra, comme ça.

Sans attendre d'explications, il referma la porte aussi brutalement qu'il l'avait ouverte. Ného se tourna vers moi avec un grand sourire. À croire que l'idée de sortir en pleine nuit, au beau milieu du ghetto, ne l'effrayait pas. Mais moi, c'était autre chose. Lorsque j'allais au ghetto, avant, c'était toujours quand il faisait encore jour, ou presque. D'autant plus que mes pensées n'étaient pas d'humeur à s'amuser.

Mais je lui rendis son sourire tout de même et retirai la couverture de mes jambes. Si je devais vivre ici, autant que je m'habitue aussi vite que possible à la dureté du quotidien. Nous aurions l'occasion de parler plus tard.

— Suis-moi bien, me conseilla-t-il. Ce n'est pas que certains sont réticents lorsqu'ils accueillent des nouveaux, mais… J'espère que personne ne te reconnaîtra.

Un frisson me parcourut à l'idée de me faire blâmer, mais je me levai malgré tout.

— Et maintenant que tu fais partie des nôtres, reprit-il, je pourrai te montrer ma baraque. Peut-être même que tu pourrais y rester. Ce serait tout de même mieux que le taudis de Stan.

J'acquiesçai en souriant, tentant de chasser mes pensées morbides. Il s'empara de ma main et m'entraîna calmement à l'extérieur. La nuit était douce, ce soir-là, à l'inverse de mon cœur.

Si bien que je me demandai s'il ne s'agissait pas d'un fait exprès.

Je fis quelque pas, et Ného me présenta rapidement les acteurs principaux de la communauté du ghetto. Le jour, celui-ci était presque vide. Mais une fois le crépuscule passé, on aurait dit une vraie fourmilière. Je n'étais pas à l'aise, même si je savais que maintenant, j'étais comme eux. Je m'étais accoutumée à la couleur beige de la peau de Ného, mais voir autant de Corbeaux, généralement, ne présageait rien de bon, à part une émeute, peut-être. Enfin, pour les Normaux, dont j'avais reçu l'éducation. Sans doute me serait-il difficile de m'en défaire, d'ailleurs.

Pourtant, chacun me saluait allègrement, comme s'ils ne remarquaient rien.

— Ne sois pas si tendue, me souffla Ného. Ils vont se douter de quelque chose.

— C'est que je n'ai pas l'habitude…

— Je sais, me coupa mon ami.

Sous la lueur de la nuit, tout avait une autre dimension. Les rues, qui de mon côté du mur étaient sans cesse illuminées par de violents éclairages blancs, étaient ici colorées d'une agréable teinte orangée. Les lampes qui embrasaient les chemins étaient semblables à celle que j'avais remarquée chez le gros Stan. À ce propos, je me questionnai ce qu'il sous-entendait par « faire des courses ».

— Que va voler le gros Stan, ce soir ? demandai-je à Ného.

Surpris, celui-ci m'adressa un regard complice et fit signe à l'un de ses amis.

— Eh bien, tu parles déjà comme l'une des nôtres ! se moqua-t-il.

— C'est qu'à force de traîner avec toi, j'ai pris l'habitude…

Un rire cristallin s'échappa de lui, et j'eus des frissons. Comme c'était bon d'être près de lui, sans contraintes.

Quelle heure était-il, d'ailleurs ? Ah, oui. C'était vrai. Maintenant, je m'en fichais de l'heure.

Ného s'avança vers l'un des taudis et agrippa le bord du toit. Chaque bidonville ne dépassait pas deux mètres de haut. Certains étaient même plus petits, ce qui obligeait leurs habitants à vivre courbés. Il se hissa en haut de la toiture et me tendit la main.

— Viens, me dit-il. Je veux te montrer quelque chose.

Intriguée, je glissai mes doigts dans les siens. Il me tira si fort que j'eus simplement à poser mes coudes sur l'auvent en tôle ondulée pour le rejoindre. Là, la vue qui s'offrait à nous était… spectaculaire, et pas banale. Enfin, pas pour moi. Une multitude de fers feuillards, éclairés par la lune ou par les lampes à flammes, s'étendaient sous nos yeux comme un champ de misère. Mais quel magnifique champ ! Leurs rues n'étaient peut-être pas énormes, leurs maisons étaient peut-être minuscules, et leur vie avait beau être rude, ce paysage avait une âme.

Pourquoi ? Aucune idée.

En dessous de mes pieds, un enfant Corbeau était poursuivi par sa mère, elle-même Corbeau. À peine plus loin, un Normal, un peu trop enrobé, et un Corbeau riaient avec un… hum, quel était cet objet ?

Je le désignai à Ného, qui s'amusa.

— C'est un ballon ! me dit-il. Tu n'as jamais joué au ballon ?

— Non, m'étonnai-je. Tu sais bien qu'on n'a pas le droit de jouer.

— Je t'apprendrai, un jour. Mais pas maintenant. Allez, viens !

Il se mit à bondir de toit en toit, me laissant là, seule.

Perplexe, et moins habile que lui en raison de ma faiblesse, je le suivis. Où donc voulait-il m'emmener ?

De temps à autre, il se retournait afin de surveiller mon avancée, surtout parce qu'il me jugeait maladroite. Au fur et à mesure que l'on progressait sur les appentis des baraques, dans des bruits métalliques, je voyais apparaître, dans la direction où il nous conduisait, un taudis surélevé. C'était le seul qui dépassait les deux mètres et il était éclairé d'une lueur orangée, comme partout. Il semblait être, en fait, bâti au-dessus d'une autre habitation, ce qui, à mon avis, lui offrait un panorama unique.

Au moment même où je repérai cette « cachette », Négo s'avança vers moi et me la montra.

— Tu vois, dit-il. C'est chez moi.

Mon souffle se coupa. Chez lui ? Certainement pas, sinon, je l'aurais découvert avant. Devant mon air effaré, il rit de nouveau et me tapota l'épaule.

— Chez moi, répéta-t-il. Pas chez ma mère.

Je compris. C'était chez sa mère que je me rendais, lorsque je m'aventurais dans le ghetto. Après quelques toits enjambés et quelques allées traversées, nous étions arrivés. Négo avait construit une échelle, à base de vieux contours de fenêtres et de portes, le genre d'objets que l'on ne trouvait qu'en fouillant la terre, à cause des ruines de la guerre. Il monta les barreaux un à un, et je le suivis, remarquant qu'une mère de famille habitait en dessous de chez lui, avec ses deux enfants. Je me demandai comment elle faisait pour vivre dans une pièce de cinq mètres carrés avec deux petits, mais ma réflexion fut de courte durée puisque Négo m'offrit sa main pour achever mon ascension.

Je l'empoignai et arrivai à mon tour à la modeste plate-forme. C'était… subjuguant. L'endroit n'était fermé que par trois murs et un plafond, laissant tout un pan ouvert sur le vide.

Voilà pourquoi, le jour, il se rendait chez sa mère. Ici, il n'était pas protégé de la lumière du soleil. Mais cela offrait une vue incroyable sur le ghetto et sur les étoiles.

Le sol était constitué de planches de bois vermoulues, tapissées de tissus bariolés ou de linges de bain en guise de linceul. Il y avait un lit, un fauteuil, une lampe comme celles que l'on apercevait partout dans le ghetto, et une petite commode. Je repérai, sur le dessus de celle-ci, de nombreux carnets disséminés en tous sens.

L'envie me démangea, malgré le dégoût que j'éprouvais chaque jour en découvrant mes cahiers trop bien rangés, de les aligner. Mais je n'en fis rien. À leur côté se trouvait également une sorte de bâton blanc, au-dessus duquel se consumait une flamme.

— C'est une bougie, m'indiqua Ného. Ici, les seules lumières sont les lampes à gaz et ça.

Il me désigna l'un des éclairages semblables à celui que j'avais aperçu chez Stan, et je compris qu'il s'agissait de ce dont il me parlait.

— Alors, ça te plaît ? me demanda-t-il en s'affalant sur son fauteuil.

Avais-je vraiment besoin de dire que cela me charmait ? Ça paraissait évident. Et Ného connaissait bien mes goûts.

— Je n'ai pas de mots pour décrire ce que je ressens, soufflai-je en tâtonnant un objet qui pendait du plafond.

C'était une structure fine qui présentait plusieurs ramifications, au bout desquelles se trouvait, à chaque fois, un petit élément.

— C'est un mobile, m'expliqua Ného. C'était, je pense, pour les enfants. Je l'ai déterré dans les ruines.

En souriant, je me retournai vers lui en embrassant l'entièreté de la pièce.

— Pourquoi n'avons-nous plus le droit à tout ça, nous ? dis-je, la voix teintée de tristesse.

— Par « nous », tu veux dire, les Normaux ?

J'acquiesçai en hochant la tête. Tout paraissait si morne, dans ma vie, en comparaison de ce que Ného expérimentait. Pourtant, j'avais ce que plusieurs appelaient un quotidien parfait. Mais la perfection, finalement, ne s'inscrivait-elle pas dans toutes les petites imperfections de l'existence ?

Ce fut là que je compris pourquoi je trouvais que le ghetto avait plus d'âme que l'autre côté du mur. Il y avait des différences. Des divergences. Des défauts. C'était ça qui donnait un cœur au lieu où nous résidions. Ici, c'était chaleureux, malgré la nuit qui hantait ces lieux. Chez moi, même le soleil ne parvenait pas à réchauffer les esprits.

Dans un souffle, je me retournai vers le pan sans paroi et contemplai la vue du ghetto et des étoiles. Quelques couvertures accrochées au plafond étaient retenues par un fil de fer, à la façon des rideaux.

— Les tentures ne suffisent pas à te protéger, le jour ? demandai-je en les examinant.

— Non... soupira Ného, l'air déçu. Mais je préfère dormir chez ma mère, et profiter la nuit de cette vue.

— C'est... indescriptible, dis-je en cherchant des mots qui n'appartenaient pas à mon vocabulaire.

Pourtant, un terme me vint à l'esprit, au fur et à mesure que j'observai le ciel. Je m'assis sur le bord du sol et laissai mes jambes pendre dans le vide.

— C'est *romantique*... murmurai-je.

— Quoi ? me demanda de répéter Ného.

Romantique ? Était-ce bien moi qui avais prononcé ça ? Qu'est-ce que ça voulait dire ? D'où me provenait ce mot ? Mon corps se raidit devant ma clairvoyance. Pourtant, j'étais certaine que ce terme n'existait pas dans ma langue, et encore moins dans celle des autres pays.

— Euh… rien, dis-je précipitamment, ne cherchant pas à l'inquiéter davantage.

Il haussa les épaules et se perdit dans ses pensées. Ného paraissait si heureux que je sois Corbeau, comme lui. Il semblait avide de me faire découvrir toutes ces choses, de m'apprendre sa culture. Pourquoi ne parvenais-je pas à me réjouir ? Pourquoi n'arrivais-je pas à me dire que, parce que j'étais Corbeau, à présent, j'allais passer le plus clair de mon temps avec lui ? N'était-ce pas ce que je souhaitais, secrètement, depuis toujours ? Peut-être savais-je au fond de moi que ça n'allait pas durer ? Que l'idylle qu'il s'imaginait était éphémère ?

Cela se produirait un jour ou l'autre. Ils me retrouveraient, grâce à mes empreintes, et…

— Tu as soif ?

Je sursautai. Comme je détestais qu'il me tire de mes pensées de cette manière ! Et pourtant, cela m'arrachait un frisson de délice à chaque fois.

— Je ne sais pas… répondis-je, prudente. Si tu as de l'eau, oui.

— Kialys, dit-il, l'air attendri. Quand je te disais que tu étais naïve…

Vexée, je cherchai autour de moi. Il était vrai que, pour avoir de l'eau, il faudrait déjà qu'il y ait un réfrigérateur.

Chez moi, les carafes s'y remplissaient automatiquement, pour qu'elle soit toujours fraîche. À regret, je doutais qu'il en ait un.

Ného se moqua de moi une fois de plus et me certifia que de l'eau, ils en avaient. Mais que ce n'était pas ce qu'il souhaitait me faire découvrir.

Il se leva de son fauteuil et se rendit face à son armoire. Là, il en ouvrit un tiroir et en extirpa quelque chose. Pour moi, ce concept de tout faire soi-même était également nouveau, et mon ami rit de plus belle lorsque je m'extasiai devant ce procédé miraculeux. L'objet qu'il en avait sorti était un cylindre, qui se resserrait vers le bout supérieur, fermé par… un bouchon en bois compressé. Il y avait, visiblement, un liquide à l'intérieur, de couleur claire. La matière de la bouteille me laissa perplexe. Qu'est-ce que c'était ? Je n'avais jamais rien connu de tel. C'était lisse et froid.

— C'est du verre, m'informa Ného. Les Normaux n'en font plus, maintenant, parce que ça coupe.

— Qu'est-ce que c'est ? l'interrogeai-je.

— Du vin.

Du vin ? J'avais beau avoir eu plusieurs années d'études sur l'histoire de Ténarus et de Nerca, j'avais le sentiment d'en apprendre plus avec Ného, ce soir-là, que lors de tous mes cours réunis. Sans doute les éducateurs se gardaient-ils de nous révéler certains aspects, pour ne pas nous pousser à faire n'importe quoi. Un peu comme une publicité mensongère.

Le mot *propagande* me vint en pensée. *Propagande* ? J'en connaissais le sens, de la même manière que pour *romantique*, mais j'étais incapable de donner la provenance, la racine de ces termes. Pourquoi des expressions inexpliquées naissaient-elles soudain dans mon esprit ? Que m'arrivait-il ?

Pourtant, je décidai de l'ignorer. Ného retira le bouchon de la bouteille avec ce qu'il appelait un ouvre-bouteille.

— Ça, dit-il, c'est une trouvaille du gros Stan.

Le bouchon céda dans un « ploc ». Il porta la bouteille à mon nez, et je compris que je devais en humer l'odeur. Ne connaissant pas « le vin », j'y allai sans détour, inspirant profondément. Mais les effluves auxquels je fus confrontée furent totalement différents de ceux que j'attendais. Une puissante senteur de… je ne savais pas d'ailleurs, mais ça me brûlait les narines et les poumons, si bien que je m'étouffai. Ného fut une nouvelle fois amusé.

— Tu aurais pu… me prévenir ! râlai-je entre deux toux.

Pourtant, maintenant que l'impression première s'était dissipée, je percevais une agréable odeur sucrée et parfumée. J'aurais été incapable de dire de quels fruits ou légumes provenait cet arôme, et j'interrogeai Ného à ce sujet.

— C'est du nisari, m'informa-t-il. *C'est un fruit proche du raisin, pour vous.* C'est avec ce fruit qu'on crée le vin. Tu comprends ? Celui-là est un peu vieux, donc il doit être fort en goût et en alcool, mais j'en ai déjà bu une bouteille, et c'est excellent !

Il me donna le contenant sans que je ne puisse réagir et replongea le nez dans l'un de ses tiroirs. Il en sortit des verres en bois, apparemment anciens. Les époussetant négligemment, il les posa sur le haut de la commode et me prit la bouteille des mains. Il versa du vin dans chaque verre, la reboucha, et me tendit l'un d'entre eux.

Sans grande conviction, je m'en emparai et me tournai à nouveau vers la vision du ghetto, m'amusant à balancer mes jambes dans le vide. Je n'avais aucune idée de ce qu'était l'alcool à boire, mais si Ného m'en donnait, ça ne pouvait qu'être bon, non ?

J'entendis des bruits de tiroirs, et Ného vint s'asseoir près de moi.

— Tu vois, me dit-il. Finalement, je suis heureux que tu sois devenue un Corbeau…

Je me tournai vers lui et me risquai à prendre une gorgée de « vin ». Au premier abord, l'acidité me fit grimacer, puis l'amertume provoqua une toux, et, enfin, je goûtai l'arôme des fruits que j'avais exhalés. Ného esquissa un sourire en guettant ma réaction. Je ressentais le liquide atteindre mon estomac.

— Ça brûle, constatai-je.

— C'est normal, me répondit-il.

J'en bus une deuxième lampée. La sensation fut plus douce, et je sentis le parfum plus rapidement.

— Pourquoi dis-tu que tu es heureux que je sois… un Corbeau ?

— Eh bien, déclara-t-il, je n'aurais jamais pu te faire découvrir tout ceci, autrement.

— Je ne vois pas ce qui t'en a empêché, rétorquai-je en prenant une troisième gorgée.

— Le fait que tu sois une Normale, peut-être ? ricana-t-il.

Je me raidis. Avait-il lâché ce que j'avais entendu ? Même si je me doutais que ses paroles n'avaient pas pour but d'être vexantes, j'en fus profondément blessée. Sans comprendre qu'il n'ait pu envisager ma réaction, je reposai mon pot de « vin » et me tournai vers lui avec indignation.

— Que veux-tu dire ? ripostai-je. Que tu n'avais pas assez confiance en moi, avant ? Que j'aurais pu dénoncer la plupart des trafics qui se déroulent ici ?

— Mais non ! se défendit-il. Je voulais dire par là que c'était dangereux, pour toi…

Sans savoir que répondre, je rattrapai mon verre et en pris une quatrième gorgée.

Devenais-je trop susceptible, ou bien n'était-il pas franc avec moi ?

— Qu'as-tu imaginé ? me demanda-t-il.

— Rien d'important, marmonnai-je entre mes dents.

Soudain, je fus en proie à d'étranges sensations, nouvelles pour moi. J'avais chaud, extrêmement chaud, si bien que mon front perlait. Mon estomac chauffait, lui aussi, tandis que je sentais dans mes veines un genre de légère brûlure qui s'emparait de mon corps.

— Pourquoi je ressens ça ? me préoccupai-je en tendant les mains devant moi.

Ného rit de nouveau et me donna une tape amicale.

— Ne t'inquiète pas, me dit-il. Ce sont les effets de l'alcool. Tu aurais dû manger ta brioche au chocolat, tout à l'heure, ça serait allé moins vite.

— La brioche au chocolat ? m'étonnai-je, ne comprenant pas ce à quoi il faisait allusion.

— Oui, tu sais, la friandise.

Oh, ça. Je hochai la tête d'un air rêveur. Je me souvins que je devais lui parler de quelque chose, mais de quoi, déjà ? C'était étrange, comme si mon esprit était embrouillé. Peut-être avais-je soif ? Je pris une cinquième gorgée de vin, juste pour être sûre que je ne me déshydratais pas.

— Tu sais, me dit Ného, j'ai eu peur, quand ils ont annoncé que tu avais disparu.

Surprise, je me retournai vers lui, manquant de m'étouffer.

— Il ne fallait pas ! répliquai-je. Tu m'as appris bien plus qu'eux. Surtout ce soir…

— Oui, mais, j'étais venu chez toi, et comme d'habitude, ta mère m'a repoussé. J'étais persuadé qu'il t'était vraiment arrivé du mal, alors que tu n'étais qu'à quelques mètres de moi.

Soudain, l'atmosphère se modifia. Je le remarquai parce que j'aimais sentir ces changements subtils. La lumière, l'ambiance, n'avaient pas changé. C'était son regard qui s'était modifié. Le regard de Neho.

— Tu connais ma mère… répliquai-je. Elle a essayé de me convaincre de fabuler à ton sujet, mais je ne l'ai pas écoutée.

— Oui, d'ailleurs, me dit-il, je voulais te remercier…

— Pourquoi ? m'indignai-je. Pour avoir dit la vérité ? Pour ne pas avoir menti, comme les autres ? Même si on me poussait à le faire ?

— Eh bien… sans doute.

Je restai perplexe. Avait-il vraiment besoin de me remercier ? Tout cela, pour moi, était normal. Il était mon ami et je n'étais pas une affabulatrice. Il n'y avait aucune raison pour que je le dénonce.

— Tu dis que les Normaux mettent tous les habitants du ghetto dans le même panier, mais tu fais exactement pareil avec nous ! Tu doutais que je te défende ?

— Non ! J'avais peur que ta mère ou les agents de contrôle ne t'obligent à parler !

— Ils ne peuvent contraindre personne à avouer ! m'emportai-je. Ceux qui mentent sont des… Oh et puis zut ! Tu m'énerves !

Précipitamment, j'entrepris de finir mon verre, par politesse, et aussi un peu par envie, et me levai avant d'aller me blottir contre le lit, sur le sol.

Pourquoi Neho ne comprenait-il pas que, parmi les Normaux, la plupart des gens les dédaignaient ? Il restait persuadé que la plupart mentaient sous l'influence des plus forts. Mais moi, par exemple, je n'avais pas écouté les menaces de ma mère !

Et encore moins celles de l'agent de contrôle ! Je ne prônais que la vérité. C'était mon principe, depuis toujours. Et, malheureusement, pour les Normaux comme pour les Corbeaux, la réalité ne leur plaisait pas. Étais-je la seule à agir de cette manière, parmi dix milliards d'habitants sur Ténarus ?

— Kialys… tenta Ného. Ne le prends pas mal.

— Arrête de voir de l'espoir partout, rétorquai-je. Tu te plains sans cesse de ma naïveté et du statut des Corbeaux qui ne changera jamais, mais toi, tu repères une lueur de promesse en chacun de nous. Ce n'est pas vrai, Ného ! Tous les Normaux sont prêts à mentir pour sacrifier un habitant du ghetto, et surtout un Corbeau, pour aucune raison !

— Et si toi tu es différente, ça veut dire que personne d'autre ne peut l'être ?

Il posa son verre sur le sol, se leva et s'accroupit devant moi.

— Kialys, dit-il. Tu es la seule sur Ténarus à avoir vécu dans les deux camps. Tu étais Normale, tu es devenu Corbeau. Tu es fantastique ! Je l'ai toujours su…

— Non, Ného, tu ne comprends pas ! Je ne suis pas fantastique parce que j'ai connu les deux rives ! Je ne suis pas fantastique parce que je suis devenue Corbeau ! Je n'ai jamais été à ma place, que ce soit chez toi ou chez moi ! Je n'ai jamais été comme les autres ! J'ai été ton amie dès mes sept ans, contre tous ! Je n'ai jamais vu en toi un Corbeau, je t'ai toujours considéré comme un ami ! C'est pour cette raison que je suis fantastique, parce que je n'ai jamais écouté les dogmes que l'on nous imposait, pas parce que la couleur de ma peau a changé ! Et maintenant, tu m'estimes comme un miracle parce que je fais partie des deux camps ? Mais Ného, réveille-toi !

Ného parut choqué par mes paroles, comme s'il s'agissait d'une révélation, pour lui aussi. Mes yeux se remplirent de larmes, tandis que je cherchais d'autres arguments pour lui faire comprendre mon point de vue.

— Depuis que tu sais que je suis moi et que je suis devenue un Corbeau, repris-je, j'ai plus d'intérêt pour toi que je n'en ai jamais eu… Est-ce parce que maintenant, je suis de la même couleur que toi ? C'était ça, le problème ? Au fond, tu vois, tu n'es pas différent des Normaux ! Et d'ailleurs, aucun Corbeau ne l'est ! Vous apercevez tous une disparité là où il n'y en a pas ! Ma peau s'est métamorphosée, mais moi je n'ai pas changé, et pourtant, je suis accueillie comme si j'étais une autre !

— Kialys, calme-toi, je ne voulais pas…

— Laisse-moi tranquille ! criai-je. Toi aussi tu me considères comme une personne différente ! La preuve, qu'est-ce qui t'empêchait, avant aujourd'hui, de me faire découvrir tout ceci ? Ma couleur de peau ?

Il parut gêné et s'approcha un peu plus, mais je le repoussai.

— Comment auraient réagi les autres, s'ils me voyaient avec une Normale ? dit-il pour sa défense.

Je fus tellement outrée que je ne trouvai rien à répondre. Et dans mon cas, mon entourage ne savait-il pas que je passais toutes mes soirées avec un corbeau ? Ignorait-il que dès le crépuscule, je franchissais le mur d'enceinte avec Ného ? Je ne le leur avais jamais caché, parce que je n'en avais pas honte. Mais je comprenais à présent que le véritable aspect que Ného appréciait chez moi n'était pas celui que j'attendais. Aucun de ses amis ne me connaissait. À part le grand Stan, qui, lui, n'était pas un Corbeau.

Meps lui-même ne m'avait jamais rencontrée, alors qu'il semblait être l'un des proches de Neho.

Je n'avais encore jamais remarqué qu'il fixait les points de rendez-vous en dehors du ghetto afin de ne pas subir la honte de traîner avec une Normale. Quand je pensais que, moi, j'étais prête à tout sacrifier pour lui…

— Réponds-moi franchement, Neho, repris-je. Pourquoi étais-je ton amie ?

Visiblement ennuyé, il se passa la main dans ses cheveux. Qu'allait-il répliquer ? Que j'étais son amie uniquement parce qu'un jour, j'avais volé une miche de pain pour lui ? Ne se rendait-il pas compte de la vérité, ou le faisait-il exprès ?

Pourtant, il garda le silence, incapable de répondre. Dégoûtée, je sentis mon cœur prêt à exploser sous toute cette douleur.

— Va-t'en, soufflai-je.

Il parut surpris. Eh bien, quoi ? Espérait-il mieux ? S'attendait-il à ce que je lui saute dans les bras parce qu'il me considérait comme le nouveau prodige ?

Ce qu'il ne comprenait pas, c'était que je n'étais pas simplement contre la vision que les Normaux avaient des Corbeaux. J'étais contre la guerre qui déchirait ces deux peuples.

— Va-t'en, Neho, répétai-je, consciente que je le virais de chez lui.

D'un air déçu, il prit une profonde inspiration. Allait-il réfléchir, durant son sommeil ? Allait-il se rendre compte de l'insulte dont il avait fait preuve envers moi ?

Les larmes coulaient sur mes joues brûlantes à cause de l'alcool qu'il m'avait servi. Il se dirigea d'un pas hésitant vers l'échelle.

— Je suis désolé, Kialys, dit-il simplement.

Sur ce, il descendit, et, après quelques instants, disparut dans l'allée du ghetto.

Je m'effondrai en sanglots. Pourquoi cela faisait-il si mal ? Était-ce parce qu'il me voyait autrement ? Parce qu'il ne m'avait jamais aimée pour ce que j'étais réellement ? Je l'ignorais.

Tout ceci pourrissait nos âmes. Cette guerre de la perfection, cette quête du suprême détruisaient chacun d'entre nous. Je considérais les Corbeaux comme une menace, parce que j'y avais été habituée, mais je savais qu'ils étaient des personnes, et qu'au fond, nous n'étions pas si différents. Normaux, Corbeaux, gros, maigres, petits, malades. Nous étions tous les mêmes.

Pourquoi étais-je la seule à m'en rendre compte ?

Chapitre 7

J'essuyai mes larmes d'un geste brusque. Peut-être avais-je été trop sévère avec Ného ? Non, je n'arrivais pas à m'en convaincre. C'était la première fois que j'étais profondément déçue de son attitude, et je tenais à ce qu'il s'en rende compte. Contre le lit, j'observais les étoiles qui scintillaient. Les étoiles, elles, avaient la vie facile. De loin, on n'apercevait pas les différentes couleurs qu'elles arboraient. Il n'y avait, entre chacune d'elles, aucune divergence. Peut-être que je voyais tout le monde comme des astres ? Mais pourquoi ? Pourquoi m'amusais-je depuis toujours à détruire l'éducation que l'on m'offrait ? Pourquoi m'évertuais-je à détourner les préjugés de Ného ? Était-ce mon but ? Rétablir un équilibre sur cette planète maudite ?

C'était impossible. J'étais une jeune fille insignifiante, et un Corbeau, à présent. Jamais je ne suffirais à changer le monde, jamais ils ne m'écouteraient. Et c'était bien dommage.

J'entendis, au loin, une agitation. Je tendis le cou afin d'en connaître l'origine, mais seules les tôles brillantes m'éblouirent les yeux. C'était sans doute monnaie courante, dans le ghetto.

Dans un souffle, je quittai mon coin et étudiai les rideaux de fortune qu'avait installés Ného. Peut-être que si je les fermais, je pourrais dormir ici ? Où pouvais-je aller, autrement ?

Chez le gros Stan ? Certainement pas. Je m'en voulais déjà suffisamment d'avoir monopolisé son seul lit durant trois jours. Je ne pouvais pas non plus revenir chezNého, chez sa mère. Pas après ce que je lui avais dit.

Oh, je ne regrettais pas. Il était temps de mettre les points sur les i. J'aurais simplement aimé pouvoir le faire moins violemment.

Mes doigts retirèrent le fil de fer qui maintenait les rideaux ouverts, et la pièce fut plongée dans le noir, m'offrant plus d'intimité. Bien que personne n'aurait pu me voir.

Et maintenant, qu'allais-je faire ?

La chambre était petite, bien que chaleureuse. Il n'y avait pourtant rien pour s'occuper. Pas de cours à étudier, pas de devoirs à rédiger, pas d'articles d'actualité à lire. Je balayai la salle du regard et repérai les cahiers négligemment posés sur la commode. Tiens, peut-être que je pourrais les ranger ?

Je m'avançai vers eux et m'emparai du premier carnet à ma portée. En l'ouvrant, je découvris avec étonnement des lignes par centaines, des pages entières noircies par une écriture manuscrite. Mais l'encre n'était pas la même que celle que j'utilisais, avec mon encreur. C'était plus… irrégulier. C'était magnifique.

Comprenant qu'il s'agissait d'ouvrages deNého, je le refermai au plus vite, gênée de lire ce qu'il avait bien pu rédiger.

Je reposai le cahier là où je l'avais pris, pour ne pas trahir mon indiscrétion, et me tournai vers le lit. J'avais beau avoir dormi pendant trois jours, je sentis la fatigue me rattraper à nouveau.

Peut-être que mon rythme normal, celui auquel j'avais été accoutumée depuis toujours, me revenait. Pour moi, la nuit était inconsciemment synonyme de sommeil, passé une certaine heure.

Je ne somnolerais pas longtemps.

Quelques heures, tout au plus. Je ne pouvais pas me permettre davantage, à cause du soleil. C'était étrange, de devoir se méfier du jour, à présent. Je n'en avais pas l'habitude. Et je remerciaisNého d'avoir été mon ami. Il avait été comme un préambule à ma nouvelle vie. Grâce à lui, tout n'était pas tout à fait différent. Ce n'était pas comme si ma mère se changeait en Corbeau tout à coup. Cette idée me fit sourire. Elle serait certainement complètement perdue. Peut-être même s'offrirait-elle la mort…

Malgré moi, la pensée de ma mère me rendit nostalgique, ou peut-être triste. Il faudrait forcément, un jour, que je lui donne de mes nouvelles, même si cela la détruirait plus qu'autre chose. Je n'aimais pas savoir que les gens m'imaginaient disparue. Je n'avais pas disparu, je n'étais pas quelqu'un d'autre. Mon physique avait simplement changé.

En prenant une profonde inspiration, je me couchai sur le lit de Német et constatai avec plaisir qu'il était plus confortable que celui de Stan. Je sentis de l'air frais caresser mon visage et baissai les yeux pour apercevoir les rideaux. Ils ondulaient doucement sous la main du vent, dans un mouvement de va-et-vient.

J'étais heureuse d'être ici, bien que j'aurais préféré que tout ceci se passe autrement. J'espérais seulement que Német allait comprendre mon point de vue. Celui d'une fille qui connaissait les deux camps. Celui d'une fille qui considérait chacun comme un être à part entière, possédant les mêmes capacités, malgré leur couleur de peau. Le mien, tout simplement.

***

Avais-je dormi longtemps ? Aucune idée. Une brise matinale effleurait ma peau, et je n'eus même pas le courage d'ouvrir les yeux. Mon corps se sentait reposé, mais mon esprit, lui, semblait plus fatigué que jamais. C'était curieux, comme s'il était en suractivité permanente. Je me roulai en boule davantage.

J'avais froid. C'était surprenant, d'ailleurs, car normalement les capteurs de mon lit auraient dû le remarquer et faire chauffer doucement le matelas. Tant pis. Je rabattis un peu plus la couverture sur mes épaules, alors que, déjà, je sombrais à nouveau.

D'étonnantes scènes défilaient sous mes paupières. En soi, elles n'étaient pas étrangères, mais mes rêves dépassaient l'utopie. Je voyais un homme, blond à la peau claire, s'amuser gaiement avec un enfant Corbeau lui aussi. En plein jour.

Je sentis ma bouche esquisser un sourire, tandis que mon esprit était ailleurs. L'image changea. Je me trouvais sur une plage, et mes cheveux blonds battaient mon visage. Le rivage était différent de ce que je m'imaginais. J'avais déjà observé, dans les livres d'Histoire, des représentations de bord de mer, mais le sable était toujours rouge ou noir, et l'océan sali par le sang qui y avait coulé. Là, le sable était jaune, presque blanc, et l'eau turquoise s'étendait devant moi et me laissait admirative.

Quels rêves incroyables ! Si j'avais su que mon esprit était capable d'imaginer de tels paysages, de tels souvenirs, aussi fictifs soient-ils, je serais sûrement devenue conteuse.

Une autre image apparut.

Je me trouvais dans une foule, il faisait jour. Je n'étais pas paniquée, plutôt… stressée. Tout le monde marchait autour de moi, mais je restais immobile. Certains me bousculaient sans s'en préoccuper, et l'un d'entre eux m'arracha une mèche de cheveux avec la *fermeture Éclair* de son sac. Je me retournai vivement et lui fis un *geste obscène*.

Les mots venaient à moi en même temps que les images. Pourtant, il ne me semblait pas les connaître, ces mots.

Mais les scènes défilaient encore et encore devant mes yeux, toujours plus prenantes, toujours plus vivantes. Un visage sombre, qui me souriait avec tendresse, un autre clair, qui serrait le premier dans ses bras. Un parc ensoleillé, les Corbeaux et les Normaux mélangés, la joie, le bonheur, des rires.

Je me réveillai en frémissant. Mais, avais-je dormi ? Je n'en étais pas certaine. Étaient-ce des rêves ? Si c'en était, ils étaient pour le moins étranges. Et je n'avais pas les cheveux blonds !

Un nouveau sursaut me fit ouvrir les yeux, et je me rendis compte de mon erreur. Je n'étais plus chez moi, je n'étais plus dans mon lit. Mon réveil n'avait pas sonné parce que je n'en avais plus. J'aperçus mes cheveux. Ils étaient blonds.

Paniquée, je me redressai et remarquai avec effroi que l'aube apparaissait. Oh non ! Que devais-je faire ? Pourquoi Ného n'était-il pas venu me chercher avant qu'il ne soit trop tard ? Je me levai à toute vitesse, tâchant de trouver une solution pour ne pas être brûlée vive. J'avais encore le temps, alors j'aurais pu quitter ce taudis et me précipiter vers celui du gros Stan, ou celui de la mère de Ného. Mais j'ignorais comment m'y rendre, depuis l'endroit où je me cachais. J'étais perdue. Perdue au milieu d'innombrables taudis tous plus semblables les uns que les autres.

Je n'aurais pas pu retrouver le bon chemin. Ou en tout cas, pas avant le lever du soleil. Doucement, j'entrebâillai le rideau, mais dus le refermer illico. C'était trop tard. En louchant, j'aperçus mon nez rougi par ce contact furtif, et la panique me prit à nouveau.

J'étais piégée.

J'ouvris les tiroirs, les vidant sur les planches de bois tordues pour trouver quelque chose qui pourrait m'aider, mais il n'y avait rien d'autre que des objets inutiles et oubliés de tous. Je considérai la couverture posée sur le lit de Neho. Ici, personne ne remarquerait si je m'en emparais pour me protéger. Mais quand bien même je m'abriterais, où irais-je ?

Je tombai à genoux, désespérée. Peut-être que, finalement, c'était mieux comme ça. J'étais peut-être une erreur de trop, sur cette planète. L'erreur qu'un ghetto ne suffirait pas à réduire au silence, l'erreur que même ses habitants redoutaient.

L'indésirable.

Je ne trouvai rien d'autre à faire que de me blottir entre le pied du lit et l'armoire, contre le mur. Que pouvais-je bien faire d'autre ? La clarté du jour s'emparait de la pièce à mesure que le soleil conquérait le ciel, prêt à me faire vivre ma dernière bataille.

Comment Neho avait-il pu me laisser ici ? Pourquoi n'était-il pas venu me chercher ? Pourquoi avais-je dormi si longtemps ?

Les images de mes rêves me revinrent à l'esprit, et mes yeux s'embuèrent de larmes. C'était étrange, comme si j'avais la sensation d'avoir moi-même éprouvé ces scènes du quotidien. Mais c'était impossible, tout ce que j'avais vu n'existait pas. Et je ne connaissais même pas ces mots !

Pourtant, ces images avaient une force semblable à des souvenirs, et les termes que j'avais découverts, au même titre que *romantique* ou *propagande* étaient aussi clairs que si je les avais toujours maîtrisés. Comme si cela faisait partie de ma langue maternelle.

Je frissonnai.

Ce n'était pas le moment de penser à tout ceci, alors que j'allais mourir !

La provenance de ces souvenirs étranges, qui ne m'appartenaient pas, ne devait pas me distraire.

Là, je remarquai que l'armoire épaisse pouvait constituer un solide barrage contre le soleil. Une nouvelle fureur s'empara de moi. Un sentiment que je ne connaissais pas. La fureur de vivre.

De toutes mes forces, je saisis le bord du meuble et le décalai assez pour pouvoir me glisser entre lui et le mur. Je poussai un cri de douleur lorsque, par inadvertance, mon pied dérapa et fut atteint par un rayon brûlant, m'irritant la peau. Je bondis et me collai à la paroi. Mais ce ne serait pas suffisant. Mes yeux se posèrent sur le matelas. Si je le mettais sur moi, je serais peut-être entièrement protégée ? Je m'emparai du lit sans davantage réfléchir, usant à nouveau de toutes mes forces, et le tirai afin de le hisser jusqu'à moi. Haletante, je toussotai dans l'effort. Les larmes inondaient mes joues. Allez, encore quelques centimètres et je pourrais le placer au-dessus de ma tête.

Je surveillai du coin de l'œil la clarté de la pièce, et, déjà, j'éprouvais quelques-unes de mes cellules atteintes par ces UV meurtriers.

J'allais mourir.

Mais je devais essayer. Je tirai une nouvelle fois, à bout de forces, sur le matelas, et je sentis qu'il quittait le sommier. Soulagée malgré les larmes, je m'empressai de le placer au-dessus de ma tête, prenant soin qu'aucune lumière ne puisse s'infiltrer.

Le noir. Tout était sombre, et je n'entendais plus que le son de ma respiration trop rapide, de mes sanglots étouffés, de mon instinct de survie qui m'avait sauvée.

J'étais comme dans un cocon, et mon cœur battant me faisait mal tant il avait eu peur, lui aussi. Je me réjouis, dans mon malheur, d'avoir trouvé une solution afin de vivre plus longtemps. Mais je ne pourrais pas passer la journée ici, cloîtrée dans ma cachette modeste. Tôt ou tard, le soleil serait plus fort que moi.

Quel autre choix s'offrait à moi que de rester là et d'attendre ? Aucun, sans doute.

Un nouveau sentiment horrible, une détresse fulgurante qui traversait mon corps, mon âme et mes poumons, fit monter mes larmes. Moi qui n'avais jamais été peinée, était-ce ça ? Je croyais avoir souffert lorsque le soleil me brûlait, mais ça, était-ce de la douleur ? Mon souffle irrégulier et mon cœur palpitant m'indiquèrent que oui.

Pourquoi n'étions-nous pas préparés à ces épreuves, au centre d'éducation ? Pourquoi ne nous prévenaient-ils pas que notre corps pouvait se retourner contre nous et nous trahir plus que jamais ? Comment espéraient-ils que l'on vive harmonieusement si nous n'étions pas prêts à subir les tours que notre esprit nous jouait ?

Je me blottis un peu plus contre le mur, tentant d'échapper à la douleur que je m'infligeais. Le visage de Népo m'apparut.

Oh... Népo... Pourquoi nous étions-nous disputés ? Pourquoi avais-je été si dure ? C'était certainement pour cette raison qu'il n'était pas venu me chercher. Il m'en voulait, et c'était compréhensible. Après tout, comment ne pouvait-il pas éprouver de la colère envers moi ?

J'avais encore tellement de choses à lui dire, à lui expliquer.

Il était le seul à qui je pouvais faire part de mes craintes, de mes doutes. Je n'avais pas envie de mourir.

Je n'avais pas découvert pourquoi j'étais devenue Corbeau, pourquoi d'étranges mots me venaient naturellement. Pourquoi des souvenirs qui n'étaient pas les miens commençaient à hanter mon cerveau.

Je fermai les yeux, laissant couler mes larmes.

Je me revis, au milieu de cette foule. Tout le monde était pressé, mais moi, non. Bousculée, je lâchai des insultes et des gestes obscènes. Mais je m'en fichais, au fond. J'attendais quelqu'un. Oui, je m'en souvenais, maintenant. Je guettais quelqu'un de très important. Un ami, peut-être ? Sans doute.

Je restais figée au milieu de ces flots vivants. Depuis combien de temps étais-je là, à patienter ? Certainement des heures. Mon empressement grandissait alors que des bâtiments plus hauts que ceux que je n'avais jamais vus se dressaient autour de moi. Des *gratte-ciel*.

Gratte-ciel. Quel mot étrange ! J'essuyai mes larmes d'un geste nerveux et me replongeai dans *mon* souvenir.

De plus en plus de gens me dépassaient d'un air suspicieux. Malgré le soleil à son zénith, des centaines de Corbeaux et de Normaux se mêlaient. Ils ne faisaient même pas attention à ceux qui les entouraient. Pour eux, il semblait normal de se mélanger et de vivre en harmonie. Certains me lançaient des remarques désobligeantes, comme s'ils n'avaient jamais vu une fille prendre son temps dans toute cette effervescence.

Une silhouette arriva, et je me détendis, enfin. J'étais incapable de poser un visage sur cette silhouette, mais j'étais terriblement heureuse de le regarder.

Je ressentirais sans doute la même chose pour un frère ou pour une sœur.

Un frère et une sœur.

Ce n'était pas une invention. Il s'agissait de souvenirs. Mais ce n'étaient pas les miens. Ils venaient d'un monde qui n'était pas le mien, où les gens vivaient en toute liberté, qu'ils soient Corbeaux ou non. De jour comme de nuit.

Pourquoi ces scènes étranges m'assaillaient-elles ? Y avait-il un rapport avec ma mutation ? Sans aucun doute. Mais je n'aurais jamais le moyen de le confirmer.

J'allai me laisser porter de nouveau par la vague de douceur de mon esprit, lorsque j'entendis un bruit feutré, anormal. Il s'agissait d'une voix. N'y en avait-il qu'une ? J'en avais l'impression. Je tendis l'oreille. Le ghetto devait être baigné dans la lumière, à présent, et les seuls qui pouvaient encore sortir n'étaient pas des Corbeaux.

Une vibration fit trembler les murs. Dans un sursaut, je me redressai autant que le matelas posé sur moi me le permettait. Que se passait-il ?

Une autre secousse se répercuta dans les parois. J'entendis des bruits de pas.

— Là ! cria quelqu'un.

J'eus à peine le temps de réagir que le lit fut soulevé au-dessus de moi. Par réflexe, je lâchai un gémissement et plaçai mes bras devant mes yeux, ne souhaitant pas subir une nouvelle fois la morsure du soleil. Je n'avais pas vu qui était là ni combien ils étaient.

Et avant même que je ne tente de l'expliquer, on me drapa dans quelque chose de froid, dans lequel j'étais incapable de bouger. Des cliquetis se firent entendre.

Je me rendis compte de l'odeur abominable qui m'enveloppait. On aurait dit une boîte.

Je toussai, suffoquant à cause de cette odeur épouvantable, et fus prise de vertige. Je cognais sur le coffre dans lequel on m'avait enfermée, m'efforçant de crier.

Et, sans que je comprenne pourquoi, mes yeux se fermèrent, et je sombrai.

***

Des voix résonnaient autour de moi. Des crissements de pas, sur un sol dur et lisse. Il faisait froid. Je frissonnai, et quelqu'un posa sa main sur mon front. Ce contact me surprit. J'en eus un sursaut.

— Calme-toi, Kialys, me murmura quelqu'un d'un ton rassurant.

Mon visage se crispa sans que je ne puisse ouvrir les yeux. Je me sentais si faible ! Où étais-je ? Étais-je morte ? Avais-je finalement succombé ?

Je tentai de bouger le bras, mais quelque chose me retint. J'essayai un peu plus fort, mais il n'y avait rien à faire. Mon poignet semblait être tenu par quelque chose d'extrêmement solide. Je testai l'autre bras et eus le même résultat. Pour mes jambes, pareil.

Je lâchai un murmure, voulant parler, mais seule une plainte incompréhensible s'échappa de ma gorge sèche.

— Elle se réveille, dit une voix.

— Non ! Pas maintenant !

Quoi ? Pourquoi, pas maintenant ? Que me faisaient-ils ? Où étais-je ?

Je m'agitai un peu plus, paniquée, lorsque je sentis quelque chose me piquer le bras. Un liquide froid et brûlant pénétra mes veines. Pourquoi m'immobilisaient-ils ? Qu'avais-je fait de mal ?

Que se passait-il ?

Avant d'avoir le temps d'en savoir davantage, mon esprit sombra à nouveau.

***

Ce fut un bip régulier qui me ramena à moi. Il faisait moins froid, et je sentais que j'avais quelque chose au-dessus de moi. Un drap, peut-être ? Il m'arrivait jusqu'aux épaules et laissait ma tête à l'air libre. Je tentai encore de bouger mes bras et mes jambes, mais ils étaient toujours maintenus.

J'ouvris faiblement mes yeux, et une lumière aveuglante les agressa. Je gardai les paupières mi-closes afin de ne pas être éblouie. Il me semblait que je me trouvais dans une pièce vaste, froide et impersonnelle. Les murs étaient blancs et lustrés.

De nombreux appareils m'entouraient. Des lampes, des ustensiles, des bouteilles renfermant un liquide quelconque. J'étais sur une table en inox inclinée à 45 degrés du sol environ, mi-couchée, mi-debout. J'étudiai mes bras et mes jambes. Des arceaux métalliques fixés à la plate-forme les y maintenaient collés. Je déglutis difficilement et passai ma langue sur ma bouche sèche.

À première vue, je me trouvais au centre de santé. Peut-être même au centre de recherche. Comment m'avaient-ils emmenée ici ? Comment m'avaient-ils repérée ?

Je compris avec effroi que c'étaient eux qui étaient venus me sauver, un peu plus tôt. Comment avaient-ils su que je me cachais là-bas ? Et surtout, pourquoi m'avaient-ils arrachée à la mort ?

Avais-je un quelconque intérêt pour eux, même si j'étais Corbeau à présent ?

À moins que mon cas ne les intéresse scientifiquement parlant ?

Je tressaillis. Voilà donc ce que j'étais devenue. Une expérience.

Mes yeux allaient et venaient dans la pièce lugubre malgré les lumières intenses, lorsqu'une petite porte donnant dans cette salle immense s'ouvrit en coulissant. Une femme entra, habillée d'une blouse blanche, lisant avec vigilance un bloc qu'elle tenait des deux mains.

Inutile de préciser qu'elle était Normale.

Sans même faire attention à moi, elle s'avança et se posta à côté d'une machine que je ne pouvais pas distinguer.

— Où suis-je ? murmurai-je.

La dame ne réagit pas. J'étais à quelques centimètres, et elle feignait de ne pas m'entendre.

— S'il vous plaît, repris-je toujours d'une voix faible. J'ai soif…

Elle posa les yeux sur moi, mais ne me répondit pas. Son air sérieux m'asséna des frissons. Sa main avança vers moi, et elle tira mes paupières vers le haut. Je lâchai une plainte en tentant de détourner la tête, mais le regard froid qu'elle me lança m'en dissuada.

J'avais raison. J'étais une expérience, un sujet d'examen. Une vulgaire donnée scientifique.

Elle retira ses doigts et inscrivit vivement quelque chose sur son bloc-notes, avant de s'écarter et de se diriger vers la porte à petits pas.

— Eh ! l'interpellai-je, plus fort. Qu'est-ce que vous me faites ?

Aucune réponse, comme si je n'existais pas. L'entrée coulissante s'ouvrit à son approche, et elle disparut.

Désespérée, je soupirai. Je préférais encore être au ghetto plutôt que de vivre comme une *souris de laboratoire*. Je grommelai de nouveau en me rendant compte que de plus en plus de mots inconnus me parvenaient. Visiblement, je devrais faire avec. Alors il ne servait à rien de les remarquer, à présent. Il y avait plus grave.

D'abord, Ného n'était pas venu me chercher à temps. Mais ça, c'était encore pardonnable. Peut-être avait-il imaginé que j'avais été assez intelligente pour fuir de moi-même et me réfugier ailleurs que dans ce taudis mortel. En revanche, je n'avais aucune idée de la manière dont les agents de contrôle/recherche/santé m'avaient trouvée. Peut-être Ného m'avait-il dénoncée ? Peut-être même Stan, ou Meps ?

Mes amis auraient-ils pu me trahir ? Ce fut une pensée douloureuse. Mais peut-être cela partait-il d'une bonne intention, après tout.

Je n'en savais rien. J'étais fatiguée de devoir me battre pour survivre. Je n'étais à ma place nulle part. Jamais.

Là, sans prévenir, la table sur laquelle j'étais couchée changea d'inclinaison, me maintenant en position debout. Perplexe, je tentai de garder mon calme lorsque la porte du laboratoire s'ouvrit de nouveau. Un homme y pénétra. Plutôt grand, à la carrure imposante sans être gros, il avait la peau grise et les cheveux noirs.

Il s'avança vers moi d'un pas lent, comme s'ils s'amusaient à me voir languir, un petit sourire aux lèvres.

Malgré moi, la peur fit accélérer mon pouls et tordit mes entrailles.

Qu'allait-il me faire ? Que voulait-il savoir ? Pourquoi était-il là ?

Tant de questions se bousculaient…

— Bonjour, Kialys, me dit-il presque avec tendresse.

— Bonjour, répliquai-je, la gorge sèche.

J'aurais aimé lui crier des insultes, mais je n'en connaissais pas, et ma colère n'avait pas encore pris le dessus sur ma crainte. Voilà pourquoi je restai là, immobile, patiente, comme une *biche effrayée* qui attendrait la mort.

— Tu as soif ? me demanda-t-il avec un sourire.

Sans pouvoir répondre, je me contentai de hocher la tête. Il posa un bloc-notes, semblable à celui que tenait la femme quelques minutes auparavant, et se dirigea dans un coin de la salle. Il attrapa un gobelet dans une matière que je ne connaissais pas – *sûrement du plastique* – et y versa de l'eau grâce à une carafe en métal. Doucement, il revint vers moi et me tendit le verre. Je voulus m'en emparer, mais mes bras et mes jambes attachées ne me le permettaient pas.

— Ah oui, se reprit-il. J'avais oublié.

Oublié ? Comment aurait-il pu ? Il se plaça à côté de moi et porta le gobelet à ma bouche. Je bus goulûment le contenu frais et doux du verre, jusqu'à la dernière goutte. Dans un sourire de satisfaction, il recula sa main.

— Ça va mieux ? s'enquit-il.

— Oui, merci, soufflai-je.

Durant quelques instants, il resta muet en me fixant, comme s'il tentait de percer le mystère de mon visage impassible.

— Bien, brisa-t-il le silence, enfin. Je suppose que tu te poses des questions.

Évidemment que je me posais des questions...

— Où suis-je ?

— Au centre de recherche de Refen, m'apprit fièrement l'homme.

Je hochai la tête. J'avais donc vu juste.

— Pourquoi m'avoir emmenée ici ?

Le scientifique parut gêné et prit quelques secondes avant de répondre.

— Eh bien… commença-t-il, hésitant. Tu dois savoir que ta mère te pensait disparue, non ?

J'acquiesçai en silence.

— Les agents de contrôle t'ont cherchée partout. Ils ont eu du mal à te trouver… puis le gros Stan, du ghetto, nous a dit qu'un Corbeau fraîchement arrivé prétendait être Kialys.

Le gros Stan. La colère grandissait en moi à mesure que je comprenais le sens de ces paroles. Voilà pourquoi il était parti si brutalement, prétextant devoir « faire des courses ». Si le gros Stan m'avait dénoncée, avait-il aussi vendu Neho ?

— Ils sont donc allés dans le ghetto, poursuivit-il, et t'ont cherchée. Ça n'a pas été facile, puisqu'un Corbeau semblait… réticent à l'idée qu'on t'emmène.

Neho. Le souvenir de l'agitation que j'avais entendue, cette nuit-là, me revint en mémoire. Et j'en compris le sens. Neho s'était interposé entre les agents de contrôle et le gros Stan, furieux que celui-ci puisse nous trahir.

— Qu'est-il devenu ? m'empressai-je de répondre.

Comme s'il s'attendait à cette question, le scientifique sourit et se frotta le sourcil.

— Ne t'en fais pas, m'assura-t-il. Neho va bien.

Mon cœur ne fit qu'un bond.

— Mais nous avons été obligés de l'assommer pour pouvoir te chercher sans heurt.

Voilà pourquoi il n'avait pu venir à temps.

Voilà pourquoi il m'avait laissée dans ce piège mortel.

— Enfin bon, reprit l'homme. Le gros Stan avait une petite idée de l'endroit où tu devais être, alors il nous a guidés jusqu'à son taudis, écœurant, d'ailleurs. C'est là que nous t'avons repérée et mise dans une boîte hermétique, pour que le soleil ne te brûle pas. Au départ, nous étions perplexes, parce que tu es un… bref, tu étais un Corbeau.

Ne l'étais-je pas encore ? Je baissai les yeux sur mon corps.

Bien que je n'aperçoive pas ma peau en raison du drap qui me couvrait, je remarquai mes cheveux blonds et en déduisis que si. Pourquoi, dans ce cas, disait-il « étais » ?

— Et puis, continua-t-il, lorsque nous sommes arrivés ici, nous avons vérifié tes empreintes. Et là… Ce fut le choc pour tout ton entourage, surtout pour ta mère, d'ailleurs. C'est la première fois que quelqu'un devient un Corbeau sans l'être de naissance.

Je passai ma langue sur mes lèvres asséchées par l'atmosphère stérile. Pourquoi me disait-il tout cela ? Je savais déjà que je faisais l'objet d'expériences, pourquoi tournait-il autour du pot ?

— Comme tu t'en doutes, dit-il, tout le monde a, bien sûr, été surpris. Comment un Normal peut-il se transformer en Corbeau, du jour au lendemain ?

— Ça a duré trois jours, en fait, intervins-je.

Il fut étonné de m'entendre parler, mais ignora ma remarque.

— C'était une occasion particulière pour nous, poursuivit-il comme si de rien n'était. Même si tout le monde pensait cela impossible. Et ta mère nous a rappelé qu'il y a quelques jours, tu t'étais trouvée sur les lieux du crash. Avec Ného. Personne ne t'a crue lorsque tu as refusé de le désigner coupable, mais moi, je te crois.

Ah, oui.

Tentait-il de m'amadouer, ou n'était-ce qu'une impression ? Stoïque, je l'écoutais.

— En approfondissant nos questions, en lui demandant si elle n'avait rien remarqué d'anormal avant ta disparition, elle nous a avoué que ton miroir avait signalé une erreur. Elle en était très étonnée, d'ailleurs, puisqu'elle l'avait essayé le soir même, et qu'il marchait parfaitement.

Nous y arrivions. Le fameux mystère du miroir. Allait-il me parler de l'homme qu'ils avaient découvert, dans le véhicule accidenté ?

— Tu sais que c'est étrange, n'est-ce pas ?

Je hochai de la tête. Qu'attendait-il pour me dire ce qu'il avait à m'apprendre, une bonne fois pour toutes ? J'essayai de décrypter son expression, sans succès.

— Bien, reprit-il. Comment te sens-tu ?

Quoi ? Pourquoi changeait-il de sujet si brusquement ?

— Mais… osai-je. Avez-vous découvert l'origine de… mon évolution ?

— Nous n'en sommes pas encore sûrs…

Et quoi ? C'était tout ? Je m'irritai devant son mutisme et tentai de me dégager les bras. Qu'y avait-il de si étrange à cacher ? Pourquoi ne voulait-il pas me l'avouer ? C'était moi, après tout, la principale concernée ! Pas eux !

— Et l'homme que vous avez trouvé dans ce *vaisseau* ? Euh… dans ce véhicule.

Malgré ma correction, c'était trop tard. Le scientifique avait remarqué ce mot inconnu et me regardait à présent avec avidité.

— Qu'as-tu dit ? me demanda-t-il, perplexe.

— Qu'en est-il de l'individu que vous avez découvert dans le véhicule ? répétai-je.

S'il ne souhaitait pas m'en dire plus, alors moi non plus, je ne lâcherais rien qui pourrait l'aider ! Il parut amusé de mon petit jeu et esquissa un sourire résigné.

— Eh bien, dit-il, cet homme n'est pas Ténurien.

— Oui, ça, je le savais déjà. Mais son ADN n'a pas été reconnu ? Pourquoi ?

— Tout simplement parce qu'il ne vient pas de notre planète, me répliqua-t-il sèchement.

Bon, il ne voudrait pas m'en dire davantage. J'eus envie de lui demander « Et moi ? », mais me retins. J'étais née sur cette planète. Mais la question que j'avais posée à Ného, l'autre soir, était toujours sans réponse. Et si j'obtenais un éclaircissement à ce sujet, j'aurais une explication à la plus importante.

— Les Corbeaux sont-ils reconnus par les miroirs ? osai-je.

Le scientifique parut déstabilisé. Sans doute ne s'attendait-il pas à ce que je trouve une interrogation détournée pour connaître une même réponse.

— Qu'est-ce que ça t'apporterait de le savoir ? répliqua-t-il.

Le faisait-il exprès ? Je soupirai, agacée.

— J'en ai besoin.

— Il existe une question plus simple et plus directe, me proposa-t-il. Es-tu un Corbeau ? Parce que c'est ça que tu veux comprendre, n'est-ce pas ?

Je serrai les lèvres. Pourquoi jouait-il avec moi ?

Quel en était le but ? Avait-il, lui-même, peur de la réponse ?

— Tes empreintes ont été reconnues par nos lecteurs, m'expliqua-t-il. Pourquoi serais-tu autre chose que toi-même ?

Bon point. Pour le coup, je devais avouer que sa remarque était pertinente.

Mais il cherchait simplement à baisser ma garde, à me détourner de mes interrogations, de mes doutes.

— Les Corbeaux sont-ils identifiés par les miroirs ? répétai-je avec plus de conviction.

— Pourquoi ne l'as-tu pas demandé à ton ami, Ného ?

— Je l'ai fait, mais il n'a pas eu le temps de me répondre.

Il me sourit. Un rictus écœurant, suffisant. Il me dégoûtait.

— Mes empreintes restent forcément inchangées, tentai-je de le persuader. Tandis que les miroirs analysent la structure interne du sujet et ses gènes. Les seuls gènes qui, visiblement, ont été touchés chez moi, sont ceux qui déterminent la couleur des cheveux, des yeux et de la peau. Rien à voir avec les empreintes, donc.

Je fus moi-même surprise par les connaissances que je pouvais avoir, mais m'efforçai de ne pas paraître déstabilisée.

— Eh bien... murmura le scientifique. Très bien. Je vais te dire quelque chose. Nous avons étudié l'homme que nous avons découvert. Ses gènes étaient très proches des nôtres. Sauf pour les trois gènes que tu viens de citer.

— Comment avez-vous déterminé qu'il ne s'agissait pas d'un Corbeau, dans ce cas ?

— Les Corbeaux ont les mêmes gènes, expliqua-t-il. Ils ne diffèrent pas de ceux des Normaux. C'est seulement... comment dire...

Il se dirigea vers un... *tableau blanc* et le tira jusqu'à moi, afin que je puisse découvrir ce qu'il y notait avec son encreur.

— Vois-tu, chez les Ténuriens, les trois gènes qui définissent la couleur de la peau, des cheveux et des yeux, sont en réalité responsables de la création d'une protéine. C'est cette protéine qui, pour nous protéger des rayons du soleil, fonce la teinte de notre épiderme, de nos cheveux et de nos iris. Chez les corbeaux, ces gènes sont les mêmes, mais ils sont défaillants. La protéine n'est donc pas synthétisée et ils ont par conséquent une peau plus claire. C'est une anomalie, pas une divergence ou une évolution.

Ainsi donc, Ného par exemple, avait non pas une autre sorte de gènes plus ou moins développés, mais des gènes souffrants ?

Je hochai la tête, perplexe.

— Chez l'individu que nous avons étudié, ces gènes n'étaient pas malades. Ils n'étaient pas les mêmes.

— Oh… murmurai-je.

Je commençai à comprendre. Les Corbeaux avaient des gènes identiques, mais ils étaient malades. Tandis que l'homme du véhicule, lui, n'avait pas du tout les mêmes gènes. Voilà pourquoi ils étaient persuadés qu'il n'était pas Corbeau.

— Les gènes de cet homme ne produisent pas la même protéine, reprit-il. Il ne serait pas, comme nous, protégé des UV. Grâce à nos méthodes scientifiques poussées, nous avons découvert qu'à l'inverse de notre espèce, la sienne possédait des variations de gènes. Et donc, des fluctuations de couleurs, que ce soit de la peau, des yeux, et des cheveux. Toutes ces variations sont dues à cette protéine. Mais chez eux, les gènes qui en produisent moins, comme lui, ne sont pas malades, ils sont simplement… différents. C'est une évolution, en fait, pas comme chez les Corbeaux, qui, eux, ont une tare génétique.

Je hochai la tête doucement, l'image de mon faux souvenir imprimée dans mon esprit. Des centaines de personnes mélangées, de teintes de peau plus ou moins claires, de couleurs de cheveux plus ou moins foncées. Sans parler des yeux. Et tous existaient sur un pied d'égalité, parce qu'ils n'étaient pas imparfaits.

Juste différents. Maintenant, grâce à l'explication du scientifique, je savais que ces individus appartenaient à l'espèce du cadavre, dans le véhicule. C'était une évidence.

Mais comment faisaient-ils pour tous vivre en plein jour ? Et pourquoi voyais-je ces visages ?

Je me gardai de poser cette question, de peur d'éveiller de nouvelles interrogations à mon sujet chez le chercheur. Mais à présent, je redoutais ce qu'il allait me dire. Si je possédais les souvenirs de quelqu'un de son espèce, c'était que, maintenant, j'étais comme lui. Comme le cadavre. J'étais Corbeau, sans l'être.

— Et, vois-tu, continua le scientifique, les miroirs n'identifiaient pas tes gènes, simplement parce que tu n'as pas les mêmes que nous.

Ça y était. Il l'avait dit. Je n'avais pas les mêmes gènes qu'eux. Ainsi donc, les Corbeaux étaient reconnus par les miroirs. Et moi, non, à l'instar de l'homme dans le *vaisseau*. J'étais devenue de son espèce.

La panique me prit. D'abord, j'étais transformée en Corbeau, et désormais en *alien*.

— Tes gènes se sont inexorablement modifiés du jour au lendemain, me dit-il. Reste à savoir ce qui a provoqué cette mutation… Et visiblement, tu crains le soleil de la même manière qu'un Corbeau… Je me demande donc si cette espèce ne vit que la nuit…

Non. Non, mais je ne pouvais pas lui dire. J'étais suffisamment dans le pétrin pour lui avouer que je possédais des souvenirs d'une espèce étrangère, sans même comprendre pourquoi.

— C'est pourquoi tu es très intéressante, reprit-il. Tu es un peu de nous, et un peu d'eux. Même si cela semble impossible, tu es devenue comme cet individu génétiquement parlant, mais tes empreintes restent ténuriennes. Et toi aussi.

Évidemment, puisqu'il déclarait que seuls les gènes concernant la protéine différaient de nous chez cet homme. Je n'allais tout de même pas perdre mon identité. C'était ici que j'avais grandi, ici que j'étais née !

— N'as-tu rien à me dire, Kialys ?

Je levai des yeux effrayés vers lui. J'avais enfin eu mes réponses, ou du moins la plus importante. Eh bien, j'aurais finalement préféré ne pas les avoir.

— Comme quoi ? articulai-je difficilement.

— Par exemple, qu'as-tu fait dans ce véhicule pour que tes gènes en soient modifiés ?

C'était une très bonne question, à laquelle j'espérais qu'il réagirait. Ce n'était pas parce que j'avais touché l'homme, puisque je ne l'avais pas fait, contrairement à Ného. Or, Ného n'avait pas muté. Ce n'était donc pas ça. J'essayai sans relâche de me rappeler ce qui s'était passé dans ce véhicule où je n'aurais jamais dû me rendre, sans succès. Trop de questions, trop de peur, trop de doutes me hantaient pour que je puisse me concentrer là-dessus. Et je ne voyais rien de vraiment important. Juste une suite d'événements insignifiants, et parfois inquiétants. Rien qui aurait pu me faire changer à ce point, génétiquement parlant.

— Je n'en sais rien… répondis-je, confuse. Pourquoi est-ce si essentiel ?

— Eh bien, si nous connaissons la raison de ta mutation, nous pourrions créer le processus inverse. Tu redeviendrais comme avant.

Une lueur d'espoir me traversa. Redevenir comme avant ? Comme si rien ne s'était jamais passé ? Cela me laissait rêveuse.

C'était un peu comme si... j'étais malade, moi aussi. Bien que je sois la seule à posséder cette maladie.

— Pourquoi vouloir m'aider ? m'enquis-je. Ne suis-je pas un Corbeau, maintenant, à vos yeux ?

Le scientifique parut gêné et se frotta les lèvres.

— Si, mais... Eh bien, tu n'es pas vraiment un Corbeau... Tu es, tout d'abord, une Normale, déjà, puisque tu es née Normale. Ta mutation est plus considérée comme... Une erreur de parcours, rien de bien méchant. Tu sais bien que nous ne délaissons jamais les Normaux.

J'entrouvris la bouche, offusquée.

— Plutôt que de vouloir vous occuper de moi, vous feriez mieux de trouver de quoi soulager les « vrais » Corbeaux.

— Mais... Ce serait insensé ! Ils ont choisi de vivre, c'est leur problème.

Souhaitait-il dire qu'il aurait été préférable pour eux de se laisser mourir ? Ce débat était stérile, aussi horrible soit-il. J'étais moi-même un Corbeau, à présent. Enfin, pour faire court, parce que c'était plus compliqué que cela, mais c'était de cette manière que m'estimaient mes semblables, même si j'étais « autre chose ». Mais j'avais tout de même, grâce à mon origine Normale, plus de considérations que les autres Corbeaux. Forcément, à ce jour, aucun Normal à part moi ne s'était muté en Corbeaux.

Ils sacrifiaient tout pour les Normaux, parce qu'ils n'avaient aucune tare, même dans mon cas, mais ne levaient pas le petit doigt pour les autres, à cause de leurs défauts. S'ils dépensaient toutes leurs connaissances et leur énergie à chercher un moyen de soulager les Corbeaux, plutôt qu'à espérer me rendre mon apparence Normale, cela ferait un bon bout de temps que les

Corbeaux pourraient vivre en plein jour, et dans de meilleures conditions.

Par quel privilège passais-je avant les autres ? Par le droit de naissance Normal ? Mais personne n'avait rien demandé ! Moi je n'avais pas voulu naître Normale, comme je n'avais pas souhaité muter. Et les Corbeaux n'avaient pas réclamé à naître défaillants, imparfaits et malades !

Tout cela frôlait le ridicule. C'était ça, leur perfection.

— Alors ? s'impatienta le scientifique.

Comment voulait-il que je sache ce qui avait provoqué ma mutation ? J'avais déjà du mal à mettre de l'ordre dans mes souvenirs, alors en déduire, en plus, ce qui était responsable de tout ceci...

— Je n'en sais rien, répondis-je en soupirant.

Il parut déçu et baissa les yeux sur son bloc-notes qu'il venait de récupérer sur la table froide.

— N'as-tu pas aperçu un genre de... cuve ? me demanda-t-il en haussant les sourcils.

Oui... je me le rappelais, d'ailleurs. J'avais appuyé sur le bouton « par accident », et un gaz acide m'avait aspergée.

Et si c'était ça ? Mon Dieu... mais oui, c'était évident ! C'était à partir de ce moment-là que je m'étais sentie mal. Que mon sang s'était mis à me brûler ! Je détournai la tête durant une seconde, afin de réfléchir quelques instants. Non, c'était forcément ça. J'étais la seule à avoir inhalé le gaz. Et c'était l'unique chose que Négo n'avait pas faite.

Fallait-il lui répondre que oui ? Fallait-il ignorer la question ? Si je lui répondais positivement, que se passerait-il ?

Pour le moment, pas grand-chose.

Il m'avait simplement demandé si je l'avais aperçue, pas si j'avais fait autre chose à sa proximité. Je déglutis difficilement et tentai de paraître détendue.

— Euh… si, répliquai-je.

Il sembla soudain intéressé. Son regard se détacha du bloc-notes pour me fixer.

— Et… n'as-tu rien remarqué de… spécial ?

— Non, répondis-je sans attendre. J'ai repéré la cuve, mais j'ai passé mon chemin. Je ne vois pas ce que j'aurais pu faire avec.

Je devais avoir l'air innocente pour qu'il me croie. Je ne savais pas vraiment pourquoi, mais il le fallait. Peut-être aussi que, finalement, je ne voulais pas retrouver ma vie d'avant. Je n'espérais pas qu'ils trouvent le moyen de me guérir. Ce choix pouvait paraître étrange, mais c'était le mien, pour une fois.

— Hum… marmonna-t-il. Je vois. Bon.

Zut. Il avait des soupçons.

— Pourquoi ? demandai-je à mon tour. Qu'est-ce qu'il y avait ?

— Eh bien, justement, me répondit-il. Elle était vide. Mais nous supposons qu'il y a eu une fuite lors de l'accident, et que peut-être la matière qu'elle contenait s'est répandue dans le véhicule… Si c'est le cas, tu as peut-être eu un contact, et c'est ça qui t'a transformée.

Je n'osai pas lui dire que Neho aussi avait été dans le véhicule, et donc qu'il aurait été touché également suivant sa théorie. S'il pensait quelque chose de faux, tant mieux. Mais il ne découvrirait rien sans moi.

— Enfin, ce n'est pas très important, finit-il. Nous avons encore des recherches à faire, mais sans doute trouverons-nous rapidement une solution pour toi.

Il me tourna le dos et s'apprêta à partir, lorsque je l'interpellai.

— Mais, qu'allez-vous faire de moi ?

— Que dis-tu ? me demanda-t-il de répéter, déjà distrait par ses réflexions.

— Qu'allez-vous faire de moi, maintenant ?

— Eh bien… Te garder ici, je pense.

Quoi ? Ah ça, non ! Il n'en était pas question !

— Tant que tu ne voudras pas tout nous dire, reprit-il d'un ton sec.

D'accord. Il savait donc que je mentais. Mais savait-il sur quoi ? Et connaissait-il la vérité ? Certainement pas. Il avait décelé le mensonge parce que je ne savais pas mentir. En attendant, j'étais bloquée ici. Pour combien de temps encore ? Aucune idée. Jusqu'au moment où je leur communiquerais des informations que je me refusais de révéler. Autant dire pour toujours.

Mais pourquoi me garder de cette manière ? Pour avoir des précisions, d'accord. Mais je pouvais très bien leur dire à l'extérieur du centre de recherche. Chez moi, par exemple. Oui… Ou alors il y avait quelque chose de plus important encore qu'il ne voulait pas perdre. Quelque chose qui les dépassait et qui leur serait utile, en tant qu'objet scientifique. Moi, peut-être ?

Cette idée me fit frissonner.

Je levai les yeux vers le spécialiste. Je n'étais pas un Corbeau, me disait-il, mais il me traitait comme tel. Sans doute un réflexe nauséabond à la vue d'une peau claire.

— En attendant, détends-toi, reprit-il.

Sa fausse compassion me donna envie de vomir, et je détournai le regard pour ne plus subir l'expression qu'il arborait.

Quelques secondes plus tard, j'entendis qu'il ricanait, et ses pas s'éloignèrent.

La porte coulissante se ferma dans un son feutré, et je soupirai enfin de soulagement.

Qu'allais-je faire ? M'enfuir ? Mais par où, comment ? J'étais attachée et persuadée que personne, à part ma mère, ne savait où je me trouvais.

Je cherchai une horloge, n'importe quoi, qui pourrait m'indiquer l'heure, mais ne vis rien. La table s'inclina à nouveau. Pourquoi m'allongeaient-ils ?

Je tentai encore de me libérer de l'étau qui me maintenait, mais malgré mes essais toujours plus décidés, je n'y parvenais pas. Je m'immobilisai alors qu'ils éteignaient la lumière, me plongeant dans le noir brisé par le clignotement des machines qui m'entouraient. J'en déduisis que la nuit approchait. Je venais de dormir plus qu'il ne m'en aurait jamais fallu, et ils voulaient que je sommeille ? Impossible.

Je tendis l'oreille lorsque des pas joyeux et des voix soulagées passèrent furtivement devant la porte de l'endroit où j'étais retenue. Ils partaient pour rentrer chez eux, retrouver leurs femmes et leurs enfants. Sans aucun scrupule, sans aucune pitié. Comme des robots.

Mes yeux se perdirent dans l'obscurité alors que le grondement des moteurs, pourtant discret, commençait à me faire mal à la tête. Un fond incessant qui semblait s'amplifier chaque seconde. Je pris une profonde inspiration et me concentrai sur le clignotement de la machine qui se trouvait derrière moi. Je pouvais y voir le rythme de mon cœur, et la petite lumière pulsait à l'unisson dans une lueur verte. Un bip se faisait également entendre.

Un bruit étrange, sourd, résonna soudain. Je sursautai.

Ce n'était sans doute rien, peut-être seulement la porte du centre de recherche qui se fermait trop lourdement.

Pourtant, quelques secondes plus tard, de nouveaux brouhahas retentirent, suivis de… cris de joie ?

Ne pouvant m'empêcher d'être inquiète, je tournai la tête vers l'entrée, mais n'aperçus rien d'autre que l'obscurité. Des bruits de pas se rapprochèrent rapidement. C'était étrange.

Là, j'entendis des individus courir devant la salle dans laquelle je me trouvais sans s'interrompre. Je les comptai. Un, deux, trois, quatre. Devais-je crier ? Il ne s'agissait sûrement pas de scientifiques, et encore moins de chercheurs. La cinquième personne passa, mais s'arrêta net.

Quoi ? Avais-je fait du bruit ? Paniquée, je tentai une nouvelle fois de me dégager les membres, tellement que ma peau en fut entaillée. Je poussai un gémissement de surprise et de douleur. M'avaient-ils entendue ?

Je perçus des murmures, puis le son d'un moteur qui repartait. En quelques secondes, la pièce était de nouveau inondée de lumière. Je tâchai de découvrir si quelqu'un approchait et finis par discerner un bip.

Je connaissais ce bip. C'était celui de la porte, lorsqu'elle s'ouvrait. Sans oser bouger, je retins ma respiration. Quelqu'un s'avança vers moi précipitamment.

— Kialys ! me chuchota-t-on.

Je fus tellement surprise que je ne pus faire semblant plus longtemps.

— Ného ! m'étonnai-je en tentant de l'apercevoir malgré la lumière aveuglante. Mais qu'est-ce que tu fais là ?

De nouveaux bruits de pas se firent entendre devant la salle où l'on était et partirent dans la même direction que les précédents.

— Combien êtes-vous ? demandai-je sur un air de reproche.

— Ça n'a pas d'importance, dit-il précipitamment. Comment on enlève ces trucs ?

Je baissai les yeux vers les arceaux en métal qui m'entravaient les membres. Je n'en savais rien.

Mais Ného était venu me chercher, et pas seul, apparemment.

— Oh Ného ! Je suis tellement désolée de m'être emportée !

— Tais-toi ! me murmura-t-il.

Je mordis l'intérieur de mes joues tandis qu'il essayait d'ouvrir ce qui me gardait prisonnière. Dans un soupir, il sortit un couteau de sa poche.

— Tiens-toi prête, ça va peut-être te faire mal.

— T'es fou ? Tu comptes vraiment me couper les pieds et les mains ! paniquai-je à la vue de son arme.

Il suspendit sont geste un instant, hilare. Je restai bouche bée, sans comprendre pourquoi il riait autant, lorsque quelqu'un passa sa tête par la porte. Je ne pouvais pas le voir.

— Dépêche-toi un peu, gamin !

Le gros Stan ? Que faisait-il ici alors qu'il m'avait trahie ? Ného demeurait concentré, tentant de faire capituler les arches en métal avec son couteau.

— Pourquoi le gros Stan t'aide ? lui demandai-je, agacée. Le chercheur m'a tout dit ! C'est lui qui m'a…

— Je sais, Kialys, me coupa-t-il d'une voix crispée, je t'expliquerai.

Il semblait puiser dans toutes ses forces pour ouvrir ce truc. Et enfin, les anneaux cédèrent, libérant ma chair entaillée. Il reprit son souffle durant quelques secondes, le temps que je me redresse, et me rende compte qu'à part le drap posé sur ma peau, j'étais nue.

Je remontai précipitamment le tissu sur ma poitrine, gênée.

Ného restait immobile.

— Qu'est-ce que tu attends ! m'emportai-je. Trouve-moi des habits !

Il cilla, semblant regagner ses esprits, et chercha aussitôt autour de lui. Visiblement, il ne dénicha rien de concluant et retira son pull.

Je m'emparai de son vêtement alors qu'il me le tendait, et l'enfilai nerveusement. Et en guise de pantalon… je me contentai d'enrouler le drap autour de ma taille afin de former une *jupe* grossière.

Une fois habillée, il me prit la main et me tira sans détour en se remettant à courir. Tentant de garder l'équilibre, je vis défiler devant la porte un bon nombre de personnes. Sans doute faisaient-elles partie de l'expédition.

Nous les rejoignîmes rapidement, malgré mes membres ankylosés et encore endoloris par l'anesthésie que les scientifiques m'avaient fait subir. Mes pieds nus frappaient le sol froid avec violence, tandis que Ného allait toujours plus vite. Plusieurs fois, je manquai de trébucher, mais grâce à sa main qui me tenait, je me rattrapais aisément.

Et après quelques instants, nous étions sortis du centre de recherche, sous la nuit couverte. Les nuages peuplaient le ciel, ce soir-là, et une atmosphère lourde, malgré la fraîcheur de l'air, enveloppait nos corps.

Le groupe se dirigea vers le ghetto, bien sûr. Par miracle, il n'était pas resté dans le centre de recherche suffisamment longtemps pour que les agents de contrôle soient mis au courant de son intrusion, mais cela n'allait sûrement pas tarder.

Soudain, je m'arrêtai de courir en tirant de toutes mes forces sur la main de Ného, pour qu'il ralentisse à son tour au milieu de cette rue trop éclairée.

— Ného ! Nous ne sommes pas assez discrets !
— On s'en fiche, nous n'avons pas le temps ! répondit-il en serrant mon bras.

Mais je résistai.

— Non, attends, repris-je. Lorsque... dans cinq minutes, les agents de contrôle et de couvre-feu arriveront, ils sauront où me trouver... dans le ghetto...

Son regard changea, lorsqu'il comprit, enfin, que j'avais plus de valeur pour eux qu'ils ne voulaient le faire croire. Il adressa un signe au gros Stan, qui avait stoppé sa course et celle des autres en s'inquiétant de nous voir ralentir. Son signal ressemblait plus à un schéma qu'à autre chose, comme s'il lui indiquait, rien que par un geste, qu'il allait brouiller les pistes.

— Allez, viens, me dit-il ensuite.

Il changea de direction brutalement, repartant en sens inverse, et mes pieds nus s'écorchèrent sur les irrégularités de l'asphalte. Mais je m'en fichais. Tout ce que je voulais, c'était échapper aux scientifiques. Nous arrivâmes de nouveau au centre de recherche, et Ného se baissa à la hauteur d'un buisson, pour ne pas risquer d'être repéré.

Et c'était malin, puisque, déjà, des agents de contrôle frappaient à la porte. Je me demandai, d'ailleurs, comment Ného et ses amis étaient parvenus à entrer dans le bâtiment.

Il plaça son index sur la bouche pour m'indiquer de faire le moins de bruit possible et avança dans les fourrés à pas de loups. Que comptait-il faire ? Contourner l'édifice ?

Presque. Le jardin de l'immeuble, et par conséquent les haies qui l'entouraient, se trouvait presque collé au mur d'enceinte de la ville. Nous marchions donc dans l'espace étroit qui les séparait.

Aucun risque d'être repérés. Comme cela formait un cercle,Ného nous fit parcourir la moitié de celui-ci, afin d'arriver à l'exact opposé de la porte d'entrée, et m'arrêta.

— Attends, me dit-il. J'ai une idée.

Il me demanda de me relever, et je vérifiai tout de même, avant de me redresser totalement, que personne ne pourrait me surprendre.

Il s'agenouilla à mes pieds, et, d'un geste précis, découvrit mes jambes en attrapant l'une des extrémités du drap.

— Qu'est-ce que tu fais ? râlai-je, pudique.

— Reste tranquille !

Là, il sortit son couteau de la poche de son pantalon et entailla une bande de tissus, qu'il acheva d'arracher avec ses mains. À l'issue de l'opération, il me tendit fièrement un bout du drap et arbora un grand sourire.

Non certaine de savoir ce qu'il comptait en faire, il m'adressa un clin d'œil, comme pour me rappeler qu'il était plein de ressources. Au même moment, des voix retentirent à proximité, et nous nous baissâmes derrière les buissons dans un sursaut.

— Enlève-toi des cheveux ! me dit-il.

— Quoi ? répondis-je. Mais t'es malade !

Il râla et attrapa de nouveau son couteau. Sans que je puisse réagir, il empoigna une mèche de mes cheveux et la coupa sans vergogne. D'un geste précis, il accrocha l'épi à un endroit stratégique du bosquet et jeta à terre le bout de tissu qu'il venait d'arracher de mon drap.

— Dépêche-toi ! lui rappelai-je en surveillant l'avancée des agents de contrôle.

Ils faisaient le tour du bâtiment.

Je voyais déjà le faisceau de leurs lampes sur le mur d'enceinte, derrière nous, même si eux n'étaient pas encore visibles.

— Donne-moi tes poignets, me demanda ensuite Ného.

Il se décala de quelques pas, et je le suivis, accroupie derrière notre maigre cachette. Je tendis les mains dans sa direction, paniquée à l'idée d'être capturée.

— Zut ! Tu ne saignes plus.

Avant même que je puisse esquisser le moindre geste, il referma ma paume sur la lame de son couteau et m'y fit une entaille sur toute la longueur. Surprise, je faillis lui donner une claque dans un cri de souffrance, mais il prit soin d'attraper mon poignet et de coller sa main sur ma bouche. Son regard se voulait dissuasif, alors je ne dis rien et mordis ma langue pour avaler ma douleur.

Là, il plaqua ma main sur le mur d'enceinte et l'y glissa afin d'y transférer une empreinte de sang. Ce n'était pas forcément éprouvant, mais c'était désagréable. Il prit par la suite quelques poignées de terre et les jeta au-dessus de nous. Certaines particules se logeaient dans les encoches de la paroi, celles qui nous permettaient de l'escalader lors de nos virées nocturnes. Il y écrasa ensuite mon pied sale, qui y laissa une trace également.

Déjà, j'apercevais la silhouette de deux agents de contrôle.

— Ného ! hoquetai-je.

Sans attendre, il me tira par le poignet, me redressant maladroitement, et se remit à courir en restant courbé derrière les buissons. Nous exécutâmes ainsi l'autre moitié de cercle du jardin du centre de recherche. Ného se figea à nouveau lorsque nous arrivâmes à l'intersection du parc et de la route, et m'intima l'ordre muet de m'arrêter.

— C'est bon, dépêche-toi !

Il se précipita en dehors des fourrés et fonça sur la chaussée. Nos pieds nus ne faisaient aucun bruit – *Né̈ho ne porte jamais de chaussures, ou rarement*, mais je me retournai tout de même pour vérifier que les agents de contrôle ne nous avaient pas entendus.

Nous devions traverser toute la ville, la moitié des agents de contrôle à ma recherche.

À un carrefour, Né̈ho opéra brusquement undemi-tour et m'indiqua un changement de direction. En cause : la présence d'inspecteurs. Nous avions par conséquent coupé par les jardins trop parfaits des maisons, et je crus même reconnaître le mien. Si tel était le cas, c'était bon signe, nous étions bientôt au ghetto. Mais alors que je m'apprêtais à tourner à droite pour le rejoindre, Né̈ho vira à gauche. Ici, les agents de contrôle se faisaient rares, nous nous arrêtâmes donc au beau milieu de la rue, sans crainte. Enfin, je redoutais les caméras, mais quand je le signalai à Né̈ho, celui-ci me répondit par un large sourire. Je supposais qu'ils avaient dû, lui et son équipe, s'occuper de cela aussi.

— Pourquoi pars-tu vers la gauche ? lui reprochai-je. C'est par là, le ghetto !

— Tu crois vraiment que personne ne nous attend, à l'entrée de celui-ci ?

Je fus surprise. Où comptait-il aller, dans ce cas ?

— Fais-moi confiance, me souffla-t-il.

Il se remit à courir sans m'attendre. Je n'avais aucune idée de ce qu'il avait en tête, mais j'aurais pu le suivre n'importe où.

Après quelques mètres à longer le mur du ghetto, presque aussi épais que celui qui entourait l'ensemble de la ville, il m'arrêta et m'indiqua que nous étions arrivés.

Perplexe, je regardai autour de moi, mais ne vis rien d'autre que des maisons endormies et la paroi glaciale.

— Mais non, s'amusa-t-il. Ici.

Il m'attrapa le menton et m'obligea à baisser les yeux vers le sol. Là, je compris où il voulait en venir. Une grille d'évacuation de l'un des restaurants du ghetto donnait sur cette rue.

— Et les vapeurs ? m'enquis-je, inquiète de subir d'autres brûlures.

— C'était le bistrot du gros Stan, me répondit Négo. Aucun risque qu'il soit ouvert maintenant, tu ne crois pas ?

Surprise, je ne pus qu'acquiescer, tandis qu'il s'accroupissait nerveusement en face du grillage. Je m'attendais à ce qu'il doive user de force, mais à peine souleva-t-il un loquet qu'elle abdiqua. Devant mon air perplexe, il m'adressa un sourire et me fit signe d'entrer.

— Nous utilisons souvent cette entrée secrète, m'expliqua-t-il tandis que je m'engageais, à quatre pattes, dans le conduit d'aération crasseux et puant.

Je comprenais à présent pourquoi le gros Stan avait cette réputation de bon vivant. Au vu de la graisse qui s'amassait dans ce conduit, je parierais fort que la plupart de sa cuisine baignait dans un surplus de matière huileuse affligeant. Sans vraiment savoir où j'allais, et ignorant la brûlure que le gras provoquait sur ma blessure à la paume, j'avançais dans ce tuyau collant, posant mes mains avec dégoût, mais plus que jamais envieuse de me retrouver chez Négo, ou chez Stan, en sécurité. Surtout qu'ils me devaient des explications.

Là, nous arrivâmes à une bifurcation. Je me retournai furtivement vers Négo, et n'osai pas parler, de peur que la résonance dans ce boyau soit décuplée.

— À gauche, m'indiqua Ného en chuchotant.

Sans attendre, je m'élançai dans le conduit gauche.

Au fur et à mesure que je progressais, je commençais à entendre des voix s'élever. Je m'immobilisai, apeurée, mais Ného me tapota le pied pour m'encourager à continuer. Je me rendis compte, à l'issue de seulement quelques mètres, que le conduit s'enfonçait dans le sol, et je dus me concentrer au maximum pour ne pas glisser la tête la première, ce qui n'était pas facilité par mes mains pleines de graisse. Prudemment, je poursuivis mon chemin, jusqu'au moment où j'aperçus une lumière. Une nouvelle fois méfiante, je lançai un coup d'œil à Ného qui m'indiqua de continuer, comme toujours.

Plus j'avançais, plus les voix s'intensifiaient et se précisaient, plus les rires claquaient dans l'air. De temps en temps même, je sursautais, mais, dans ces cas-là, Ného posait sa main sur ma cheville, pour me rassurer.

Et enfin, nous arrivâmes. Je voyais le bout de ce conduit interminable. Nous étions au moins dix mètres sous terre. Je perçus une agréable lumière orangée si commune au ghetto et le murmure d'une source d'eau me parvint. Je m'arrêtai face à la sortie et Ného passa devant moi. Pour ce faire, évidemment, je dus me coller contre la paroi crasseuse et froide, et je râlai intérieurement à propos de l'état de saleté dans lequel j'allais me trouver par la suite.

De la même manière qu'au préalable, il n'eut qu'à soulever un loquet, et le grillage s'ouvrit presque de lui-même. Instantanément, toutes les voix se turent, tandis que mon ami s'extirpait du conduit et me proposait sa main pour m'aider à en sortir à mon tour.

Là, des cris d'acclamations se firent entendre.

Je sursautai tandis que les compagnons de Ného se jetaient dans ses bras et lui offraient des accolades chaleureuses afin de se féliciter de la réussite de leur opération, plus aisée que prévu. Le groupe n'était composé que d'hommes. Il n'y avait pas que des Corbeaux. Je reconnus même l'un d'entre eux, un Normal, chassé pour complicité de vol, et qui avait fréquenté le centre d'éducation en même temps que moi. L'équipe avait aussi recruté un métis, visiblement, comme Meps. Né de mère ou de père Corbeau, tandis que l'autre parent était un Normal. C'était très rare, puisque normalement, les Corbeaux et les Normaux n'étaient pas autorisés à s'unir.

Mais quelque chose m'échappait. Où étions-nous ? Cette pièce souterraine était faite de pierre noire et était éclairée, comme je l'avais perçu, par des lampes à gaz et des bougies. En son centre, un ruisseau d'eau verte coulait dans une rigole d'apparence profonde, encadrée de deux chemins en roche où l'on pouvait se déplacer. Automatiquement, le mot *égouts* surgit de ma mémoire. J'ignorais que Refen possédait encore des souterrains d'évacuations.

Ného parut gêné par tous les compliments qu'il recevait. Peu de ses amis osaient m'adresser la parole, et la plupart se contentaient de me faire un signe de la main timide avant de retourner à leurs occupations. En les suivant, j'aperçus qu'ils avaient installé des chaises, des tables et des tonneaux de bois au fond du tunnel. L'endroit offrait une plate-forme où l'eau n'y coulait pas. C'était la planque idéale, un point de vue unique sur le souterrain noir qui se dressait derrière moi.

Le gros Stan s'avança à son tour vers Ného et lui ébouriffa les cheveux.

— Bien joué, Ného ! s'enthousiasma-t-il. Tu avais raison, cette petite est une vraie mine d'or !

Ného acquiesça, l'air gêné. Que voulait-il dire ? Je n'étais pas d'humeur à me réjouir avec lui. Il m'avait vendue aux agents !

— Bravo, Kialys, me dit-il ensuite en posant son imposante main sur mon épaule. Je savais qu'on pouvait te faire confiance !

J'aperçus mon ami faire des signes frénétiques des doigts, comme pour l'empêcher de parler. Dans un frisson, je me décalai, tandis que Stan se rendait compte qu'il venait de gaffer.

Je lançai un regard plein de reproches à Ného, qui, lui, semblait vouloir s'enfuir comme un *rat*. Mais je ne dis rien. Je ne comprenais pas ce à quoi il faisait allusion, mais je pouvais très bien deviner quel genre de plan Ného avait bâti grâce à moi. J'étais, par conséquent, incapable de parler.

— Hum…, reprit le gros Stan. Venez donc vous asseoir avec nous !

Sur ces paroles, Stan se détourna et alla rejoindre ses amis. Moi, je restai figée. Qu'est-ce que ça voulait dire ? Je ne saisissais plus rien. Ného était-il au courant que le gros Stan nous avait vendus ? Était-il au fait que j'avais manqué de mourir à cause de lui ? Savait-il que j'avais failli être prisonnière de chercheurs sans scrupules, afin de devenir leur objet scientifique ?

Visiblement gêné, il se passa la main dans les cheveux et attrapa mon bras pour m'entraîner vers les autres. Je me laissai faire, amorphe, tentant de recomposer le puzzle dans ma tête, en vain. Il restait une table de libre, enfin une table… une vieille porte posée sur un tonneau, et deux caisses en guise de chaises. Sans un mot, je m'assis sur l'une d'elles, contre le mur poisseux, tandis que Ného agrippait deux verres que le gros Stan lui tendait.

Mon ami s'installa en face de moi.

Profondément vexée, j'appuyai mon menton sur mon poing serré. Les ricanements et les chants de joie explosaient autour de nous, parmi l'équipe d'une quinzaine de personnes.

— Kialys, dit enfin Ného, ne fait pas attention à ce qu'ils ont dit… ils sont…

— Je peux savoir ce que cela signifie ? le coupai-je, outrée.

Il se mordit la lèvre inférieure, tandis qu'un nouvel éclat de rire général retentissait. Nous étions, Ného et moi, les seuls à l'écart. Les seuls à ne pas nous réjouir.

— Tu t'es servie de moi ? lâchai-je douloureusement.

— Non ! se défendit mon ami à brûle-pourpoint. Enfin, oui, peut-être un peu, mais…

— Décidément, Ného, ces derniers jours, tu me dégoûtes.

Mes paroles claquèrent comme un fouet et résonnèrent sur les parois de pierres, mais personne ne sembla y prêter attention. Personne à part Ného.

— Laisse-moi t'expliquer…

— Es-tu au courant que j'ai failli mourir à cause de Stan ? repris-je, moins fort.

Il eut un mouvement de tête et un soupir, avant de jouer avec ses cheveux courts.

— Non, dit-il, tu n'as pas failli mourir, tout cela était prévu.

C'en était trop. Prévu ? Ma mort était prévue ? Sans même savoir ce qu'il y avait dans le verre, je m'en emparai et le bus cul sec. Ce ne fut qu'après que je le regrettai. Ma gorge me brûla, tandis que je manquais de m'étouffer dans un haut-le-cœur, avant d'avaler le tout dans une grimace. Ného ne put s'empêcher de sourire.

— Tu viens de boire cul sec un verre d'alcool à 40°, m'annonça-t-il, l'air moqueur.

Ne savait-il pas que ces appellations m'étaient inconnues ? Pourtant, les mots *rhum*, *vodka* et *whisky* me vinrent en tête. Suivis de bien d'autres. Je m'attrapai le visage, tâchant de les chasser, mais Ného interpréta ce geste comme un signe d'agacement.

— OK, qu'est-ce que tu ne comprends pas ? me demanda-t-il en croisant ses bras sur sa poitrine.

Je pris une profonde inspiration, ignorant la brûlure de l'alcool dans mon œsophage, et le regardai droit dans les yeux.

— L'un des scientifiques m'a expliqué comment ils m'avaient trouvée. C'est ton Stan qui m'a dénoncée aux agents de contrôle, quand il est mystérieusement parti « faire des courses ».

— Et ensuite ?

Je ne compris pas sa réaction au premier abord. Ne tentait-il pas de le défendre ?

— Ensuite, il m'a dit que tu avais été étourdi pour t'être intercalé entre lui et les agents, parce que tu ne voulais pas que… Enfin, je ne sais pas pourquoi. Mais rends-toi compte ! J'ai cru que tu m'avais oubliée, et j'étais piégée alors que le soleil se levait ! Et en fait, tu étais assommé, à cause de Stan ! Nous aurions pu mourir, tous les deux !

Il baissa un instant la tête vers son verre et en prit une gorgée.

— Bon, dit-il sérieusement. Ce que je m'apprête à te dire ne va sûrement pas te faire plaisir.

Je doutai. Je n'attendais pas de lui qu'il me dise quelque chose, juste qu'il m'explique pourquoi le gros Stan semblait si… normal avec lui.

— Depuis quelque temps, les gens que tu vois là et moi-même essayons de savoir si les chercheurs ignorent en effet le problème des Corbeaux, s'ils n'ont jamais trouvé de remèdes. Nous souhaitions savoir s'ils n'avaient bel et bien jamais lancé d'études. Parce que certains scientifiques ont eu un enfant Corbeaux, qu'ils ont abandonné, évidemment… mais ils ont forcément fait des analyses…

— Quel est le rapport ? m'impatientai-je.

— Si tu m'écoutes, tu comprendras. Et donc, depuis ce jour où il y a eu le crash, j'ai dit à mes amis que nous avions découvert un homme Corbeau au volant de ce véhicule.

Il racontait ce que nous faisions à ses « amis » ? Moi, je n'avouais jamais rien à personne. Je pensais que c'étaient nos secrets. Finalement, j'avais toujours cru connaître Ného. Je m'étais trompée.

Je masquai cependant ma vexation et pris soin de conserver mon air dur.

— Et, bon, reprit-il, à l'époque, nous ne savions pas qu'il ne s'agissait pas réellement d'un Corbeau… mais nous devions en avoir le cœur net.

De nouveaux rires se propagèrent jusqu'à nous. Ného tourna la tête vers ses amis, mais moi, je ne cillai pas et restai concentrée sur lui. Qu'était-il en train de m'avouer ? Je ne comprenais plus rien.

— Nous savions très bien qu'aucun scientifique n'aurait accepté de nous donner ce genre d'informations. C'était alors évident que nous devions entrer au centre de recherche pour les dérober nous-mêmes.

Mon cœur se serra un peu plus lorsque je crus comprendre où il voulait en venir.

— Et ensuite, le gros Stan t'a repêchée, dans le ghetto, et a remarqué que tu devenais Corbeau. Il t'a, bien entendu, reconnue au premier coup d'œil.

Non, non. Qu'il n'aille plus loin. Qu'il se taise !

— Il est donc venu me voir, en me disant que tu étais ici. Crois-moi, Kialys, je me suis inquiété. Mais dans un groupe comme le nôtre, on ne peut pas penser qu'à soi. On ne peut pas faire passer une personne avant tout le monde. C'est toujours tous ensemble.

— Ného… murmurai-je, pressentant que j'allais regretter de m'être posé des questions.

— Nous t'avons guérie grâce à des médicaments que j'ai dérobés chez ta mère, ceux que ton médecin t'avait laissés, et Meps en a rapporté d'autres. Je me suis occupé de toi jusqu'à ton éveil.

— Je t'en prie Ného, ne me dis pas que…

Déjà, je sentais les larmes monter à mes yeux, et j'attrapai ma tête entre mes deux mains, tentant de stopper ce flot de paroles blessantes.

— Tu t'es réveillée au moment où je me faisais à manger, mais je ne pouvais pas te dire que c'était moi. Puisque… nous avions déjà mis au point notre plan. J'ai donc changé ma voix pour me faire passer pour Stan, et j'ai d'ailleurs été surpris que tu tombes dans le panneau…

Comprenant de mieux en mieux que ces trois derniers jours, voire toute ma vie, n'étaient qu'un projet savamment étudié, je secouai la tête inlassablement. Mes larmes s'effondrèrent sur la porte en métal rouillé qui faisait office de table, la tachant de sel.

— Et puis, tu t'es rendormie, et j'ai immédiatement échangé ma place avec Stan et Meps. Tu as l'impression que ça a duré plusieurs heures, mais en fait cela s'est passé en quelques minutes…

— Ného, soufflai-je. Quel était votre plan ?

Sans même lever les yeux vers lui, je sentis qu'il était gêné. Il soupira et prit une gorgée de son verre.

— Nous devions te faire croire que nous ne te reconnaissions pas, au début. Stan a feint de venir me chercher, alors que j'étais juste derrière la porte. Puis il nous a laissés seuls, et a prévenu les autres que l'opération commençait.

Mon souffle se faisait de plus en plus saccadé à mesure que ses paroles meurtrières m'écorchaient les oreilles. Et dire que j'avais confiance en lui ! Et dire que, depuis toujours, il était mon seul ami ! Comment avait-il pu me faire ça ?

— Ensuite… ? chuchotai-je, finalement désireuse de l'entendre prononcer lui-même les mots qui m'achèveraient.

Je relevai la tête et affrontai mon ami de mes yeux humides. Un nouveau rire, une nouvelle joie. Je les haïssais de se réjouir de mon malheur.

— Kialys… hésita-t-il.

— Ensuite ? répétai-je, plus fort.

Il frotta l'intérieur de ses dents avec sa langue. Et en soupirant, il jeta un regard aux autres.

— Je devais t'emmener là-bas, t'isoler ! dit-il d'un ton amer. Je devais simuler une dispute pour que je puisse m'éclipser. Je t'ai laissée seule dans mon taudis parce que je devais jouer mon rôle auprès des agents de contrôle que Stan avait ramenés. Si tu avais été au courant, rien n'aurait pu fonctionner !

C'en était trop. Je m'effondrai. Mes pleurs se répercutèrent sur les parois, au milieu des rires. On aurait presque pu les confondre avec eux.

— Je vois, dis-je en serrant les lèvres, essuyant négligemment mes larmes. Je comprends mieux, maintenant. Et quand tu me disais t'être inquiété, c'était faux aussi ?

— Kialys, laisse-moi t'expliquer, tenta-t-il.

— M'expliquer quoi ? m'emportai-je dans un sanglot. Que tout ce que tu m'as toujours dit n'était qu'un mensonge ? Que tu m'as trahie ouvertement alors que je croyais…

Je poussai un soupir d'exaspération.

— Alors que tu croyais… ? me demanda-t-il.

— Laisse tomber, lâchai-je en essuyant de nouveau mes larmes.

— Nous avions besoin d'un prétexte pour faire venir les agents de contrôle ! reprit-il. Tu sais bien qu'ils ne mettent pas les pieds dans le ghetto sans raison assez importante ! Et malheureusement, il s'est trouvé que tu étais la raison. Une fois qu'ils étaient là, une simple poignée de main a suffi pour récupérer les empreintes de l'un d'entre eux, afin de pénétrer dans le centre de recherche sans heurt.

— Non, mais ! Te rends-tu compte de ce que tu me dis sans remords ?

Il pinça ses lèvres et se passa les doigts dans les cheveux.

— Mais je suis un Corbeau, Kialys, me répondit-il froidement. N'est-ce pas ce que tu déclarais, hier ? Que nous étions tous les mêmes ?

Je secouai la tête, m'efforçant d'échapper à ce cauchemar. Mais la graisse restait collée à mes vêtements, la douleur continuait de me déchirer le cœur. Je tentai de me redresser en m'appuyant sur la table, mais celle-ci se déroba sous mon poids, et la plaque de métal tomba à terre dans un bruit assourdissant.

Surpris,Ného leva les mains en l'air, tandis que les rires cessèrent soudain, et que tout le monde se tourna vers moi.

Honteuse de ma maladresse, je cachai mon visage.

Sous le regard brûlant d'une quinzaine d'hommes, mais surtout, sous son regard à lui que je ne reconnaissais pas, je me détournai et m'enfuis en courant le long du couloir du souterrain d'évacuation. Le long du couloir de l'*égout*.

Courant maladroitement, je m'enfonçais dans les abysses des égouts, comme s'ils s'apprêtaient à m'avaler. Je tentai, plusieurs fois, de dégraisser mes mains en les frottant énergiquement sur le pull de Ného qui me brûlait la peau, mais rien n'y faisait.

D'ailleurs, comme si la graisse avait créé un film protecteur sur ma blessure, ma paume ne saignait plus. En apercevant la coupure grossière, mon cœur se pinça à nouveau. Je fermai les yeux, m'appuyant, haletante, contre la voûte des souterrains d'évacuation.

Ainsi dans le noir, je ne trouvai rien d'autre à faire que de me laisser glisser sur le sol pour succomber à mon chagrin.

Comment avait-il pu me faire ça ? Comment avait-il pu se servir de moi à ce point ?

Mais surtout, comment avais-je pu être si naïve ? Je pensais bien, aussi, qu'il semblait faire exprès de m'énerver, avant de m'abandonner dans le taudis. Je me disais bien qu'il me connaissait par cœur, et qu'il savait, normalement, ce qui me mettait en colère.

J'appuyai mon front sur mes genoux repliés et plaçai mes mains au-dessus de ma tête. J'avais été naïve.

Depuis quand Ného se servait-il de moi ?

Depuis toujours, certainement. Depuis ce jour, lorsque j'avais sept ans et lui dix. Depuis qu'il s'était rendu compte que la candeur incarnée était prête à tout pour avoir un ami.

Une nouvelle vague de douleur me transperça et m'arracha un sanglot long, profond.

Mais comment avais-je pu être aussi *stupide* ? Comment avais-je pu imaginer, ne serait-ce qu'un instant, qu'il aurait pu m'*aimer* pour ce que j'étais ?

Le pire était sans doute que les autres m'avaient mise en garde. Tout le monde m'avait prévenue, même Nieb. Comment avais-je pu me laisser avoir à ce point-là ? Comment avais-je pu oublier qui j'étais, au point de ne pas me rendre compte que mon attitude prouvait exactement ce que je me tuais, chaque jour, à nier ?

Qu'était l'amitié si ce n'était pas ce que je partageais avec Ného ?

J'aurais aimé vivre dans ce monde, celui que je voyais dans mon esprit. Celui qui venait de *mes* souvenirs. Là-bas, tout semblait parfait. Un monde de tolérance et de différences, de joie de vivre et d'honnêteté.

Un bruit de pas retentit, et je m'arrêtai net. De nouvelles larmes coulèrent sur mes joues alors que je me relevais, prête à fuir. Surtout si c'était Ného. Mais au moment même où j'espérais de tout mon cœur que ce ne soit pas lui, sa voix résonna.

— Kialys… m'appela-t-il.

Je ne parvenais pas à savoir s'il était triste ou fou de rage. Sans lui répondre, je me détournai et me remis à marcher, jetant des regards hâtifs derrière moi, malgré l'obscurité.

Des souvenirs que j'avais créés avec lui surgissaient sous mes paupières et attisaient le feu de la souffrance que j'éprouvais.

L'expression de son visage lorsqu'il me voyait arriver, chaque soir, à notre lieu de rendez-vous, sa voix si douce lorsqu'il me serrait dans ses bras.

Je secouai la tête et chassai mes larmes brûlantes.

— Kialys, ne fais pas l'enfant, dit-il.

Sa voix était éloignée, mais semblait pourtant trop proche. Je Fis une pause pour reprendre ma respiration. Je ne distinguais plus rien, pas même mes pieds, et j'avançais à tâtons le long du mur pour éviter de tomber dans l'eau croupie.

— Allez, viens ! Tu vas te perdre.

— Va-t'en, Ného ! hurlai-je d'une voix déformée par la douleur, la colère.

Immédiatement après, je chutai à genoux, ne pouvant rien faire d'autre que de me laisser gagner par une crise de sanglots déchirants. J'entendis qu'il s'arrêtait, comme s'il avait été surpris que je lui parle. Ses pas ne retentissaient plus.

— Et que comptes-tu faire ? me demanda-t-il sur un ton de reproche.

Je n'avais aucune idée de l'endroit où il se trouvait par rapport à moi. Sa voix résonnait en écho partout autour de moi. Il aurait très bien pu se tenir à quelques mètres, dans le ruisseau puant ou plusieurs dizaines de mètres derrière.

Sans répondre, je posai ma main sur le mur à ma gauche, mais ne le trouvai pas. Je m'avançai un peu plus et découvris une cavité. Peut-être menait-elle à une sortie ?

Je m'engageai dans ce petit tunnel sans réfléchir, ignorant sa forte odeur de moisi. Les pas de Ného reprirent, plus précipités, cette fois, et je m'empressai de progresser plus vite. Mais comme j'étais à quatre pattes, mon allure en était clairement réduite.

Et à peine remarquai-je qu'il se trouvait derrière moi, qu'il m'attrapa le pied et me tira vers lui.

— Lâche-moi ! Lâche-moi ! criai-je, en tentant de lui donner des coups de poing.

Ce n'était pas facile de se défendre à l'aveuglette. Il m'empoigna les deux bras et m'immobilisa. Figée, le souffle court et en larmes, je tâchai de ne plus faire aucun bruit. Je sentis qu'il s'accroupissait à son tour, en face de moi.

Mes yeux le cherchèrent dans le noir sans le trouver.

— Kialys… murmura-t-il.

Le simple son de sa voix eut l'effet d'un éclair transperçant ma poitrine. J'essuyai mes joues contre ses mains qui tenaient fermement mes poignets, et un cri de douleur s'échappa de moi.

— Tu ne vois pas comme tu me fais souffrir ? lâchai-je dans l'obscurité. Tu n'en as pas eu assez ?

Il ne répondit rien, mais je l'entendis soupirer.

— Laisse-moi partir, Ného. Maintenant que je sais qui tu…

— Et où irais-tu ? s'emporta-t-il. Chez ta mère ?

Je ne pouvais pas apercevoir son visage. Mais je savais que tout cela n'était qu'une comédie.

— Non, articulai-je entre mes dents, la tristesse cédant place à la colère. Mais chez Nieb, peut-être.

Je le sentis bouillonner de colère, ses mains se mirent à me serrer les poignets plus forts. J'émis un gémissement, et il me lâcha négligemment. Comment faisait-il pour mimer ses émotions à la perfection ? Comment faisait-il pour paraître si sincère ? Pourquoi me mentait-il encore ?

Avait-il toujours besoin de moi ?

— Alors c'est ça que tu veux ? me demanda-t-il, la voix cassée. Te cacher chez Nieb en attendant de redevenir comme eux ?

— Nieb, au moins, n'a jamais joué de rôle avec moi !

Prononcer ces mots me fit sûrement plus de mal qu'à lui, mais je l'entendis ricaner amèrement. Il n'était pas loin de moi, puisque je sentais son souffle sur mon front.

— Nieb ne pourra pas te protéger éternellement. Que fais-tu des agents de couvre-feu et de contrôle ?

— Ils savent que je me suis échappée, rétorquai-je. Si j'explique aux chercheurs que je leur raconterai tout s'ils me laissent vivre normalement, ils comprendront.

— Kialys, comme tu es…

— Naïve ? le coupai-je. Stupide ? Oui, il me semble que c'est ce que j'ai compris.

Un moment de silence se fit. Son souffle lent et profond m'indiqua qu'il était en colère. J'avais beau savoir qu'il me mentait, qu'il jouait un rôle, je ne pus m'empêcher de me sentir bien, à ses côtés. Voilà pourquoi il était primordial que je m'éloigne de lui, le plus possible. S'il était près de moi, je ne parvenais pas à ouvrir les yeux. Et une jolie parole de sa part suffisait à me faire retomber dans ses griffes.

— Tu sais bien qu'il n'y a qu'ici que tu es à ta place, me dit-il.

— Je préfère me sentir différente que d'être avec des traîtres.

Il se leva dans un bond, et j'entendis le bruit sourd d'un coup donné dans le mur qui se trouvait au-dessus de moi. Il retint un juron. Avait-il frappé dans la voûte ?

— Très bien ! s'énerva-t-il. Vas-y, alors ! Va retrouver ton Nieb !

Devant la violence de sa voix, et incapable de le situer, je me blottis un peu plus contre la paroi.

— C'est ce qu'il a toujours voulu, après tout ! poursuivit-il, plus en colère encore. Ta mère aura enfin l'argent qu'elle espère depuis ta naissance et Nieb t'aura enfin, toi !

— Arrête Ného, répliquai-je en me redressant légèrement. Cesse de faire ça !

Je l'entendis bouger, et avant même que je ne comprenne ce qu'il faisait, il m'attrapa le bras de nouveau et me hissa jusqu'à lui.

— Mais quoi ! me cria-t-il au visage. Arrête de faire quoi ?

Ses mains me tenaient fermement, et son souffle repoussait mes cheveux. Apeurée devant cette réaction violente, je détournai le visage.

— Que j'arrête quoi ? répéta-t-il, plus doucement.

Je ne voulais pas lui parler. Tout ce que je voulais, c'était partir loin. Loin du ghetto, loin de ces traîtres, loin de cette ville. Loin de ce monde !

— Crois-tu vraiment que tout ce qu'on a vécu ensemble n'était qu'un mensonge ? reprit-il, le ton dur, sans relâcher la pression de ses mains. Crois-tu vraiment que je serais capable de mentir pendant neuf ans ?

Pourquoi faisait-il ça ? Comment pouvait-il espérer que je pense autre chose de lui, à présent ? C'était si clair pour moi. Depuis toujours, malgré son jeu, je remarquais maintenant les indices qui m'avaient échappé. Combien de fois ne m'avait-il pas envoyée lui acheter à manger ? Combien de fois m'avait-il demandé de lui garder quelque chose qu'il avait volé, en attendant que la situation se calme ? Comment pouvait-il espérer que je pense autre chose que le fait qu'il m'ait toujours utilisée ?

Depuis toujours, je ne vivais que par lui, je ne parlais que par lui. Tous mes actes étaient guidés par son influence.

Tout ce que je faisais, je le faisais pour lui. Il était temps, maintenant, que j'ouvre les yeux. Et je les avais ouverts. Il n'était pas question que je les referme.

Devant mon mutisme, il me lâcha amèrement, comme s'il était blessé.

— Dans ce cas, vas-y, dit-il.

Il y avait quelque chose d'étrange dans sa voix. Un tremblement furtif, mais distinguable. Était-ce de la tristesse ? Du regret ? Du remords ? Aucune idée. Mais j'avais une certitude : c'était faux.

— Merci, Ného, lâchai-je sèchement, comme on claquerait un fouet. Merci de m'avoir ouvert les yeux sur ce monde écœurant.

Je l'entendis reculer encore un peu, si bien que je craignis qu'il tombe à l'eau. Je fus tout de même surprise qu'il n'essaye pas de me convaincre plus longtemps.

J'attendais qu'il réponde, mais le silence se fit aussi lourd que mon cœur. Peut-être que s'il avait mis plus d'ardeur à tenter de me persuader de sa sincérité, j'aurais pu douter. Mais, visiblement, il s'avouait vaincu.

Dans un souffle, je me retournai en m'accroupissant et cherchai le tunnel que j'avais entamé quelques minutes auparavant. J'y pénétrai précipitamment, de peur qu'il ne me retienne encore au dernier moment. Mais il n'en fit rien.

— Tu te trompes, Kialys ! me parvint la voix de Ného, déjà lointaine. Un jour, tu comprendras !

Je continuai de gravir le tunnel à quatre pattes, aussi vite que possible. Je sentais la pierre collante sur mes mains déjà graisseuses, et priai plus que tout pour que Nieb soit d'accord pour me laisser emprunter sa salle de bains.

Je perçus de l'air frais dans mes cheveux. Allais-je arriver dans la cité ? Ou dans la campagne ? Si c'était le cas, ça ne me posait pas vraiment problème. J'avais gravi le mur d'enceinte tellement de fois, qu'une de plus serait facile. Je n'aurais pas non plus à m'inquiéter des caméras de surveillance, puisque Ného et ses « amis » les avaient neutralisées au moins pour la nuit.

La fraîcheur s'intensifia, et je devinai qu'une sortie était proche. Là, j'arrivai sur une bifurcation. Où devais-je aller ? À gauche ? Ou de l'autre côté ? Je tentai de déterminer la provenance du courant d'air et m'engageai à droite.

J'avais vu juste, puisqu'après quelques mètres, j'apercevais déjà la lueur de l'extérieur poindre à l'entrée du tunnel. Rassurée, j'accélérai un peu plus et découvris avec plaisir qu'il débouchait sur une rue.

Au moins, je n'aurais pas à escalader le mur d'enceinte.

En arrivant devant la grille, je cherchai un loquet qui me permettrait de l'ouvrir facilement, comme pour les précédentes que j'avais franchies. Mais je ne trouvai rien. Je me retournai et m'assis face à la clôture. Je donnai un violent coup de pied sur les barreaux. Le résultat ne se fit pas attendre ; ils cédèrent sans résister, s'abattant avec vacarme sur le sol. Étonnée d'avoir réussi du premier coup, je me précipitai en dehors de tunnel.

Où étais-je ? Forcément à proximité de l'entrée du ghetto, puisque la paroi dont je venais de m'extraire était la sienne. On la différenciait du mur d'enceinte, à sa couleur beige plutôt que noir.

Nieb était un de mes voisins, et comme je résidais près du ghetto, je n'aurais pas à parcourir la ville entière pour me rendre chez lui. En me repérant à la hâte, je me remis à courir dans les rues désertes de Refen. La nuit était calme, et le ciel voilé ajoutait une tension presque palpable à l'atmosphère.

Il ne me fallut pas longtemps pour retrouver la maison de Nieb, perdue au milieu de tant d'autres, toutes semblables. Chaque famille avait pourtant le droit de placer un objet ou un signe distinctif discret pour les démarquer. Chez moi, c'était le muret du jardin qui était différent. Celle de Nieb avait, juste à côté de la porte, une sculpture que sa mère avait faite.

Elle s'essayait à l'art durant ses temps libres.

Éreintée et sans vraiment savoir ce que je faisais, je me jetai dans son allée, et, avant même d'arriver à l'entrée, lançai mon poing devant moi. Bien entendu, comme souvent, je trébuchai, et le coup que je voulais léger et accueillant aurait pu être confondu avec la venue d'une bande *d'éléphants. À force, je ne faisais plus attention aux mots qui me parvenaient sans que je les connaisse.*

Avachie sur le paillasson, je tentai de me redresser avant que la porte ne s'ouvre, mais ne fus pas assez rapide. Gênée, je me relevai, et fis face à… Nieb ? Je fus surprise de ne pas voir l'un de ses parents à sa place, et remis nerveusement mes cheveux en ordre, cachant mon embarras.

— Kialys ? demanda-t-il.

Aïe. Si lui me reconnaissait sans délai, cela signifiait que Ného avait bien agi comme il me l'avait avoué, un peu plus tôt. Il s'était donc vraiment joué de moi…

— Salut, Nieb… répondis-je avec un sourire gêné.

Sa réaction ne se fit pas attendre.

Il m'invita directement à entrer. La maison de Nieb était semblable à toutes les autres.

On pénétrait dans le salon, muni d'un canapé ainsi que d'une grande table, au cas où l'on devrait recevoir des convives. Dans une pièce reculée, je reconnus la cuisine, équipée de tous les accessoires indispensables à la préparation d'un repas.

Sur ma droite, un corridor menait à la chambre des parents, et, face à moi, un escalier en colimaçon se levait pour accéder à l'étage.

— Mes parents ne sont pas là, expliqua-t-il en fermant la porte. Des petits malins ont neutralisé les caméras de surveillance, et ils doivent bosser dessus toute la nuit pour les réparer.

Je grimaçai. C'était sans doute un peu de ma faute.

— D'ailleurs, tu…, appréhenda Nieb. Oh… je comprends.

— Je suis désolée, Nieb, dis-je précipitamment, je ne sais pas ce que je fais, je vais m'en aller, c'est mieux…

— Non ! bafouilla-t-il. Tu peux rester, c'est juste que… j'aurais pensé que Ného…

— Hum… soupirai-je. Ného a enfin révélé son vrai visage.

Il me regarda d'un air inquiet, mais je sentais très bien qu'il mourait d'envie de me dire qu'il m'avait prévenue.

— Bref, je ne sais pas si c'est une bonne idée que je loge ici… tout le monde me recherche et…

— Oui, mais, tu es comme chez toi, ici ! me défendit Nieb. Et si les agents viennent, je leur expliquerai !

— Je veux simplement éviter de te mettre dans une situation délicate…

— Ne t'en fais pas, Kialys, me dit-il. Tu as faim ? Tu souhaites prendre une douche, peut-être ? Je te passerais des affaires de ma mère.

Je grimaçai, bien que la tentation soit alléchante et que mon ventre criait famine.

— Comment comptes-tu me donner des vêtements ? lui demandai-je, curieuse. J'ai déjà essayé d'ouvrir manuellement mon armoire, mais j'y ai laissé mes ongles…

Pour appuyer mes dires, je levai mes doigts écorchés vers ses yeux.

— Tu ignores qu'il y a un bouton prévu à cet effet ?

Oui, et je me sentis soudain stupide. Il m'adressa un clin d'œil et m'invita à le suivre jusqu'à la cuisine. Il me proposa de m'asseoir sur l'une des chaises et demanda à la maison de nous préparer un repas.

— Tu sais, dit-il, on s'est tous inquiétés de ta disparition.

— Je n'ai pas disparu, j'étais juste… au ghetto.

Un petit bip retentit derrière lui. Il se retourna et ouvrit la porte du four afin d'en sortir un plat. La bonne odeur se propageait déjà et me mettait l'eau à la bouche. Il posa le repas devant moi, et j'aperçus avec plaisir qu'il m'avait préparé une tarte aux légumes gratinés. Miam. Sans même attendre qu'il m'autorise à manger, je m'emparai d'une part et commençai à l'avaler avidement. Nieb s'amusa de me voir si affamée.

— C'est tout de même étrange… marmonna-t-il. Je veux dire, tu es devenue…

— Oui, le coupai-je. Ce n'est pas exactement ce que tu crois, mais j'aimerais en savoir plus avant d'en parler.

— Comment ça ? me demanda-t-il.

Je finis ma portion et en attrapai une autre sans prendre le temps d'avaler ma dernière bouchée.

— Eh bien… hésitai-je. Je ne suis pas vraiment un Corbeau. Je ne suis pas vraiment Normale. Enfin, c'est compliqué…

Sans un mot, il acquiesça en hochant doucement la tête, l'air perplexe. Il se releva en s'appuyant sur la table de pierre grise.

— Que s'est-il passé, avec Ného ? s'enquit-il, curieux.

— Je… Je m'étais trompée sur son compte, c'est tout.

Je l'entendis ricaner. Mon appétit en fut coupé et je reposai ma part de tarte dans le plat.

— Je prendrais bien une douche… soufflai-je, tentant de faire abstraction de ce sujet sensible.

— Bien sûr, me répondit Nieb, surpris que je change de conversation si brusquement.

Sans attendre, je me levai et le suivis jusqu'à l'étage, là où se trouvaient sa chambre et la salle de bains. Il m'ouvrit la porte et me demanda de patienter quelques minutes. Il refit son apparition en grimpant les escaliers, une pile de vêtements à la main. Il m'adressa un sourire en me les offrant et m'indiqua que sa mère aurait de toute façon accepté de me les prêter.

— Merci, Nieb, murmurai-je. Tu n'es pas obligé de m'aider, mais tu le fais quand même… J'espère que ça ne te causera pas d'ennuis.

— Peu importe, me dit-il. Détends-toi… Ça ne doit pas être facile, de… enfin…

À ces mots, il se détourna et me laissa seule dans la salle de bains. Je remarquai agréablement qu'il ne réagissait absolument pas comme les autres l'auraient fait. Il s'inquiétait de savoir comment je me sentais, comment je vivais le fait de n'être à ma place nulle part, ni chez les Corbeaux ni chez les Normaux. Je retirai le pull graisseux de Ného du bout des doigts et le jetai sur le côté. Je ne voulais plus le voir, ce pull.

Une fois totalement dévêtue, je fis coulisser la porte en verre de la douche et me positionnai devant le capteur. L'eau se mit à couler, ni trop chaude ni trop froide, m'arrachant un soupir de délice. Un frisson me parcourut, et je ne pus m'empêcher de comparer la douceur de cette sensation à la dureté des événements que j'avais vécus ces derniers jours.

Moi qui n'avais jamais été habituée à la violence, à toutes ces choses communes du ghetto que Naho me cachait, à la rudesse à laquelle les Corbeaux étaient confrontés, aux regards que les autres portaient sur eux… Cela faisait beaucoup. Et j'apprenais, en plus, que mon meilleur ami n'était qu'un imposteur.

Pourquoi ne jugeait-on pas quelqu'un pour ce qu'il était, pour son esprit, sa gentillesse, pour sa justesse ?

Peut-être parce que le monde n'était pas équitable, mais je me refusais de croire que j'étais un cas isolé. Enfin, si, j'en étais un à cause de ma mutation. Mais j'aimais à penser que d'autres que moi, dans cette ville, ce pays, cette planète, voyaient les choses telles que moi. Mais quelle était la vision juste ? Était-ce la mienne, qui paraissait être la plus tolérante et la plus douce ? Ou bien celle de tous les autres, manichéenne et arbitraire ? Comment fonder une société sur l'avis qui l'emportait le plus, même si on le savait faux et abusif ?

Personne n'était seulement gentil ou seulement méchant. Les Normaux se disaient « aimables », mais diabolisaient les Corbeaux pour des crimes qu'ils n'avaient pas toujours commis. Les Exclus, quant à eux, étaient considérés comme les *monstres*, mais il y avait plus de cœur et d'authenticité en chacun d'entre eux que chez un Normal égoïste et borné.

Et maintenant que je faisais partie des deux camps, que devais-je faire ? Aller un peu chez l'un, un peu chez l'autre, en ignorant les préjugés de chacun ? En fermant les yeux sur leur intolérance ? Ou justement, devrais-je tenter d'apaiser les tensions ?

Non, ça ne marcherait jamais. Personne ne m'écouterait, parce que pour eux, j'étais un Corbeau. Et pour les Corbeaux, j'étais une Normale.

Le flot de la douche s'arrêta, et je grimaçai. Déjà ? Je n'avais pas vu le temps passer. Le lavage se coupait toujours une fois qu'une certaine quantité d'eau avait été utilisée. Et ensuite, il ne se remettait en route que si une autre personne souhaitait se doucher. *Oui, même les toilettes reconnaissent les individus…*

Déçue de ne pouvoir en profiter davantage, je fis de nouveau coulisser la porte de la douche et m'emparai d'un linge de bain. Je m'avançai vers la pile de vêtements gris-bleu.

Nieb, lui, était l'innocence et la pureté incarnées. Toujours prêt à rendre service, même si cela risquait de le pénaliser. Je m'empressai de m'habiller et posai le linge de bain usagé sur la tringle prévue à cet effet. Celle-ci se recroquevilla dans le mur avant de reprendre sa place initiale, sans ~~le linge~~ la serviette. Je jetai un rapide coup d'œil à mon allure, dans le miroir, et m'aperçus que le gros Stan avait au moins eu le mérite de bien me soigner.

Je n'avais aucune cicatrice, et la peau de mon visage, bien qu'elle soit pâle et que je n'y sois pas habituée, était plus belle que jamais. J'étudiai la plaie de ma main encore à vif et grimaçai en pensant que celle-ci me laisserait peut-être une balafre. J'analysai ensuite mes cheveux blonds et mes yeux verts. Au fond, j'étais fière d'avoir de pareils atouts.

C'était bien plus charmant que ces mêmes visages gris et ces cheveux noirs que je voyais tous les jours. Si seulement cela pouvait colorer ma vie également… mais, on aurait dit que cela produisait l'effet inverse.

Un éclair de tristesse me parcourut. Rien ne servait de m'apitoyer sur mon sort, à présent, bien que l'envie me parût plus forte maintenant que le choc de la trahison de Ného était passé.

Je me sentais plus mélancolique qu'il ne m'ait jamais été donné de l'être. Peut-être même était-ce la première fois que je l'étais réellement.

Je chassai mes pensées d'un geste de la main et me détournai du miroir qui affichait encore et toujours le message d'erreur. Mais cette fois, cela ne m'inquiétait pas.

Je devais parler à Nieb. Il était le seul avec qui je pouvais avoir une discussion sérieuse, à présent. Je devais lui demander de m'aider à comprendre pourquoi ce gaz emprisonné dans la cuve m'avait modifiée, pourquoi des mots que je ne connaissais pas jaillissaient de ma mémoire, qui étaient tous ces gens que je voyais en somnolant. Il fallait que je m'explique pourquoi je n'avais pas muté simplement en apparence, mais également dans mes souvenirs et dans mon langage. Je devenais… *bilingue*. Bilingue d'une langue qui n'existait pas sur ma planète.

J'aurais pu m'habituer aisément à ma nouvelle allure.

Mais supporterais-je d'être quelqu'un d'autre ? De vivre les expériences d'une tierce personne ? Parce que, visiblement, il s'agissait de cela.

La transition ne s'arrêtait pas à mes gênes. Et je ne le comprenais pas. C'était ça qui m'effrayait encore.

Je quittai la salle de bains en frottant mes cheveux humides, rassurée de me savoir en sécurité. Si les parents de Nieb ne se trouvaient pas ici, les capteurs avaient été désactivés, pour ne pas inquiéter le centre de contrôle de leur absence. Je ne risquais donc rien. Pas de visite des agents de couvre-feu, pas de visite des agents de contrôle. Pour la première fois depuis trois jours, j'avais le cœur léger.

Je m'engageai d'un pas guilleret dans les escaliers, lorsque quelque chose m'interrompit dans mon élan. Des voix résonnaient depuis le rez-de-chaussée. Ne comprenant pas, je descendis une marche de plus, et écoutai.

Était-ce celle de Nieb ? Je n'étais pas devenue paranoïaque, simplement méfiante. Même si je pensais Nieb incapable de me trahir, une autre présence s'élevant d'une pièce où il était censé être le seul m'alertait.

Je n'entendais toujours rien que des murmures, alors je me risquai à franchir une marche de plus, dans un léger grincement qui m'arracha une grimace.

— Vous avez bien fait, parvins-je à distinguer.

Mon cœur s'accéléra.

— J'ai estimé que... enfin, que vous auriez besoin d'elle.

— Oui, tout à fait. Avait-elle... des dossiers sur elle ?

Non... Était-ce possible ? Dans un frisson d'effroi, je descendis encore, jusqu'à ce que je puisse discerner trois silhouettes. Celle de Nieb, et de deux autres hommes. Précipitamment, je remontai de deux marches pour ne pas être vue, et me plaquai contre le mur en collant la main sur ma bouche.

Le souffle coupé, je tentai de retenir mes larmes.

Comment avait-il osé ?

Lui, Nieb, l'innocence incarnée ?

Comment avait-il osé me tromper à son tour ? Ne pouvais-je vraiment compter sur personne, à présent ? Mon physique avait donc une telle importance qu'à partir du moment où je devenais un Corbeau j'étais traitée comme un animal ? Un animal sans vie, sans âme, et sans souvenirs ?

Je retins un sanglot et essuyai nerveusement mes larmes, tendant l'oreille.

— Non... répondit Nieb. Elle n'avait rien sur elle.

« Elle ». Ce mot résonnait en moi.

Comment pouvait-il encore parler de moi comme une personne ? Comment avais-je pu être si... naïve ? Comment avais-je pu croire que, pour Nieb, ce serait différent ? Il avait, lui aussi, reçu l'éducation « anti-Corbeau », il était rempli de préjugés et d'une idéologie toute faite. Et sa conscience et sa réflexion ne dépassaient pas ce qu'on lui imposait de penser envers les Corbeaux.

Mon sanglot se fit plus profond. J'étais piégée.

— Des documents précieux ont été dérobés au centre de recherche, dont un la concernant, au même moment où elle s'est échappée... En êtes-vous sûr ?

Parlaient-ils du fameux dossier que Ného avait évoqué ? Celui pour lequel ils m'avaient dénoncée ? Certainement.

— Eh bien… je peux lui demander, si vous le souhaitez.

Un bruit de chaise qui grince, des pas étouffés par cette maison trop parfaite et cette vie trop belle. Je tentai de trouver une issue, le cœur battant, mais il n'y en avait aucune. Remonter à l'étage ? Pour quoi faire ? Retarder ma captivité ?

J'essuyai une larme, lorsque la silhouette de Nieb apparut devant les escaliers. J'avais tellement de choses à lui lancer, tellement de choses à lui crier, à lui hurler. Mais je ne dis rien.

J'en étais incapable.

Il s'immobilisa en m'apercevant avachie, les yeux humides et le souffle court. Je lui adressai le regard le plus méprisant possible, tandis qu'il semblait… gêné ?

Même pas. Il paraissait parfaitement serein. Comme si Kialys était morte, et que j'étais une parfaite inconnue.

— Comment as-tu pu ? trouvai-je la force d'articuler malgré la douleur.

Il resta calme, comme s'il ne comprenait pas. Comme s'il ne comprenait pas que même si j'étais devenue Corbeau, je n'avais pas perdu mes sentiments et mon âme. Que j'étais toujours moi-même.

Dans un élan de colère, je me précipitai sur lui, le bousculai, et sans faire attention aux agents de contrôle déjà en alerte, me jetai sur la porte afin de l'ouvrir.

Aussi vite que possible, aveuglée par mes larmes, ma fureur et ma douleur, je fonçai dans les rues de Refen.

Et maintenant, où pouvais-je aller ?

Je courais à toute vitesse, mais n'étais pas endurante. Rapidement, l'effort de la course se ressentit dans mes cuisses.

Il n'y avait qu'une seule solution, et encore, cela les retarderait, mais ne les arrêterait pas. Je devais sortir de la ville. Escalader le mur d'enceinte. Je le faisais tous les jours, j'en avais donc l'habitude. Pas eux.

Je surveillai les deux agents de contrôle, qui, bien sûr, me suivaient. Jamais je n'avais couru aussi vite. Ils progressaient pourtant dangereusement, s'approchant de moi à vive allure.

Je voulais vivre.

Vivre libre.

D'un geste nerveux, j'essuyai une nouvelle fois mes larmes, tentant d'y voir clair, alors que le mur d'enceinte commençait à se dresser devant moi à mesure que j'avançais. Je n'en étais plus très loin, j'y étais presque !

Une masse s'abattit sur moi et me plaqua violemment sur le sol. Dans un cri de désespoir, je me retournai, faisant face à l'agent de contrôle qui s'était jeté sur moi.

Il m'attrapa les poignets. Je me débattais et hurlais aussi fort que possible. Avec un peu de chance, quelqu'un m'entendrait ? Avec un peu de chance, quelqu'un comprendrait que j'étais toujours moi, Kialys ? Que je n'avais pas changé ?

Mais il n'y avait personne, personne d'autre que moi, et les deux agents de contrôle qui tentaient de me neutraliser.

Juste pour être sûre, je criai plus fort. Un long rugissement qui m'arracha la gorge. N'étais-je pas près du ghetto ? Pourquoi ne venaient-ils pas à mon aide ? Pourquoi Ného ne venait-il pas ?

Ah oui… Ného.

L'agent de contrôle me donna un coup de poing dans la mâchoire. Je vacillai sous la douleur, mais lui fis face de nouveau, battant des jambes et des bras.

— Calme-toi ! me cria l'un d'entre eux. Nous voulons t'aider !
— Lâchez-moi ! répondis-je en hurlant. Je ne veux pas être aidée ! Lâchez-moi !

Non. Je ne voulais pas être aidée.

Parce que j'ouvrais enfin réellement les yeux sur le monde qui m'entourait. Et je n'envisageais pas de perdre cela, pour rien au monde.

Nouveau coup de poing. Faisaient-ils cela avec tous ceux qu'ils souhaitaient secourir ? Parce que, franchement, je n'étais pas sûre que ça soit la bonne solution. Je le regardai droit dans les yeux et *lui crachai au visage*. J'ignorais d'où venait ce geste. Mais je savais qu'il représentait un violent mépris, une terrible rage.

D'ailleurs, l'agent de contrôle fut si surpris par cet acte inconnu pour lui aussi, qu'il se renversa en arrière, donna un coup de poing accidentel à son collègue et me libéra. C'était inespéré, si bien que je mis quelques secondes à me rendre compte qu'ils déblatéraient sans faire attention à moi. Profitant de ce moment de distraction, je me levai précipitamment et fonçai sur le mur d'enceinte.

J'entendis les agents de contrôle râler et se désoler d'avoir été si négligents, et accélérai mon allure. Je grimpais vite. Je faisais toujours croire à Ného le contraire, mais je savais me débrouiller sans lui.

En jetant un œil par-dessus mon épaule, je constatai avec satisfaction qu'ils ne réussissaient pas à trouver des prises.

— Nous te retrouverons, Kialys ! cria l'un d'entre eux, ivre de rage.

J'atteignis le sommet. Ils avaient abandonné l'idée de parvenir à escalader et se précipitaient vers le centre de contrôle. Ou du moins, ils s'éloignaient de moi.

Sans attendre, je me laissai glisser sur le mur d'enceinte, profitant du vent dans mes cheveux qui m'indiquait que j'avais fait un pas de plus vers la liberté. Oui, j'allais être libre, mais ne l'étais pas encore. Le paysage que je connaissais si bien, cette plaine que rien ne dérangeait à part le véhicule accidenté, me faisait face. Elle paraissait paisible, malgré cet objet représentant une telle souffrance.

Mes pieds heurtèrent le gravier noir, et je me remis à courir sur-le-champ. Mais pas vers le véhicule. J'étais persuadée que ce serait le premier endroit que fouilleraient les agents. C'était trop évident.

Je me dirigeai à l'aveuglette, sans vraiment savoir où aller, sans vraiment savoir comment j'y allais. Comme si mon corps et mon esprit étaient deux entités distinctes. Ma dépouille courait, et moi, je mourais.

Je m'arrêtai, à bout de souffle, entre deux rochers noirs. Il fallait que je trouve une cachette, ou que j'en bâtisse une, à défaut. J'ignorais l'heure qu'il était, mais la nuit était sûrement déjà bien avancée.

Je me laissai tomber, épuisée.

Qu'allais-je faire, à présent ? Je refusais de me rendre pour devenir un sujet de laboratoire, mais que pouvais-je faire d'autre ? Les solutions qui s'offraient à moi s'amenuisaient, maintenant que je devais me méfier du soleil.

Je ne parviendrais jamais à atteindre une nouvelle ville avant le lever du jour, et aucun abri suffisamment puissant ne me protègerait dans ce désert. Je ramenai mes jambes vers ma poitrine. Maintenant que j'étais tranquille pour un court instant, je pouvais réfléchir. Ou me laisser aller à ma tristesse. La trahison de Nieb me révoltait. Peut-être davantage que celle de Ného.

Et à qui pourrais-je parler, à présent ?

Avec qui pourrais-je tenter d'expliquer ce qu'il m'arrivait ?

« Tu te trompes, Kialys. Un jour, tu comprendras. »

La dernière phrase que Ného m'avait adressée, la dernière que j'avais entendue. Pourquoi me revenait-elle en mémoire à ce moment précis ? Mon esprit tâchait-il de m'indiquer quelque chose ?

Non. Ného était un traître ! Ils s'étaient joués de moi, lui et ses compagnons.

Et finalement, je compris. Il m'avait libérée. Il était venu me chercher, moi. Ses amis, peut-être pas. Mais lui, oui. Et c'était lui qui importait, non ?

De la même manière que lors de ma confrontation avec lui, je revis les images des souvenirs qu'on avait construits ensemble. Son regard, son sourire. Ses gestes attentionnés. Oui, il avait sans doute profité du fait que je sois Normale pour obtenir certaines choses, mais était-ce réellement de la manipulation ? Aurait-il vraiment pu mentir pendant neuf ans ?

Non. Il n'aurait pas pu. Et j'avais négligé quelque chose d'important. Je savais quand il mentait. Tout le temps. Et il essayait souvent, d'ailleurs.

Je n'étais pas son jouet. J'étais celui de tous les autres. Ceux qui m'entouraient tous les jours depuis ma naissance. Les Normaux. Ného avait sans doute été, depuis toujours, le seul à être sincère avec moi.

Je me remémorai le timbre qu'avait pris sa voix lorsqu'il m'avait priée de partir. Je me souvins avoir douté de sa couleur. Était-ce de l'inquiétude ? Était-ce du remords ?

Non.

Cette couleur, je ne la connaissais pas chez lui, jusqu'à ce soir.

Après tout, si je pouvais me rendre utile, c'était une bonne chose, non ? Peut-être même que je trouverais des éléments intéressants dans les dossiers qu'ils avaient dérobés ? Je faisais partie de la bande, maintenant que j'étais Corbeau.

Était-ce la solitude qui me faisait changer d'avis ? Certainement. Mais il valait mieux ça que mourir desséchée au soleil.

Je levai les yeux vers la ville qui se dressait devant moi comme un champignon lumineux. Quels choix me restait-il ? Si je voulais vivre, je devais retourner au ghetto. Je pourrais me cacher dans les égouts.

J'étais *orgueilleuse*. Je n'avais pas envie d'avoir eu tort. Et j'avais honte d'affronter Ného après ce que j'avais pu lui dire, après ce que j'avais pu croire, quels que soient mes doutes.

Mais je devais essayer. C'était la seule solution qui me restait. Si jamais mon jugement premier était juste, il refuserait de me fournir un soutien. Si j'avais eu tort, comme je le pensais à présent, il m'aiderait.

***

Et voilà, j'en étais au point de départ. Quelques heures seulement après ma fuite du ghetto, je lui faisais de nouveau face sous le regard malveillant de ceux qui traînaient dans les rues. Je ne me sentais pas à l'aise et je craignais que Ného n'accepte pas de me pardonner l'injure que je lui avais imposée. Mais peut-être comprendrait-il ? Après tout, c'était une période difficile pour moi, il était normal que je doute de ceux qui m'entouraient.

Enfin, peut-être me cherchais-je des excuses…

J'avais déjà réussi à ravaler ma fierté pour m'engager à nouveau dans la ville, en prenant soin d'éviter d'être visible. J'avais vérifié quatre fois si les rues étaient désertes et si les caméras étaient toujours hors service, avant de m'élancer vers le ghetto.

Normalement, personne ne m'avait aperçue, puisque les buissons et les arbres à moitié brûlés par le soleil étaient nombreux à Refen. J'avais pu m'y cacher pour progresser. Et maintenant, je priais pour que les gardes du ghetto n'aient pas la soudaine envie de me dénoncer une seconde fois. Je me faufilai derrière le mur du ghetto. Si tout s'était passé comme prévu, j'étais en sécurité.

À l'affût d'une nouvelle trahison, je remontais les allées colorées du ghetto, évitant les ballons projetés joyeusement, souriant lorsqu'une mère de famille jugeait que j'approchais de trop près ses enfants, m'éclipsant quand je croisais l'attention de ceux que je considérais comme inquiétants.

Je ne savais pas vraiment si Ného était dans son taudis, ou dans celui de sa fratrie, mais j'étais presque sûre que le gros Stan se trouvait chez lui. C'était là que je me rendais. Pour tâter le terrain avant de m'élancer dans les bras de quelqu'un qui m'en voulait peut-être au point de refuser d'entendre parler de moi.

Au tournant de la troisième ruelle, je plaçai ma main en visière, pour ne pas être éblouie par la luminosité d'une lampe à gaz fièrement accrochée sur une façade, et virai à droite. Le cœur battant, je m'avançai vers le taudis du gros Stan.

Comment allait-il réagir ?

Je n'eus pas vraiment le temps d'y réfléchir. Dans la seconde où je levais mon poing pour signaler ma venue, la porte s'ouvrit dans un vacarme grinçant.

Je me retrouvai nez à nez avec l'un des amis de Ného qui me toisa d'un air dédaigneux.

Il s'agissait du métis, celui qui avait attiré mon attention dans les égouts. Il retint un rire de mépris et poursuivit son chemin en me bousculant. J'entendis le gros Stan lâcher des jurons à l'adresse du fuyard. J'en fus gênée puisque je n'étais pas habituée à ce genre de langage. Et sans même avoir le temps de réitérer mon geste, quelques millimètres avant que mes doigts ne frôlent la porte, celle-ci s'ouvrit de nouveau. Ce fut Meps qui apparut.

Celui-ci sembla surpris de me voir, mais certainement pas autant que je le fus. Arriverais-je, finalement, à m'annoncer au gros Stan ?

— Tiens, Kialys, s'étonna-t-il joyeusement.

Il referma la porte tandis que je laissai tomber ma main d'un air désespéré.

— Je ne te conseille pas de te montrer dès maintenant, me chuchota-t-il. Stan est… comment dire… sous pression.

— Je suis venue m'excuser, bafouillai-je. Je me suis trompée sur votre compte, et particulièrement sur celui de Ného.

Meps balaya les environs du regard et plaça sa main sur mon épaule.

— Je sais… articula-t-il. Ça arrive de se tromper, non ? Surtout dans ta situation… Tout le monde doit te tourner le dos, j'imagine.

Je m'attendais à recevoir les hostilités de leur groupe, mais le ton de Meps était étonnamment rassurant et compréhensif. Je baissai les yeux en signe d'acquiescement, et il m'offrit un sourire compatissant.

— Tu sais, reprit-il en m'entraînant plus loin du taudis, en gardant son bras sur mon épaule. Ného est un gars bien… mais là, ce n'est vraiment pas le moment, sauf si tu ne tiens pas à la vie…

— Je ne devrais peut-être pas l'avouer, répondis-je, gênée, mais c'est justement parce que j'y tiens que je suis revenue sur mon jugement... Ného avait raison, mais j'étais trop en colère pour le croire sincère.

Il se pencha un peu plus vers mon oreille.

— Bon, d'accord... me dit-il. Je vais essayer de t'introduire, mais reste là, et ne viens que quand je te le dirai !

Il me lâcha l'épaule et rentra d'un pas assuré dans le taudis du gros Stan, me laissant seule.

Décidément, c'était une nuit bien étrange.

Je m'avançai doucement vers la porte et tentai d'écouter la conversation que Meps peinait à établir avec le gros Stan.

— Comment peux-tu oser me demander une chose pareille ? entendis-je gronder le gros Stan.

— Je comprends bien que tu sois en colère... se défendit Meps en bredouillant, mais réfléchis, Stan... C'est la seule à pouvoir le faire revenir, et...

Je décollai mon oreille du métal froid.

Faire revenir qui ?

— ... qu'elle se montre indulgente, elle pourrait nous aider, et s'intégrer un peu plus dans la vie du ghetto, tenter de s'inclure avant de juger...

— Non ! Non ! répliqua le gros Stan instantanément. À cause de son départ, j'ai perdu la moitié de mon équipe !

— Justement parce qu'il est parti ! Mais maintenant, c'est...

— Meps ! Où est-elle ? Autant que je parle à cette bougresse avant que tu ne me sortes par les trous de nez !

Je retins un hoquet de stupeur et me décalai de la porte.

Presque la seconde d'après, elle s'ouvrit de nouveau avec violence, et le gros Stan, dont le visage gris rougissait sous la colère, me fit un vif geste du bras pour m'inviter à entrer.

Je tressaillis devant sa fureur, mais avançai, penaude. Je rejoignis Meps à l'intérieur du taudis et me plaçai à ses côtés, par pure précaution. Le gros Stan laissa la porte de son taudis se refermer rudement dans un claquement et se retourna vers moi, la mine renfrognée.

— Tu ne manques pas de culot, ma belle ! cria-t-il en me pointant du doigt. Venir ici après avoir mis KO l'un de mes hommes ! Ah ! Ça, non, tu ne manques pas d'air !

Ne comprenant pas de quoi il parlait, je me contentai de me replier un peu plus sur moi-même.

— Tu te rends compte qu'à cause de toi, la moitié de mon équipe a foutu le camp ! Ah ! Non, mais, quel culot !

Il fit les cent pas, bouillonnant de rage.

— Après ton départ, me glissa Meps, Ného a décidé de quitter le groupe… Et d'autres l'ont suivi parce qu'il était… doué.

Je compris enfin la colère du gros Stan, et l'altercation que j'avais surprise en arrivant ici. Ného avait quitté le groupe ? Pourquoi ? Par ma faute ? Parce qu'à cause de lui, il avait dû agir contre sa propre volonté ? Voilà qui levait toutes traces de doutes qui pouvaient résister à la réflexion plus posée que j'avais eue dans le désert. J'avais mal jugé Ného. Et je m'en mordais encore plus les doigts.

Cependant, je ne me permis pas de prendre la parole, devant l'air peu accueillant de mon hôte. Petit à petit, il se détendit et finit par arrêter de tourner en rond en se passant la main sur le front.

Son regard se posa à nouveau sur moi, mais plutôt que de la rage, il y brillait de l'espoir.

— Mais j'aime bien, moi, les gens culottés, redémarra-t-il. Et comme je le disais à Meps, tu pourrais convaincre Ného que tu t'es trompée. Il reviendrait, et mes hommes aussi !

— Eh ! Malhonnête personnage ! intervint Meps. Cette idée venait de moi !

— Tais-toi, le coupa Stan. C'est moi le chef, ici, alors les bonnes décisions sont toujours de moi. Je suis enclin à te pardonner, Kialys, si tu acceptes que, dans notre monde, chacun ait une utilité.

J'entrouvris la bouche, prête à parler, mais le gros Stan fit un geste du doigt pour me signifier de garder le silence.

— Parce que c'est ça que tu as mal pris, n'est-ce pas ? poursuivit-il. Que nous t'ayons exploitée pour parvenir à nos fins… comprends que, maintenant que tu es condamnée à vivre cachée parmi nous, il faut que tu te plies à nos règles, comme les autres… Chez nous, ce que tu as subi ce soir est chose courante… Tu piges ?

La bouche serrée, j'attendis quelques secondes avant d'entreprendre de répondre, mais un coup de coude de Meps m'indiqua que je pouvais y aller.

— Oui, soupirai-je. Je… pige… Je n'ai simplement pas l'habi…

— Oui, oui, épargne-nous tes jérémiades ! me coupa le gros Stan. Et va me chercher Ného !

— Maintenant ? m'étonnai-je. Mais…

Stan parut surpris que j'ose négocier.

Je me risquai tout de même à finir ma phrase.

— Mais, Ného ne m'en veut-il pas ? Il n'acceptera sûrement pas de me parler… j'y suis peut-être allée un peu fort, avec lui.

De honte, je baissai les yeux. J'avais conscience d'avoir complètement extrapolé à son sujet, mais sur le moment, je n'avais pas d'autres choix…

— Je n'en sais rien, répondit le gros Stan, presque inquiet. Que lui as-tu dit ?

J'hésitai un instant. En réalité, je ne parvenais pas à m'en souvenir. Mes émotions s'étaient tant mélangées, que ce souvenir était devenu flou.

Devant mon silence, le gros Stan fit un geste las du bras, comme pour signifier qu'après tout, il s'en fichait, et ouvrit la porte de son taudis.

— Allez, Meps, accompagne-la. Si le gamin refuse de l'écouter, dis-lui que c'est un ordre du gros Stan.

À nouveau, tout s'enchaînait. Les événements se déroulaient tellement vite que j'avais du mal à ne pas être moi-même perdue. J'étais presque sûre que les rêves que j'allais faire cette nuit, enfin ce jour, promettaient d'être chargés en émotions et en rebondissements. J'avais quitté Ného à peine quelques heures plus tôt, et voilà que j'allais devoir me confronter à lui de nouveau.

Face à l'attitude déterminée du gros Stan, ma gorge se serra. Avais-je peur ? Sans doute. Mes mains devinrent moites presque instantanément. Meps m'encouragea en me poussant légèrement dans le dos, et je fus contrainte d'avancer.

— Reviens avec lui ou ne reviens pas, me lança Stan tandis que je le dépassais.

J'émettais de sérieux doutes quant à l'envie de Ného de m'écouter. Et surtout, de retourner dans le groupe. S'il l'avait quitté à cause de moi, il ne comprendrait certainement pas que je l'implore d'y revenir.

Mais après tout, c'était à moi de l'utiliser, de me servir de lui. C'était de bonne guerre.

Bizarrement, alors que je m'avançais dans le ghetto en suivant Meps, je ne ressentais plus l'aigreur de la trahison de Nieb. Comme si cela n'avait, en réalité, que peu d'importance. Je n'étais plus seule, à présent, du moins, j'avais une chance de me racheter. C'était un nouveau départ. Il fallait que je me concentre.

Mais peut-être étais-je plus légère maintenant que je savais m'être trompée à propos de Ného. Oui, ça devait jouer, je ne pouvais pas le nier…

Meps me devançait, me guidant dans ces ruelles qui se ressemblaient toutes. À première vue, nous nous dirigions vers le taudis de Ného, et non pas celui de sa mère. J'en déduisis qu'il avait besoin de s'isoler. Ného avait beau être un dur, il avait beau être le meilleur dans son domaine, et c'était bien pour cette raison que ses amis avaient quitté le groupe eux aussi, il avait un cœur tendre et une certaine sensibilité. Il savait doser avec justesse les moments où se montrer rude, et ceux où il devait s'émouvoir.

Au milieu de mes réflexions, je rattrapai Meps et me mis à sa hauteur, en lui donnant une légère tape pour le prévenir que je souhaitais lui parler. Il se tourna vers moi, surpris, et me regarda avec intérêt.

— Je me demandais… osai-je. Si vous aviez une horloge pour moi. Je m'inquiète souvent de savoir l'heure qu'il est. Chez moi, c'était affiché tout le temps, mais ici… Surtout maintenant que je dois faire attention au soleil.

Il me répondit par un sourire.

— Je comprends, me dit-il.

Il fouilla dans sa poche, et en tira un objet avant de me le tendre.

Bouche bée, j'étudiai l'horloge qu'il m'avait déjà montrée.

— Mais, c'est la vôtre !

— Prends-la, m'affirma-t-il gentiment, j'en ai des dizaines dans mon taudis, et tu en as certainement plus besoin que moi.

Je m'emparai de l'élément avec précaution et l'admirai. C'était un bel engin. Et utile, en plus.

J'y lus 00 heure 06 minutes, jour douze du mois. Je me réjouis de parvenir à le déchiffrer si aisément, et rangeai précieusement l'objet dans la poche de mon pantalon gris-bleu que m'avait fourni Nieb.

— Es-tu angoissée ? me demanda Meps en m'indiquant de tourner à gauche.

— Non, mentis-je. Enfin… si. Un peu.

Il m'adressa un sourire chaleureux et me tapota l'épaule.

— Ne t'en fais pas, Ného est un bon petit… Ça devrait aller.

Comme pour me rassurer, j'inspirai profondément par la bouche, tentant de dissimuler mes tremblements.

— Croyez-vous que je sois vraiment en sécurité, ici ?

— Eh bien, me répondit-il avec hésitation. Je n'en sais rien… Que s'est-il passé, depuis que tu es partie des égouts ?

Je ne m'étonnai pas qu'il soit au courant de ma fuite, parce que les nouvelles voyageaient vite dans le ghetto.

— Oh, bah… expliquai-je. Je suis allée chez quelqu'un que je pensais être mon ami, mais il a prévenu les agents de contrôle pendant que je prenais une douche…

— Voilà donc la raison de ces… vêtements.

— Oui… Je leur ai échappé de peu. La dernière fois qu'ils m'ont vue, j'escaladais le mur d'enceinte de la ville.

— Alors ils te croient dans le désert ! se réjouit Meps.

Il m'indiqua de tourner à droite.

— Sauf s'ils ne me repèrent pas et qu'ils décident de revenir jeter un œil par ici… m'inquiétai-je.

— Ne t'en fais pas, me rassura-t-il. Nous trouverons bien un moyen pour qu'ils arrêtent de te persécuter. Les agents de contrôle ne connaissent pas l'existence de la planque dans les égouts, alors… Peut-être seras-tu contrainte de te cacher là-bas, mais tu y seras en sécurité. Au moins le temps que les choses se calment.

J'acquiesçai timidement, pas forcément heureuse à l'idée de me terrer dans les canalisations, mais reconnaissante qu'il me propose des solutions. J'appuyai donc ma gratitude avec un sourire et regardai droit devant moi, tentant de chasser mon angoisse. Déjà, je vis le taudis perché de Ného se dessiner, et la boule qui s'était logée au fond de ma gorge s'accentua.

— Nous arrivons, lança joyeusement Meps.

Je ne répondis pas, me concentrant pour ne pas perdre la face. Il fallait que je me fasse écouter par Ného. Au moins qu'il me pardonne. Qu'il rejoigne le groupe était secondaire, finalement, mais je savais qu'avoir le gros Stan à nos côtés serait bénéfique. Nous nous arrêtâmes devant l'échelle que Ného avait construite, et Meps tenta de me rassurer.

— S'il ne veut pas te parler, me chuchota-t-il, appelle-moi. Je viendrais t'aider.

Pourquoi étais-je si angoissée ? Je n'allais affronter que mon ami, après tout, pas un furieux tueur.

Pourtant, l'idée de rendre visite à un assassin impitoyable semblait, pour le coup, plus accueillante. Je savais que Ného pouvait se montrer cruel et dur, s'il en avait envie.

De mes deux mains presque tremblantes, je saisis le premier barreau de l'échelle et commençai à grimper.

Chapitre 11

Mon cœur palpitait au rythme des barreaux qui défilaient devant mes yeux. Enfin, après un laps de temps que je jugeais trop long, j'arrivai au sommet de l'échelle. Je passai discrètement ma tête par-dessus les planches de bois qui constituaient le sol. Je crus d'abord qu'elle était vide, mais finis par apercevoir le pied de Négo déborder de son lit.

— Allez ! me souffla Meps, du bas de l'échelle.

Je me retournai vers lui dans une grimace, et il me mima avec ses deux mains de grimper un peu plus. Dans un soupir, je montai encore, jusqu'à ce que mes épaules dépassent le sol du taudis. Mon ami avait le nez plongé dans l'un des carnets que j'avais observés sur sa commode, et semblait… écrire, allongé de tout son long sur son matelas, les jambes repliées, le cahier appuyé sur ses cuisses.

Gênée de le déranger, je toussotai et attendis qu'il tourne le regard vers moi afin de m'engager plus chez lui, mais il ne réagit pas. Je recommençai, plus fort, et il finit par lever les yeux de son bloc-notes. En m'apercevant, il parut contrarié.

J'achevai mon ascension et entrai entièrement dans le taudis en m'aidant de mes coudes. Je n'osai ni prononcer un mot ni toucher quoi que ce soit.

— Qu'est-ce que tu fais là ? me demanda-t-il sèchement.

Je voulus réagir et entrouvris la bouche, mais il me coupa, sa main tremblante sur le papier.

— Non, ne me réponds pas, dit-il. Tu peux partir.

— Tu pourrais au moins...

— Non, Kialys, m'interrompit-il de nouveau. Tu as été très claire, tout à l'heure.

— Justement ! Je suis venue m'excuser...

Il cessa d'écrire, jeta son cahier sur le côté et se redressa sans se lever sur son lit.

— Pourquoi ? se moqua-t-il. Tout ne s'est pas passé comme tu l'avais prévu ? Tu te retrouves isolée, alors tu reviens vers les seuls qui pourraient te garder en vie ?

Je ne répliquai pas. Que pouvais-je bien répondre à cela ? Il n'avait pas tort... Devant mon mutisme, il se souleva et avança doucement vers moi, comme s'il s'apprêtait à me balancer dans le vide. Prudente, je me décalai de quelques pas afin de me coller contre le mur, afin d'être sûre qu'une idée meurtrière ne lui traverserait pas l'esprit.

Il s'arrêta au milieu de la petite pièce et me toisa en ricanant, sans doute à cause des vêtements que je portais.

— Comment va Nieb ? me demanda-t-il, amer.

— Euh... articulai-je difficilement. Il...

— Il t'a dénoncée, pas vrai ?

— Oui ! m'emportai-je. Pourquoi ? Tu en es heureux ?

Un sourire en coin défigura son visage, et il se détourna pour aller s'asseoir dans son fauteuil.

— Disons que je n'en suis pas surpris, affirma-t-il en jouant avec ses mains.

Je m'attendais à ce qu'il me lance quelque chose qui ressemblait à «je te l'avais bien dit», mais il n'en fit rien. En contrebas, j'aperçus Meps au milieu de la ruelle, la tête levée vers moi. Il me demanda en silence comment cela se déroulait, et je haussai les épaules en guise de réponse. Comment cela se passait-il ? Pas aussi mal que je le craignais. Du moins, pour l'instant.

— Tu es venue me faire des excuses, non ? reprit soudain Ného, me faisant sursauter.

Je faillis trébucher sur le bord du taudis, mais me rattrapai *in extremis* à l'un des rideaux, avant de me reculer précipitamment. Dans mon élan, je n'avais pas pensé aux tapis de fortune que Ného avait placés sur le sol, m'emmêlai les pieds dans l'un d'entre eux, et tombai sur ses genoux. Il ne put retenir un rire moqueur tandis que je me dégageais aussi vite que possible, un peu sonnée par ma double maladresse, et restai accroupie au milieu du salon. Au moins, de cette manière, je ne pourrais pas chuter. Encore que...

— Je suis tout de même surpris de te revoir si tôt... marmonna-t-il. Je ne m'attendais pas à te recroiser avant... je ne sais pas, le mois prochain.

Je tentai de ne pas me vexer devant ce reproche dissimulé.

— Je suis désolée, Ného, lâchai-je simplement.

Il me regarda sérieusement, si bien que je me sentis rougir.

— Le penses-tu vraiment, ou est-ce le gros Stan qui t'a priée de venir faire tes excuses ?

Rhooo ! Ce qu'il pouvait être susceptible ! Mais d'un côté, il avait de bonnes raisons de l'être puisqu'il avait vu juste, et j'aurais certainement réagi de la même manière, à sa place.

— Le gros Stan me l'a demandé… avouai-je. Mais je le pense également. En m'enfuyant de chez Nieb, j'ai eu l'occasion de réfléchir… et de me rendre compte de certaines choses.

— Ah bon ? s'étonna-t-il.

— Ne fais pas comme si, Ného, râlai-je, tu sais très bien de quoi je souhaite te parler.

— Absolument pas, s'amusa-t-il.

Il me lança un sourire complice, et je devinai qu'il me taquinait. Il m'avait déjà pardonné. Peut-être ne m'en avait-il jamais voulu, d'ailleurs. Il se redressa et appuya ses coudes sur ses genoux en me fixant, attendant ma réponse.

— Ok, cédai-je. J'ai compris que tu ne te moquais pas de moi…

Je prononçai les derniers mots si bas que Ného dut certainement tendre l'oreille pour les entendre.

— Et… ?

— Et que c'étaient tous les autres qui jouaient de la sorte, admis-je. Cette société en général. Tu as agi pour les besoins de ton équipe, même si j'aurais amplement préféré être mise au courant !

— On ne pouvait pas, tu ne sais pas garder un secret.

Je m'indignai en entrouvrant la bouche.

— Mais bien sûr que si ! Enfin bref, j'ai vraiment eu peur, c'est pour ça que j'ai si mal pris ce que tu m'as avoué par la suite…

— Tu n'étais pas non plus obligée de remettre toute notre amitié en cause, rétorqua-t-il. De toute façon, peu importe. J'ai quitté le groupe et je n'y retournerai pas.

Je hochai la tête en repensant à ce que m'avait conseillé le gros Stan. « Reviens avec lui, ou ne reviens pas. »

— Ného, osai-je en jouant avec mes mains. Le gros Stan a besoin de toi… Beaucoup ont déserté l'équipe, après ton départ…

— Ce ne sont plus mes affaires. À cause d'eux, j'ai failli perdre une personne qui m'est chère, je ne veux pas commettre la même erreur une seconde fois.

Je frissonnai en comprenant qu'il parlait de moi et baissai la tête afin de camoufler le feu qui me montait aux joues.

— Je n'ai pas besoin d'eux, reprit-il. Je peux très bien me débrouiller seul.

— Mais eux ont besoin de toi, Ného…

Il leva des yeux surpris vers moi.

— Je ne te comprends pas, Kialys. Tu me reprochais d'avoir négligé ta vie en faveur de mon groupe, et maintenant, tu souhaites que je le réintègre ?

— Parce que tu ne peux pas tous les abandonner pour moi ! l'imputai-je même si cette idée me flattait. N'oublie pas qu'ils ont des dossiers importants, dont un me concernant…

Oups. Peut-être n'aurais-je pas dû mentionner cet aspect de mon intérêt pour qu'il rejoigne l'équipe. Il leva les yeux au ciel en soupirant, comme s'il venait d'avoir une révélation.

— C'est donc ça ! dit-il comme s'il s'agissait d'une évidence. Tu te sers donc toi aussi de moi.

— J'essaye d'appliquer les règles de mon nouveau lieu de vie.

Fière de ma réplique, je lui adressai un sourire en coin. Il ne trouva rien à répondre et de toute façon, c'était donnant-donnant.

— Que souhaiterais-tu apprendre de plus, dans ces dossiers ? me demanda-t-il.

Je soupirai et m'assis en tailleur. Par où pouvais-je bien commencer ? Il n'était pas encore au courant de ce que j'étais. Sauf s'il avait eu l'occasion de voir les dossiers, mais ça m'étonnerait.

Je récupérai donc mon courage à deux mains, pris une profonde inspiration et plantai mon regard dans le sien.

— Tu te souviens quand je t'avais demandé si tu avais déjà essayé l'un de nos miroirs ?

S'il fallait que je commence quelque part, autant que ce soit par le début. Il hocha la tête en guise de réponse et haussa les épaules. Considérant mes mots, je baissai les yeux vers le linge de bain qui faisait office de tapis.

— Il fonctionnait correctement, pas vrai ?

— Oui, m'affirma-t-il sans hésitation. Mais je ne vois pas…

— Avec moi, ils ne marchent plus, Ného.

— Qu'est-ce que ça veut dire ?

— Quand je me trouvais au laboratoire, repris-je, le chercheur m'a expliqué… que l'homme que l'on avait découvert dans le véhicule n'était pas Ténurien. Ça, tu le savais déjà. Mais il m'a révélé quelque chose d'important. Ses gènes sont semblables aux nôtres, à part trois d'entre eux. Ceux qui contrôlent la couleur de la peau, celle des cheveux, et celle des yeux.

Je marquai une pause, afin de vérifier qu'il me suivait bien, et son attitude impassible m'indiqua que oui.

— Ils l'ont découvert, parce que les gènes de cet homme n'ont pas été reconnus… Ils ont fait plusieurs tests, et, je pense, également avec les miroirs.

Il sembla comprendre où je souhaitais en venir, et esquissa un léger mouvement de tête.

— Attends, tu veux dire…

— Ils ont fait des tests sur moi aussi, repris-je avant de le laisser finir. Les miroirs n'identifient pas mes gènes, à moi non plus. Du moins, pour ceux qui varient… Donc oui, mes gènes qui contrôlent la couleur de la peau, des cheveux et des yeux diffèrent des autres Ténuriens. Et ce, depuis ma mutation.

— Comme cet homme, donc ?

— Exact.

Un silence lourd adopta la place de la conversation. Nous restâmes un moment à nous observer, tandis que Ného tentait de comprendre comment cela était possible.

Il se frotta le menton après une hésitation.

— Donc, tu n'es pas un Corbeau, conclut-il. Tu n'es pas non plus Normale. Tu es… autre chose.

— Oui. Je fais à présent partie de l'espèce de cet homme.

— Je ne saisis pas… s'embrouilla Ného. Il était déjà difficile de concevoir que tu sois devenue Corbeau, mais ça aurait encore pu s'expliquer par un genre de virus… Là, tes gènes ont carrément été altérés !

— Oui, enfin… seulement certains, lui rappelai-je. Mes empreintes digitales, par exemple, sont les mêmes, de même pour mes empreintes rétiniennes. C'est comme cela qu'ils se sont assurés que j'étais moi.

— Ça ne change rien au fait que tes gènes se soient modifiés.

Je haussai les épaules et hésitai.

— Je crois que… commençai-je.

Je me tus, jugeant imprudent de lui révéler ce secret si aisément, et me rapprochai de lui en m'avançant à quatre pattes. Il se pencha un peu plus vers moi et m'offrit son oreille pour que je puisse lui chuchoter ce que j'avais à lui dire.

— Dans le véhicule, expliquai-je à mi-mot, il y avait un genre de cuve, et un bouton rouge lié à celle-ci. J'ai appuyé dessus au moment même où tu me prévenais que l'homme n'était pas de chez nous. Et là, un gaz m'a aspergée et a instantanément pénétré mes poumons. Et puis, je me suis sentie mal, j'étais nauséeuse… C'est à partir de ce moment-là que j'ai commencé ma mutation. Le lendemain matin, déjà, les miroirs ne fonctionnaient plus avec moi, et je me suis retrouvée chez Stan, à moitié brûlée…

Je me reculai et jaugeai la réaction de Ného, sous le choc. Il se redressa, lui aussi perplexe. Mais il ne savait pas encore tout. Mieux valait attendre avant de lui avouer que je voyais des choses et que je comprenais des mots inconnus.

— Je vois… répondit-il doucement, comme s'il réfléchissait. Que pouvait bien être ce gaz…

— Justement. J'aimerais bien le savoir… Le scientifique m'a annoncé qu'ils avaient découvert la cuve vide, mais je suis persuadée qu'il me disait cela uniquement pour que je parle… Je suis presque sûre qu'il devait rester des traces de ce gaz à l'intérieur, et qu'ils les ont analysées… mais, je ne suis même pas certaine que ce soit ce gaz qui m'ait transformée, alors je voudrais le confirmer.

— Quand bien même ce serait le cas, répondit-il, cela t'apporterait quoi de plus ? Des données scientifiques, mais qu'en ferais-tu ?

— Je ne sais pas, moi ! rétorquai-je. J'espérais comprendre d'où provenait cet homme… d'où je venais, moi.

— Mais tu viens d'ici ! s'emporta-t-il. Tu es née ici, ce n'est pas parce qu'un gaz a modifié ton apparence que tu es différente !

Je fus surprise qu'il soit le premier à le constater.

— Tu sais, Kialys, reprit-il, plus calmement. Que tu sois Normale, Corbeau, grosse, maigre, ou, peu importe quoi… tu restes toi-même. Et c'est avec toi que je suis ami, pas avec ton physique. Il serait temps que tu oublies les dogmes que ta société t'a imposés !

— Eh bien, tu es culotté de me dire cela ! Toi qui ne m'avais jamais fait part de ton univers avant que je ne sois Corbeau… ou quelque chose qui s'en apparente ! C'était toi qui disais que j'étais exceptionnelle parce que j'étais devenue ce que je suis. Avant, j'étais quoi ? Insignifiante ?

— Tu sais bien que tout ce que je t'ai dit ce soir-là était faux ! C'est toujours toi qui as compté. Ta couleur de peau, de tes cheveux, de tes yeux, je m'en fiche, et je ne devrais pas être le seul. Je ne voulais simplement pas prendre le risque de te mettre en danger. Déjà que tu jouais les rebelles…

Ného avait raison. Son soutien me fit chaud au cœur. Si seulement tout le monde pouvait penser comme lui… Pourtant, cette expérience m'avait d'ores et déjà changée. En mieux, peut-être. Je me rendais compte de choses que j'étais incapable de voir jusqu'à présent. Et c'était normal. J'étais fière de pouvoir déceler aujourd'hui la cruauté de l'endroit où je vivais, l'égoïsme des gens qui m'entouraient. Même si cela m'atteignait déjà, avant, grâce à Ného, maintenant que j'en étais également la cible, c'était pire.

— Et vous ? demandai-je pour changer de sujet. Avez-vous trouvé le dossier que vous recherchiez ?

— Je n'en sais rien, répondit-il amèrement. Je n'ai pas eu le temps de les voir, ces dossiers.

— Raison de plus pour réintégrer l'équipe.

Après un moment d'hésitation, il me fixa et me sourit.

— C'est bien parce que c'est toi, dans ce cas.

Il se leva et me présenta sa main pour m'aider à me redresser.

Je m'en emparai et me soulevai à mon tour, face à lui. Je reconnus dans ses yeux la même couleur que celle que j'avais perçue dans sa voix un peu plus tôt, sans pouvoir y mettre un nom. Il repoussa l'une de mes mèches de cheveux derrière mon épaule et effleura ma joue.

Surprise par ce contact, je frissonnai. Mon corps entier semblait vibrer sous ses doigts, mais j'étais incapable de bouger ou de parler. Je l'entendis rire alors qu'il se reculait.

— Comment as-tu pu croire que je t'avais toujours manipulée ? se moqua-t-il.

— Quoi ? m'étonnai-je.

— Tu devrais écouter un peu plus ce que tu ressens, Kialys, répondit-il en souriant.

Je me retournai, vexée, et commençai à m'avancer vers l'échelle.

— Où vas-tu ? me demanda-t-il, surpris.

— Eh bien… chez le gros Stan ?

— Tu ne perds pas de temps…

— J'ai envie de savoir ce qu'il m'arrive, Ného.

Dans un soupir, il acquiesça. Il comprenait, j'en étais sûre. Il m'indiqua de descendre la première, posant sur moi des yeux brûlants. Ignorant son regard, je me retournai, impatiente d'enfin découvrir mon secret.

***

— Félicitations Kialys ! se réjouit le gros Stan. Je savais que je pouvais compter sur toi.

Il me donna une tape trop forte dans le dos, mais qui se voulait amicale, et serra l'épaule de Népo.

— Prenez un verre ! lança-t-il joyeusement. C'est moi qui offre !

Sans même attendre notre réponse, il versa le contenu d'une bouteille, semblable à celle que Népo avait ouverte devant moi, dans quatre verres cabossés en métal, disposés sur ce qu'on pourrait appeler une table basse. Il nous proposa d'en empoigner un chacun. Népo et moi hésitâmes, mais nous nous emparâmes finalement du nôtre, tandis que Meps avait déjà entamé le sien et que Stan se servait son deuxième verre. Je questionnai silencieusement Népo, redoutant de me brûler l'œsophage comme un peu plus tôt, mais celui-ci me fit signe que je pouvais y aller sans crainte. Je pris alors une gorgée du liquide ressemblant au vin de Népo, quoique plus amer.

— Stan, intervint Népo. Je suis d'accord pour revenir, mais à plusieurs conditions.

Stan fut si surpris que son poulain émette une exigence, qu'il interrompit son geste et laissa son verre en suspens.

— Kialys fait peut-être partie du groupe, réagit mon ami, mais c'est trop dangereux pour le moment de lui demander quoi que ce soit. Il faut qu'elle soit planquée, sinon les agents auront vite fait de fouiller chaque taudis…

Le gros Stan lâcha un grognement, comme si cela l'embêtait de passer sur ses envies de me faire participer à la vie du ghetto, mais finit par acquiescer dans un geste de la main théâtral.

— Ne t'en fais pas, Népo, répondit-il. Nous n'aurons qu'à la cacher dans les égouts. On lui ajoutera un lit et quelques trucs que les filles aiment bien… Et ensuite ?

— Ensuite, je réclame à voir les dossiers que nous avons dérobés tout à l'heure.

Meps faillit s'étouffer et toussa violemment tandis que le visage du gros Stan devenait presque livide. Je ne saisissais pas pourquoi leur réaction était si virulente. Après tout, ce n'était pas grand-chose, quelques dossiers ?

— Ného… balbutia le gros Stan. Tu sais très bien…

— C'est ça ou rien, le coupa mon ami.

Quoi ? Que se passait-il ? Pourquoi le fait qu'il veuille voir les dossiers posait-il problème ?

Je lançai un regard d'incompréhension à Meps qui m'indiqua de patienter, l'air grave.

— Bon, bon… répondit Stan. Je vais essayer… mais je ne te promets rien !

Ného hocha la tête pour signifier son accord.

— Bien, reprit Stan en se frottant le front. Meps, va donc annoncer aux autres que Ného est de retour. Nous, on va discuter un peu.

Meps s'exécuta sans broncher et quitta le taudis de Stan sans se séparer de son verre. Notre hôte nous proposa de nous asseoir sur son lit, puisqu'il ne possédait pas de chaise, et s'installa en face de nous sur un coffre en bois.

— Alors, Kialys… commença-t-il. As-tu appris des choses intéressantes, au centre de recherche ?

J'hésitai. Devais-je parler de ce que je savais avec le gros Stan ? Était-ce réellement une bonne idée ?

— Pas grand-chose, répondit Ného à ma place. Juste que ses gènes s'étaient modifiés et l'avaient transformée en Corbeau.

Je fus surprise qu'il juge préférable d'occulter la vérité, mais ne fis aucune remarque. C'était peut-être mieux comme ça, après tout.

— Oui, ça me semble flagrant, rétorqua le gros Stan d'un air blasé. Mais sais-tu pourquoi ?

— Non, pas encore, me devança une fois de plus mon ami.

Le gros Stan parut suspicieux, comme s'il sentait qu'on lui cachait quelque chose. En même temps, c'était aussi évident que le nez au milieu de la figure. Comme pour m'effacer un peu plus, je pris une gorgée de mon verre en m'efforçant de camoufler la moue que me provoquait le goût âpre du vin.

Neho et Stan se fixaient droit dans les yeux, sans parler, sans même bouger, et moi, j'étais spectatrice d'un match que je ne comprenais pas. Le silence se fit si lourd que j'en fus mal à l'aise et je tentai de donner des coups de coude à Neho pour lui rappeler que je me trouvais à ses côtés, mais rien n'y fit. Ils semblaient absorbés dans une conversation insonore.

Perplexe, j'entrepris de me lever afin de vérifier s'ils étaient encore vivants, mais Neho me retint en plaçant son bras devant moi, sans pour autant détacher ses yeux de ceux du gros Stan. J'étais contrainte de rester coite et immobile. Je m'enfonçai alors un peu plus dans le lit et m'appuyai contre le mur du taudis.

Après plusieurs minutes interminables, le gros Stan baissa les yeux dans un soupir, et Neho se tourna vers moi.

— C'était quoi, un duel de regards ? m'étonnai-je, du mépris dans la voix.

— Ne néglige jamais les duels de regards dans le ghetto, répondit le gros Stan, comme si celui qu'il venait de disputer était l'un des plus durs de sa carrière. Ça peut te sauver la vie.

J'adoptai un air ahuri devant cet affrontement absurde mais efficace, et pris une autre gorgée de vin.

— Pourquoi Fyrec refuserait-il de me montrer les dossiers ? s'inquiéta Ného en changeant de sujet. Après tout, j'ai participé à leur vol.

Fyrec ? Qui était-ce ?

— Tu le connais, Ného, lui répondit le gros Stan. Il aime avoir l'œil sur tout et déterminer qui est apte à acquérir le savoir. Mais j'ai bon espoir, pour toi. Mais pour Kialys...

— Il n'a rien à dire de Kialys, me défendit-il aussitôt. Elle n'a pas sa place dans les affaires de cette crapule.

— Ça, je n'en sais rien, gamin... J'espère qu'il ne viendra pas mettre son nez par ici, mais au cas où, on ne sait jamais... Tu es au courant de la vitesse à laquelle vont les nouvelles.

— Oui, et justement. J'aimerais que celle concernant la présence de Kialys ne s'étoffe pas. Ça pourrait être dangereux pour elle.

Le gros Stan fit un clin d'œil à Ného.

— Dis donc... Vous deux... c'est du sérieux, hein.

Ne comprenant pas à quoi il faisait allusion, mon visage exprima ma confusion.

— Stan... soupira Ného en se passant la main dans les cheveux. Elle ne sait même pas ce qu'est l'attirance.

Effectivement. J'étais complètement perdue.

— Vraiment ? s'étonna le gros Stan. Eh bien... les Normaux se montrent plus sévères que de mon temps... Moi j'ai eu le droit à des cours d'éducation se...

— Stan !

— Oui, ça va, je me tais...

— Euh… C'est quoi, l'attirance ? osai-je demander.

Mon ami soupira si fort que la flamme de la bougie posée à côté de lui vacilla.

— Tu vois… dit-il à l'adresse de Stan. Merci beaucoup.

— Oh, ça va, il faudra bien qu'elle l'apprenne un jour, non ? Elle a quoi, seize ans ?

Il écarta les mains d'un air étonné, tandis que j'attendais toujours ma réponse, comme une enfant.

— Chez les Normaux, expliqua Ného, on ne leur inculque toutes ces choses qu'une fois qu'ils sont mariés. C'est, soi-disant, pour conserver leur innocence et éviter les problèmes qui pourraient être liés au désir, à l'attirance… Enfin, tu me comprends.

— Moi, je ne comprends rien, lâchai-je, perdue.

— Après le mariage ? s'étonna Stan. Ah ! Elle doit être belle, leur nuit de noces !

Ného roula des yeux et prit une profonde inspiration.

— Justement, on leur apprend pile avant. Histoire d'assurer la descendance, tout de même… Bref, j'imagine.

— Quelqu'un pourrait m'expliquer de quoi vous parler ? m'emportai-je en haussant le ton.

Surpris, comme s'ils avaient oublié ma présence, les deux hommes se tournèrent vers moi. L'un avec un œil complice, l'autre… agacé.

— Oh, mais, Ného te l'apprendra un jour, s'amusa Stan, ne t'en fais pas !

Il se mit à rire de bon cœur et mon ami le taquina du bout de son pied. Il ricanait, lui aussi, mais paraissait pourtant embarrassé. En quoi était-ce si gênant d'éclaircir tout cela ?

Décidément, j'avais encore tellement de choses à assimiler…

— Ného ! m'indignai-je. Ne savez-vous pas que c'est très impoli ?

— Je suis d'avis que ce n'est pas le moment de t'expliquer tout ceci, se défendit Ného.

Très bien ! Non, mais, pour qui se prenaient-ils, ces deux-là ? Je ne pus me contenir plus longtemps et m'agitai de nouveau.

— Pouvez-vous au moins me dire qui est Fyrec ?

Le gros Stan se racla la gorge afin de mettre fin à son fou rire, tandis que Ného passait une main sur son visage d'un air désespéré.

— Fyrec, m'expliqua Stan, c'est le grand chef du ghetto. C'est lui qui gère tout le monde. Il sait tout. C'est pourquoi il ne faut pas tarder à te cacher, sinon… il pourrait mal le prendre et te dénoncer aux agents.

— Quoi ? m'étonnai-je. Mais pourquoi ?

— Parce que tu es nouvelle, intervint Ného, et qu'il a normalement le droit de véto sur tous les nouveaux. C'est lui qui décide de qui va pouvoir rester ou non. Et étant donné les problèmes que tu as en ce moment, et ta mutation, et… enfin, tout… Ça me surprendrait qu'il t'accorde le droit de séjour.

Je baissai les yeux sur mon verre. Pourquoi ne voudrait-il pas que je reste ici ? Je n'étais ni méchante ni mal intentionnée. Tout ça parce que j'avais muté ? Parce qu'avant, j'étais Normale ?

Finalement, j'avais peut-être raison de ne me sentir chez moi nulle part… Mais Ného se tourna vers moi et me rassura en m'attrapant les mains.

— Ne t'en fais pas, Kialys, reprit Stan. S'il décide de te renvoyer d'où tu viens, nous nous y opposerons.

— Non ! Je ne veux pas que vous vous sacrifiiez pour moi ! m'indignai-je.

— De toute façon, ça n'arrivera pas ! s'emporta Ného. Tout simplement parce que tout le monde ici sera discret et n'avouera pas !

Le silence s'installa de nouveau. Mais il fut rapidement rompu par la porte du taudis de Stan qui s'ouvrit violemment dans un brouhaha de raillerie. Cinq personnes entrèrent en même temps, riant et parlant à tout va, si bien que je me demandai si la pièce serait assez grande pour tous nous accueillir.

Ils échangèrent tous un geste étrange de la main avec Ného. C'était curieux, ils frappaient l'une de leurs mains ensemble, et serraient ensuite le poing de la même main pour se l'entrechoquer doucement. J'hésitai, perplexe devant ce geste inhabituel pour moi, tandis que les amis de Ného se félicitaient de son retour. Le gros Stan parut embarrassé de voir tout ce monde chez lui et se leva en agitant les bras.

— Oh là ! Du calme ! Vous allez alerter les voisins de quelque chose !

— T'inquiète, Stan, nous sommes juste rassurés ! se défendit l'un d'entre eux.

— Mais oui, détends-toi, on a quand même le droit de faire la fête, non ? intervint un autre.

— Stan a raison, les interrompit Ného. Il ne faudrait pas que Fyrec soit au courant de la présence de Kialys. Mieux vaut ne pas se faire remarquer…

Ses amis se turent d'emblée, comme si la simple prononciation du nom de Fyrec les effrayait déjà. J'étais curieuse, à présent, de savoir à quoi cet homme ressemblait.

— Bien, reprit Stan. Meps et Bulc, allez donc installer un lit dans les égouts, pour Kialys. Il faudra qu'elle reste là-bas un petit moment, le temps que les choses se calment… Quant aux autres, du balai ! Et toi, Ného, conduis-la en sécurité, dans ta baraque ou dans les canalisations, peu importe, mais disparaissez !

Tout le monde se mit en mouvement, et tous désertèrent la pièce aussi vite qu'ils y étaient entrés. Ného me prit la main et m'obligea à me lever. Une fois que nous fîmes tous dehors, Stan claqua la porte de son taudis, comme pour dire « bon débarras ».

Ného échangea des accolades avec ses amis. Meps et Bulc partirent de leur côté, sans doute pour me trouver un lit ou ce qui s'en rapprochait, et nous nous retrouvâmes, Ného et moi, seuls au milieu de la ruelle.

— Que fait-on, maintenant ? lui demandai-je.

— On se rend aux égouts, me répondit-il. C'est plus sûr.

J'acquiesçai timidement et entrepris de le suivre dans ce labyrinthe de tôles. Certains Exclus nous dévisageaient avec insistance, mais détournaient les yeux dès que le regard de Ného croisait le leur, d'autres ne faisaient qu'à peine attention à nous. Comme si nous étions invisibles. Ou bien comme s'ils ne remarquaient pas que j'étais nouvelle. En même temps, le ghetto était vaste, et le nombre d'habitants qui le peuplait n'était que légèrement inférieur à celui de la cité. Parmi eux, il y avait, bien sûr, les Corbeaux, mais aussi d'autres profils, comme le gros Stan, ou Meps. Il y avait aussi des personnes venant d'ailleurs, d'une autre ville, voire d'un autre pays, chassées de leur précédente résidence.

Bref, la différence régnait ici. C'était agréable.

Nous arrivâmes devant un bâtiment délabré, et Ného m'arrêta. C'était le bistrot de Stan.

Il poussa avec difficulté la porte rouillée du restaurant lugubre. Cela faisait plusieurs années qu'il n'était plus en activité, voilà pourquoi les conduits d'aération servaient à présent de passages discrets. À l'intérieur, la poussière avait pris possession des lieux. Tout était presque gris tant il était inutilisé depuis longtemps. Les ustensiles de cuisine, les chaises et les tables avaient été entassés dans un coin, tandis que les fenêtres cassées – *au ghetto, avant, ils avaient des fenêtres* – avaient été obstruées par des planches de bois, filtrant la lumière de la lune.

Mon ami m'indiqua de le suivre en silence, tandis qu'il s'accroupissait sur le sol. Il tira dans un grincement une sorte de bloc de cuisson *gazinière*, et je vis apparaître un trou derrière lui. Il se retourna vers moi et me pria d'entrer. Je m'exécutai, pourtant peu rassurée, tout en ayant l'impression d'avoir troqué mon corps contre celui d'une souris. Dans ce couloir froid et sombre, dans lequel je tenais à peine à quatre pattes, Ného me rejoignit en prenant soin de remettre la *gazinière* à sa place. Sans lumière, il était difficile de repérer où poser ses mains, et parfois même, je sentais une substance suspecte, mais ne relevais jamais.

Après un instant, alors que je ne distinguais rien, Ného m'indiqua de tourner à droite. Lui faisant confiance, je lui obéis, et aperçus enfin, à l'issue du conduit, une lueur orangée.

Soulagée de parvenir à la planque, je pressai le pas et arrivai en un rien de temps devant la grille qu'on avait passée un peu plus tôt. Ného n'eut pas besoin de l'ouvrir, puisque je le fis, et je sortis rapidement afin de m'étirer dans une attitude féline. Mon ami me rejoignit. Rien n'avait changé, depuis mon départ, à part que la table que j'avais fait tomber avait été correctement remise.

— Comment vont faire Meps et son ami pour ramener un lit ici ? m'enquis-je, inquiète de la taille des tunnels.

— Il y a différentes entrées pour y arriver, me répondit Ného. Et à l'une d'entre elles, le souterrain est plus large. Ils utiliseront celui-ci.

— Tu crois que ça ira, avec Fyrec et les autres ? lui demandai-je.

Le doute sembla le gagner, et il se frotta le menton sans répliquer. Qu'aurait bien pu m'infliger Fyrec de si grave ? À part me dénoncer aux agents de contrôle, bien sûr…

Quant aux dossiers que nous voulions voir, j'étais persuadée que le chef serait obligé d'accepter. Ného était l'un des meilleurs éléments du ghetto, il serait alors injuste de lui refuser de jeter un œil sur quelque chose qu'il avait volé lui-même.

— Au fait, repris-je pour changer de sujet, qu'est-ce que tu écris, dans tous ces carnets ?

Ného sembla hésiter un moment en effleurant la surface d'une table du bout des doigts.

— Pas grand-chose, me répondit-il. Ce qu'il me passe par la tête…

Le silence retomba. Il fut rompu quelques instants plus tard par un bruit qui résonna depuis le côté sombre des égouts, là où je m'étais enfuie. Ného et moi sursautâmes, tant nous étions absorbés dans nos pensées.

Meps apparut dans la lumière, tenant un lit en métal un peu amoché, mais encore en état, suivi de Bulc qui en portait l'autre extrémité. Leurs visages crispés nous indiquèrent qu'ils avaient éprouvé quelques difficultés, et Ného se précipita à leur aide. Les trois hommes posèrent le lit contre l'un des murs et se réjouirent de leur travail.

— Bon, Kialys, ne t'en fais pas si tu entends du bruit la nuit, me rassura Meps. Personne d'autre que notre groupe ne connaît ce lieu. Normalement.

Je hochai la tête en signe d'approbation en m'asseyant sur le matelas dur et abîmé.

— Je pense qu'il serait sage que quelqu'un reste ici, proposa Bulc, au cas où... les agents de contrôle la cherchent. Je me demande même s'ils ne sont pas déjà dans le ghetto.

Quoi ? Déjà ?

— Très bien, répondit Ného, je resterai avec elle. De toute façon, je n'ai pas envie de retourner chez ma mère. Ma sœur est casse-pieds, en ce moment !

Meps lui adressa un sourire.

— C'est peut-être un peu ma faute, avoua-t-il, gêné. Je lui ai dit que je préférais attendre avant de nous marier.

Quoi ? Meps et la sœur de Ného allaient se marier ? Alors ça, pour une surprise...

— Eh bien, tu devrais faire attention à toi, répondit Ného. Elle peut agir comme une vraie guerrière, si elle le souhaite.

Je voulais réellement écouter le reste de la conversation, mais mes paupières se firent lourdes. Je les fermai une seconde pour les reposer un peu.

Mais, déjà, les sons me parvinrent plus feutrés, tandis que mon esprit voguait vers d'autres rives.

Je me retrouvai de nouveau dans cette rue surpeuplée, en attendant mon frère. Les gens étaient toujours les mêmes, et je me demandai pourquoi ce souvenir revenait sans cesse. Pourquoi était-il si important, pour la fille que j'incarnais, mais qui n'était pas moi ? Impossible de le déterminer. J'éprouvai une angoisse, celle que je percevais à chaque fois, suivie d'un immense sentiment de solitude au milieu de cette foule si différente.

Le ciel bleu était éclatant, et le soleil chauffait mon crâne. Pourtant, je ne ressentais aucune brûlure, malgré ma peau claire. Je rencontrais quelques difficultés à rester face à l'astre de lumière à cause de mes yeux.

Après un certain temps, je savais qu'*il* viendrait. Sous forme de silhouette, d'abord, mais peut-être que cette fois je pourrais déterminer un visage ? J'avais, à force de voir ces images, l'habitude de compter les secondes.

Et enfin, l'ombre apparut. L'inconnue que j'incarnais ressentit une immense joie, et un énorme sourire fendit ses lèvres jusqu'à ses oreilles. La silhouette s'avança un peu plus, et j'étais de plus en plus heureuse. Mais moi, je fus déstabilisée.

Et la raison de mon doute, c'était la couleur de peau de cette silhouette. Il s'agissait d'un homme d'une trentaine d'années. Sa peau était marron foncé, et il me souriait intensément, lui aussi. Pourtant, je savais que c'était un frère. J'aurais ressenti cela, pour un frère.

Comment pouvait-il être mon frère, si nous n'avions pas la même couleur de peau ? Il s'avança un peu plus et me serra dans ses bras. La joie de mes souvenirs débordait, et j'en fus submergée si fort, que j'en fus troublée. Ça faisait chaud dans le creux du ventre, dans le creux du cœur. C'était indescriptible.

Pouvait-on ressentir cela pour un frère ? Je m'agitai dans mon sommeil. L'homme se recula de quelques centimètres, me regarda avec tendresse et posa ses lèvres sur les miennes. Sur celle de l'anonyme dont je lisais la mémoire.

Je me sentis me crisper. Dans mon rêve, la sensation était incomparable. Douce, chaude, agréable. Un tsunami de bonheur. Mais moi, je ne connaissais pas ce geste. Qu'est-ce qu'il signifiait ?

Pourquoi me prenait-il la bouche de cette manière ?

Qu'était cette sensation ? J'avais confondu cet homme avec un frère, parce que je ne voyais pas pour qui d'autre j'aurais pu ressentir cela. Étaient-ce des choses que l'on faisait avec un frère ?

Non. Non, ce n'était pas un frère. C'était un *amant*. Je sentis sur mon bras le contact froid de quelque chose d'extérieur à mon rêve.

Ného me réveilla brutalement en me secouant, et j'ouvris les yeux illico, brisant ce rêve troublant. Je l'observai sans bouger, le cœur battant, l'esprit embrumé. Cette couleur que j'avais perçue dans sa voix et dans ses yeux. Ces choses que je ressentais, parfois. Ce dont il parlait, chez Stan, un peu plus tôt. L'attirance. C'était ça. C'était l'*amour*.

— Kialys, tu faisais un cauchemar ?

— Ného, l'ignorai-je. Je sais ce qu'est l'attirance.

— Comment ça, tu sais ? me demandaNého pour la énième fois.

— Je ne l'explique pas, répondis-je, encore. Tu m'énerves à me poser la même question sans cesse !

— Mais il y a bien quelque chose qui t'a fait comprendre, non ?

Perplexe, j'hésitai. Était-ce une bonne idée de lui faire part des rêves étranges qui habitaient mon esprit ?

Surtout maintenant que je savais ce qu'était l'attraction – *ce mot, dans ma langue, se traduit par* amour, *dans la vôtre*. Je me sentais légèrement honteuse d'avoir assisté à un tel rapprochement physique entre deux inconnus. Et en pleine rue, en plus ! Comment était-ce possible ? Chez moi, jamais on ne voyait deux personnes s'*embrasser* !

Comme je ne répondais pas, il s'impatienta et se leva.

— Après tout, je m'en fiche, Kialys, dit-il, faussement désintéressé. C'était juste pour t'aider.

— C'est que…, commençai-je. Je ne sais pas d'où… Enfin, je ne sais pas…

Il haussa les sourcils face à mon dilemme et s'assit à côté de moi.

— Que se passe-t-il ? me demanda-t-il.

Décidément, je ne pouvais rien lui cacher.

— Rien, répondis-je malgré tout. Je suis fatiguée, c'est tout…

Je replongeai dans mes pensées. Le souvenir était très clair. L'amour. C'était beau. Ressentais-je moi-même de l'amour pour quelqu'un ? Peut-être… Je n'en étais pas encore sûre. C'était nouveau pour moi de mettre un nom sur un sentiment qui se divisait en plusieurs autres. Il fallait que j'apprenne à identifier chaque sensation, afin de déterminer ce qu'était l'amour véritablement, dans son entièreté.

Mais le plus important, dans mon rêve, ce n'était pas cela. Je découvrais qu'il y avait autre chose que le mariage forcé. Chez nous, deux individus s'épousaient par nécessité, au sein d'une même famille parfois. Cela tenait d'un échange entre les parents respectifs. Mais jamais quelqu'un ne décidait de se marier avec une personne en particulier. D'ailleurs, jamais personne n'avait de relations avant l'union. Comme l'avait expliqué Ného à Stan. Je me demandai pourquoi on nous cachait une chose si belle. Même si j'imaginais que ce fût par nécessité. Si l'on ne pouvait nommer un sentiment, on ne pouvait que l'ignorer. Et donc, une souffrance inutile était épargnée.

Là-bas, les gens s'épousaient parce qu'ils s'aimaient. Et cela, peu importait leur couleur de peau. Cette idée me fit chaud au cœur. Si seulement je pouvais trouver où se cachait ce monde…

— Ného, lui demandai-je. Meps et ta sœur… c'est un mariage arrangé ?

Il ne put retenir un rire et me regarda tendrement.

— Non Kialys, répondit-il. Puisque tu sais ce qu'est l'attirance, je vais simplement te dire qu'ils s'aiment. Personne ne les oblige à s'épouser pour telles ou telles raisons. Ils en ont juste envie.

— Vous apprenez tout cela, au ghetto ? m'enquis-je, curieuse. Pourquoi pas nous ?

— Nous ne l'apprenons pas, s'amusa Ného, nous le découvrons, nous l'apprivoisons. Les anciens du ghetto n'ont pas de barrières, alors dès que j'étais enfant, par exemple, je savais déjà toutes ces choses. Pas comme toi, à qui on l'a toujours caché.

J'écarquillai les yeux autant que possible.

— Vraiment ? m'étonnai-je. Pourquoi ne m'en as-tu jamais parlé, dans ce cas ?

— Kialys... me répondit-il, désespéré. Tout le monde éprouve de l'attirance. Pour ses parents... pour un ami. Tu n'as juste pas appris à l'identifier, donc tu as l'impression de ne pas maîtriser ce sentiment. Mais tu l'as en toi.

Pouvait-on réellement ignorer une émotion si l'on n'en connaissait pas le nom ? Et cela, même si on la ressentait ? Après tout, puisque personne ne m'en avait parlé, c'était plutôt logique. Je n'avais aucun modèle d'amour. Il était donc normal que je ne puisse pas savoir si ce que j'éprouvais pour ma mère, pour Nieb – *avant* – ou pour Ného, était de l'amour.

Mais j'avais la sensation que c'était un amour différent. Comme s'il existait plusieurs sortes d'amour. Je pensais, dans mon souvenir, qu'il s'agissait d'un... *amour fraternel*. Mais c'était bien plus fort. Bien plus puissant et indomptable. Comme un torrent qui nous entraînait sur des rives où l'on ne voulait pas mettre le pied, mais que nous suivions tout de même avec plaisir, puisque nous jugions que ces rives renfermaient les plus beaux trésors maudits.

Et moi ?

Pouvais-je survivre à ce torrent simplement parce que je n'identifiais pas ce sentiment ? Sans doute...

Mais en fait, je n'y survivais pas.

C'était irrépressible, comme le besoin de rejoindre Ného tous les soirs, et ce malgré les réprimandes de mes parents. Irrépressible comme l'envie de revenir vers lui, envers et contre tous. Irrésistible comme mon cœur battant dans ma poitrine quand je le voyais, comme les larmes qui coulaient sur mes joues lorsqu'il me blessait, comme la douleur de mon âme qui m'arrachait le cœur.

Depuis petite, je ressentais l'amour, le vrai. Et je l'ignorais.

Je me tournai vers Ného, troublée. Jamais je n'avais été gênée en sa présence, en raison de mon esprit naïf et innocent. Mais à présent que je commençais à découvrir la vie telle qu'elle était réellement, je me sentis rougir au simple contact de ses yeux dans les miens.

— Ça ne va pas ? me demanda-t-il.

J'entrouvris la bouche, mais aucun son n'en sortit. Son regard changea et se teinta d'une brûlure sans égale. Je n'étais pas préparée à affronter ce genre de choses. Je n'y avais jamais été accommodée, même si je le ressentais déjà, bien avant de m'en rendre compte. Je n'avais pas été préparée à le vivre, ce sentiment. Et il me faisait peur.

— Si, répondis-je timidement.

— Je ne comprends toujours pas comment tu as pu le découvrir seule, réfléchit-il. Personne ne t'en a parlé, pourtant…

— Ce n'est pas si important, Ného… L'essentiel, c'est qu'à présent, je le sache, non ?

Il resta silencieux un moment, puis il tapota mon matelas et me sourit.

— Tu devrais reprendre ta sieste, dit-il. Tu as l'air épuisée…

Je hochais la tête presque malgré moi et je me recouchai.

J'avais sommeil, mais je ne voulais pas revoir d'autres images. Comprendre d'autres mots. J'avais peur de ce que j'allais découvrir.

Pourtant, après quelques secondes, je replongeai.

Un nouveau lieu apparut devant mes yeux. Mais c'était différent de d'habitude. Celle que j'incarnais n'était ni angoissée ni impatiente. Je dirais qu'elle se sentait presque trop calme. Elle s'arrêta quelques secondes face à un grand bâtiment blanc, mais pas très haut, qui s'étendait comme le feraient les racines d'un arbre, tout en longueur. Mais l'une des parties était tout de même plus élevée, supplantée par un bloc qui ne l'atteignait que de moitié. Une troisième section, plus modeste, se tenait en vis-à-vis de ces deux-là. C'était curieux, tous ces bâtiments possédaient des yeux de verre qui réfléchissaient la lumière. J'en déduisis qu'il s'agissait de fenêtres. Une grande étendue d'herbe bien entretenue et chatoyante coulait devant l'édifice, un petit sentier agrémentait la promenade.

J'avançais d'ailleurs sur celui-ci, croisant plusieurs personnes qui me regardaient avec une certaine admiration. Je ne le compris d'abord pas, mais celle que j'incarnais baissa la tête vers ses pieds. Je sentis que mes cheveux étaient noués en une queue-de-cheval stricte, et le bout de celle-ci me chatouilla la nuque. Je repérai des chaussures confortables, noires. Des *baskets*. Je portais également un T-shirt bleu foncé, et un pantalon cosy beige. Un logo était inscrit sur mon maillot, un *polo*, plus exactement.

NASA.

Une nouvelle fois, je m'agitai dans mon sommeil. Je reconnaissais ces symboles. Je les avais déjà observés, sur le *vaisseau* accidenté.

Je m'avançais de plus en plus vers le bâtiment blanc et grand, baigné de soleil, et le choc me secoua de nouveau lorsque j'aperçus, sur l'une des façades, les mêmes *initiales* que sur mon polo et sur le *vaisseau*, ainsi qu'un étendard, un *drapeau* tricolore. La majorité de sa surface était rayée de blanc et de rouge, et un rectangle bleu rempli d'étoiles blanches était inséré sur le coin supérieur droit.

Je me sentis frissonner. Pourtant, l'inconnue que j'incarnais était très calme. Je pénétrai avec aisance dans l'édifice, pratiquement sans me poser de questions. De nombreuses personnes m'accueillirent avec le sourire, mais, déjà, l'image s'estompait.

Elle paraissait délavée.

Je sursautai et ouvris les paupières, haletante.

Je me trouvais toujours dans les égouts. Ného était avachi sur une chaise, profondément endormi. Je soupirai.

Que voulait dire ce rêve ? Devais-je en déduire quelque chose ? Pourquoi l'inconnue que j'incarnais revêtait-elle les mêmes signes étranges que j'avais découverts avec mon ami sur le véhicule ?

Était-ce un genre de centre de formation ? De centre de recherche ? D'éducation ? De musique ? Aucune idée… Tout cela était si flou que j'en avais mal à la tête.

Tout ce que j'arrivais à comprendre, c'était que si cette inconnue portait ces sigles, elle faisait certainement partie de ce « NASA ». J'étais incapable d'expliquer de quoi il s'agissait, mais je savais au moins ça.

Cela signifiait qu'elle avait un lien avec le véhicule accidenté. Lequel ? Aucune idée… la fatigue était trop pesante pour que je puisse le découvrir.

Mais si quelques-uns de ses souvenirs me parvenaient, c'était que j'étais connectée à elle. Peut-être pas directement, mais ça devait avoir un rapport avec ma mutation.

Mon apparence elle-même était devenue proche de la sienne. Blonde aux yeux verts et à la peau blanche.

Pourtant, tout ceci restait un mystère, et, d'épuisement, je me recouchai sur le matelas dur que Meps avait déniché. J'aurais peut-être de plus amples réponses en épluchant les dossiers dérobés par les amis de Ného. En tout cas, j'avais le temps de le découvrir.

Et je comptais bien y parvenir.

***

Un bruit me réveilla en sursaut. Ného était aux aguets. Il fixait le fond noir du tunnel, comme s'il craignait que quelque chose en surgisse brutalement.

— Qu'est-ce que c'est ? murmurai-je.

Mon ami m'indiqua qu'il ne savait pas. Il semblait… inquiet.

En coup de vent, je jetai un œil à l'horloge que m'avait donné Meps. 18 heures, 37 minutes. La nuit venait de tomber. Comment avions-nous pu dormir aussi longtemps ?

Là, un nouveau bruit, plus fort, retentit dans un écho. Ného se souleva et se précipita sur moi. M'obligeant à me lever, il me plaça derrière lui. Nous étions piégés si l'ombre vomissait quelqu'un. Surtout s'il s'agissait de quelqu'un de dangereux. Aucune issue ne s'offrait à nous. Plaqués contre le mur du fond du tunnel, sur cette plate-forme en dessous de laquelle coulait l'eau des égouts, nous n'aurions pas d'autres choix que de nous rendre.

Je frémis lorsqu'un troisième son similaire se rapprocha.

On aurait dit des bruits de pas précipités, ou des murmures. Quelque chose d'indéfinissable, mais d'inquiétant.

Soudain, un ricanement rauque retentit. Il ne s'agissait pas d'un rire joyeux. Mais d'un rire… narquois, peut-être. J'agrippai le bras de Négo lorsque celui-ci serra les poings.

Là, émergeant progressivement dans la lumière, un homme blanc, aux cheveux auburn et aux joues parsemées par une légère barbe rousse, s'avança. Il avait une allure frêle, mais l'air dur qu'il arborait laissait entendre qu'il était loin d'être fragile. Un sourire sarcastique déchirait son visage et plissait ses yeux sous ses sourcils froncés. Sa taille ne dépassait pas celle de Négo, pourtant, lorsqu'il identifia qui était cet homme, mon ami se tendit plus encore.

Deux autres hommes apparurent derrière lui, beaucoup plus impressionnants que le premier. Ils étaient Normaux, mais leur carrure large indiquait qu'ils étaient en surpoids, au même titre que le gros Stan. Je reconnus les deux gorilles de l'entrée du ghetto et frissonnai devant leur air rageur.

L'individu aux cheveux auburn s'approcha un peu plus, tandis que ceux que je supposais être ses bras droits restèrent à la lisière de l'ombre, comme pour garder une attitude mystérieuse.

— Négo ! lança l'homme comme on planterait un couteau en plein cœur. Mais dis-moi, quel est cet endroit ?

Il y avait dans son ton une trop présente légèreté, comme s'il s'apprêtait à nous tuer, mais que cela lui était égal. Mon ami s'avança lui aussi, ne me laissant que la paroi rocheuse à laquelle m'agripper.

— Fyrec, lui répondit Négo. Tu n'as rien à faire ici.

Fyrec. C'était donc lui. Pas très impressionnant, pour quelqu'un que tout le monde craignait.

Et comment avait-il été mis au courant de ma présence ? Et du souterrain d'évacuation ? Le gros Stan avait-il été contraint de parler ?

— Eh bien, il semblerait que si, reprit Fyrec. Je crois qu'il y a quelqu'un derrière toi que je n'ai pas encore jugé apte à vivre avec nous.

— Laisse-la tranquille, me défendit Ného.

Le chef du ghetto lâcha un sifflement presque admiratif et commença à faire les cent pas.

— Dis-moi, dit-il. Tu y tiens, à cette… C'est quoi, d'ailleurs ?

Visiblement, il semblait être au courant de celle que j'étais.

Une angoisse m'arracha un petit cri. Les poings de Ného devinrent blancs tant il les serrait.

— Elle a sa place ici, répondit Ného, comme nous tous.

— Oui, mais, vois-tu, je crains qu'elle n'attire que des ennuis. Les agents de contrôle sont venus me rendre visite, par deux fois. La première, juste avant que le gros Stan ne leur avoue où elle se trouvait. Mais cela faisait partie de votre plan, bien évidemment. Et, il y a à peine une heure, ils sont revenus. Pourquoi ? Parce qu'elle s'est échappée et qu'elle est introuvable. Connaissant la relation que tu entretenais avec elle, j'ai pensé à toi.

Une nouvelle vague de crispations me traversa, ankylosant mes muscles.

— Écoute, répondit Ného. Tout ce que nous voulons, c'est la garder ici le temps qu'il faudra pour qu'elle comprenne ce qui lui arrive. Ensuite, si tu le juges nécessaire, nous disparaîtrons.

— Nous ? sembla se vexer Fyrec. Parce que tu as l'intention de partir avec elle ?

Face à cette remarque inattendue, Ného ne sut que répliquer.

Les deux gorilles s'avancèrent, augmentant notre angoisse. Fyrec se mit à rire devant notre peur et cessa de faire les cent pas.

— Rassure-toi, Neho. Elle a bien trop de valeur pour que je la laisse filer… Elle pourrait m'être utile.

— Je sais, oui… siffla Neho entre ses dents. C'est bien ça qui m'inquiète.

Le chef du ghetto mima la surprise en prenant un air innocent.

— Mais enfin ! s'amusa-t-il. Tu me connais, non ? Je n'ai pas l'intention de faire du mal à ta protégée !

— Ça reste à prouver…

— Et comme je te le disais… elle a trop de valeur… également pour traîner avec quelqu'un comme toi.

Le mépris de ces derniers mots résonna dans la cavité silencieuse. J'entendis Neho frissonner. Ou bien était-ce moi ? Dans tous les cas, l'un comme l'autre, nous n'étions pas rassurés.

— Deux solutions s'offrent à toi, exposa Fyrec. Soit vous nous suivez sans faire d'histoire, soit je vais devoir faire appel à la force…

Comme pour appuyer ses dires, ses deux hommes grognèrent et croisèrent les bras d'un air menaçant. J'attendais la réponse de mon ami. Mais à quoi bon résister ? Nous étions déjà pris au piège, alors tant qu'à le suivre, autant le faire calmement et avec sagesse.

Hésitante, je me décrochai du mur et me plaçai à côté de Neho, surpris que je m'avance.

— Je vais vous suivre, affirmai-je à Fyrec. Mais en échange, nous pourrons avoir accès aux dossiers.

La première partie de ma réponse arracha un sourire satisfait à l'individu, tandis que la seconde le lui fit perdre. Sa bouche se serra, et un air pincé se plaqua sur ses traits. Il semblait réfléchir, peser le pour et le contre.

Ného me dévisagea. Je savais bien qu'il m'en voulait d'avoir cédé si facilement, mais je n'avais aucune envie de découvrir ce qu'était la violence pour un homme comme Fyrec.

— Très bien, répondit le chef du ghetto. C'est une sage décision, Kialys.

Les deux gorilles se détendirent, et j'échangeai un regard inquiet avec Ného. Je pouvais clairement lire la frustration sur son visage, si bien que je m'efforçai de paraître totalement confiante. En apparence.

Fyrec nous fit signe de le suivre, et, sans même attendre que nous avancions, se retourna et replongea dans l'ombre. Je m'exécutai, mais Ného fut plus réticent. J'entendis tout de même ses pas après quelques secondes, et fus rassurée qu'il ne me laisse pas seule dans ce tunnel noir avec un homme effrayant.

À mon tour, je fus avalée par l'obscurité. Seuls les frottements de nos foulées sur la pierre résonnaient. Quoique, je pouvais percevoir mon cœur battant, si bien que je me demandais si ceux qui m'accompagnaient le discernaient aussi. Cette sensation était étrange, comme si mon corps tout entier était inondé d'un liquide d'abord glacé puis brûlant. Mes paumes devinrent moites, et mon souffle s'accéléra. Ného me prit la main. Peut-être sentait-il ma gêne. Mon état fit surgir un mot. *Adrénaline*. Oui, c'était sans doute ça. L'adrénaline d'avant la mort. Je pâlis et me réjouis que personne ne puisse le remarquer. Ného serra un peu plus ma main lorsque Fyrec claqua sa langue contre ses dents.

— Tournez à gauche, annonça le chef de sa voix rauque.

J'entendis les pas qui me précédaient changer de direction, et Ného me poussa légèrement.

Je frôlai le mur du bout des doigts, afin de repérer les profondeurs des cavités, et sentis effectivement qu'il formait un coude. Je m'engageai dans cet autre tunnel, me demandant si ce n'était pas le même que j'avais emprunté lors de ma fuite. Non, dans celui-ci, nous pouvions marcher debout avec aisance.

L'odeur de moisi était si forte que j'en fus écœurée.

— À gauche, indiqua le chef une nouvelle fois.

Dans un souffle, je m'exécutai. Ného semblait de plus en plus bougon. Savait-il où il nous emmenait ? Je tentai de l'apercevoir dans la pénombre, mais ma vision ne me permettait pas de voir plus loin que le bout de mon nez.

Et déjà, à l'extrémité du souterrain, une lumière orangée significative pointait. Sans doute arrivions-nous au beau milieu du ghetto... Plus nos pas nous rapprochaient de la sortie, plus l'anxiété grimpait en moi. Une angoisse que je n'aurais pas pu expliquer, d'ailleurs. La fin du tunnel présentait une légère côte, bien que je me doute que, tout au long de notre parcours, nous étions remontés d'au moins deux ou trois mètres. Mais là, la pente était plus prononcée, et il était plus pénible d'y marcher.

Après une cinquantaine de pas, nous arrivâmes enfin à l'issue et débouchâmes sur l'une des allées du ghetto noire de monde. L'issue se trouvait dans le mur d'enceinte, comme la plupart des conduits d'égouts, et n'était camouflée que par une imitation de pierre beige en carton. Ného sembla s'en étonner. Sans doute ne savait-il pas que l'une de leurs entrées était si faiblement protégée. Fyrec salua les habitants avec légèreté.

— Suivez-moi, nous dit-il en se retournant vers nous.

Parmi la foule, je crus reconnaître Meps et la sœur de Ného, mais je n'en étais pas certaine.

La sœur de Ného, Louli, était-elle aussi Corbeau. Sa peau était plus claire que les Normaux, mais ses cheveux étaient d'un brun plus foncé que ceux de Ného. J'avais remarqué, les rares fois où je l'avais croisée, que ses yeux arboraient une jolie couleur noisette.

Je ne savais pas ce qui était le pire. Suivre Fyrec au milieu du ghetto et subir l'humiliation d'être épiée par ses habitants, ou la peur de me retrouver seule face à Fyrec. En tout cas, vu la difficulté avec laquelle je respirais normalement, et le teint blême que je devinais sur mon nez, il était clair que j'étais plus impressionnée par le chef lui-même que par le reste.

D'ailleurs, à mesure que j'avançais derrière lui, Ného me tenant la main, je ne faisais qu'à peine attention à la foule qui nous entourait. Je ne me posai même pas de questions quant à la présence de tant de monde ici.

Après tout, ce n'était pas vraiment important. Sans doute Stan, ou Fyrec lui-même, avait-il alerté les autres. J'étais persuadée que le simple fait que Fyrec descende en personne dans les rues du ghetto devait signifier que quelque chose de spécial se déroulait, et incitait les individus à se regrouper par curiosité.

Ou par peur.

Le chef nous emmenait vers un endroit du ghetto que je ne connaissais pas, plus reculé. J'eus même l'impression qu'il se dirigeait vers le mur d'enceinte de la ville, ce qui se confirma lorsque les deux gorilles ouvrirent une porte rouillée sur le flanc de celui-ci. Il y avait une section où le mur d'enceinte de Refen et celui du ghetto se rejoignaient. Et c'était dans cette section que Fyrec habitait. Son taudis était construit à même le mur, donc.

Sans doute se servait-il des couloirs qui se cachaient dans celui-ci, destinés à opérer d'éventuelles réparations sur les canalisations – *rares* – du ghetto, et celles de la ville. Puisque le mur d'enceinte était creux en réalité, mais solide tout de même, des pièces aussi hautes que le mur lui-même pouvaient y être aménagées, traversées de part et d'autre par des tubes, des conduites, voire des fils électriques. Au même titre qu'il y avait des tuyaux d'évacuation et d'égouts, d'ailleurs.

Sans se retourner vers nous, le chef pénétra dans le mur. Ného et moi avançâmes à notre tour. Ici, l'atmosphère était fraîche. Mais une désagréable odeur de renfermé m'attaquait les narines.

Instinctivement, dans cette ambiance hostile et sombre, je me rapprochai de mon ami. La pièce était, comme je m'y attendais, très haute. Deux fauteuils d'apparence confortable encadraient un grand canapé encore en excellent état. Un tapis épais s'étendait devant eux, et une table basse le surmontait. Le salon était en plein centre, et tout semblait s'articuler autour de celui-ci. Sur le sofa se trouvaient deux femmes.

Elles étaient incroyablement grandes et belles, avaient une peau blanche, des cheveux blonds toutes les deux. De longs cheveux blonds et lisses. Très minces, elles étaient habillées avec… je ne savais pas avec quoi, mais c'était beau. Un vêtement en une pièce, fluide et coloré, arrivant au milieu de leurs cuisses. La description que je m'en fis mentalement fit surgir le mot *robe*. Elles arboraient un air détaché, comme si elles avaient l'habitude que Fyrec ramène des invités chez lui. Sur la droite, une commode, dont les portes étaient ouvertes, renfermait plusieurs lampes à gaz, et de nombreux objets que je ne connaissais pas.

Il y avait aussi des livres. Beaucoup de livres.

Sur la gauche, j'aperçus l'orée d'un couloir sombre et je fus presque tentée de tendre le cou pour distinguer où il menait.

Derrière le salon, un coin cuisine, visiblement. C'était incroyable comme la pièce était aussi longue que large. Je ne m'étais jamais rendu compte que le mur était si épais, mais sa structure en pyramide expliquait peut-être l'illusion d'un mur mince lorsqu'on s'y trouvait au sommet. D'ailleurs, les murs de façade, celui par lequel nous étions entrés et celui qui nous faisait face, se rejoignaient en pointe. Sans doute formaient-ils, de l'extérieur, un endroit semblable à celui où Neho et moi nous asseyions chaque soir, auparavant.

Comme je m'y attendais, de nombreux tuyaux aux diverses formes et aux différents diamètres parsemaient la pièce, mais ils n'étaient pas gênants, puisque leur étendue démarrait à plus ou moins trois mètres du sol. La salle était sombre, en raison de la pierre noire qui constituait le mur d'enceinte, mais de multiples lampes à gaz éclairaient l'essentiel. Pourtant, la pointe du plafond demeurait aussi obscure que le couloir que j'avais aperçu.

Des volutes de fumée, formant un petit nuage à quelques mètres du sol, s'élevaient d'un bocal sans couvercle posé sur la table basse. J'ignorais d'où cette fumée provenait, mais n'y prêtai pas attention.

En s'avançant un peu plus, Fyrec pria les deux sublimes jeunes femmes de quitter le canapé. D'une attitude féline, les deux beautés se levèrent et disparurent sur la pointe des pieds dans le couloir sombre. Le chef nous demanda ensuite de le rejoindre en s'asseyant confortablement à leur place. Perplexes, Neho et moi nous dirigeâmes tous les deux vers les deux fauteuils restants.

Je n'étais pas à l'aise de m'être séparée de Ného, même s'il se trouvait à quelques mètres de moi. Enfin, c'était surtout le fait de retrouver Fyrec entre lui et moi qui me fit frissonner de terreur. En m'asseyant sur le fauteuil, qui, effectivement, était confortable, je remarquai que les deux gorilles avaient fermé la porte et se tenaient à l'entrée, les deux bras croisés. Je relevai aussi, juste à côté de la commode, un deuxième couloir sombre que je n'avais pu voir auparavant en raison du meuble qui m'en dissimulait la présence. Je tremblai à l'idée d'en être à quelques pas, et surtout, de lui tourner le dos. N'importe qui aurait pu en sortir.

Je sursautai au moment où Fyrec claqua des doigts. Moi qui ne connaissais pas grand-chose aux coutumes du ghetto, j'allais être servie. Les deux jeunes femmes qui s'étaient éclipsées un peu plus tôt réapparurent, chacune portant un plateau dans les bras. Sur chaque plateau se trouvaient un verre en métal, lisse et brillant, et une assiette remplie de ce qu'il semblait être des petits gâteaux. Malgré ma frayeur, je ne pus m'empêcher de ressentir de l'envie pour la bonne odeur qui s'en dégageait. Mon ventre criait famine, d'ailleurs. Je n'avais pas mangé depuis que j'avais rendu visite à Nieb, et, cela commençait à faire longtemps pour moi qui étais accoutumée à mes trois repas par jour, auparavant.

Les deux femmes posèrent leur plateau sur la table basse, l'un dirigé vers moi, l'autre vers Ného. Sur un nouveau claquement de doigts, elles quittèrent la pièce de mon côté, par le couloir qui ouvrait sa gueule dans mon dos. Elles s'enfoncèrent dans le ventre de la bête sans peur, et je me demandai si c'était simplement par habitude, ou parce qu'elles masquaient leur sentiment avec plus d'habileté que moi.

— Bien, parla soudain Fyrec. Mangez, vous devez être affamés.

Devais-je vraiment avaler ce que cet homme me proposait ?

— Oh ! Allons, reprit le chef devant notre hésitation. Ne soyez pas si prudents ! Que voulez-vous que je vous fasse ?

Justement, je n'en avais aucune idée. C'était sans doute pire que d'avoir une idée précise à ce sujet. Mais comme pour appuyer les paroles de Fyrec, mon ventre gargouilla bruyamment, et je me sentis contrainte d'attraper l'un des biscuits qui m'alléchaient.

Quelques miettes volèrent en douceur sur le plateau au contact de mes doigts, et j'en déduisis que ce devait être un gâteau sec. Un genre de *sablé*. Mais avant de le mettre en bouche, je réfléchis. S'il s'agissait d'un sablé, il y avait forcément des œufs et de la graisse animale. Comment pouvais-je manger des œufs ? J'étais censée être végétarienne, et je ne m'étais nourrie que de légumes depuis mon enfance. Je n'étais même pas certaine que mon système digestif le supporterait. Comment pouvaient-ils se fournir en œufs, au ghetto ? Déjà l'autre fois, la brioche au chocolat, chez Stan, devait être faite à partir d'œufs. Je ne m'en étais pas rendu compte sur le moment, mais maintenant que j'y pensais, je remarquais le moindre détail.

Je posai alors le biscuit dans le creux de ma main, que je laissai sur ma cuisse. Devant mon air sans doute gêné, Fyrec parut surpris.

— Tu ne manges pas, Kialys ? me demanda-t-il en intensifiant son regard, comme s'il souhaitait me transpercer.

Je me sentis d'autant plus embarrassée, et détournai la tête. Pouvais-je vraiment lui expliquer que je ne pouvais pas avaler ceci, non seulement parce qu'il s'agissait de sucreries, mais en plus parce qu'il contenait des substances animales ?

— Eh bien, si vous ne voulez pas, tant pis, conclut-il, l'air faussement déçu. Bien, commençons les choses sérieuses, dans ce cas.

Il fouilla dans la poche de son veston vert, sans manches, qu'il portait par-dessus un T-shirt noir, et en sortit un bâton de papier rempli d'herbes. Il tira ensuite une petite boîte en métal et actionna une roulette. Une flamme jaillit d'une extrémité de l'objet, et j'écarquillai les yeux, émerveillée.

Du feu en boîte !

C'était plus impressionnant encore que les lampes à gaz, qui, elles, n'étaient ni transportables ni miraculeuses. Mon bilinguisme nouveau m'indiqua qu'il s'agissait, en fait, d'un *briquet*. Je préférais mon expression.

Il porta la flamme à l'une des extrémités du bâton de papier, tout en pinçant entre ses lèvres l'autre bout. Il sembla aspirer dans le vide, et le bâton s'embrasa dans un rougeoiement agréable. Cela ressemblait à des braises, et une volute fine et blanche, mais à l'odeur nauséabonde, s'en dégagea. C'était une *cigarette*.

C'était étrange. Tous les mots qui me venaient à l'esprit n'étaient pas de ce monde, et décrivaient pourtant parfaitement tout ce que je ne connaissais pas au ghetto. Comme si le ghetto était plus proche du monde que j'apercevais dans mes rêves, de celui du cadavre dans le véhicule, que du mien.

Comme si la vie sur ma planète, avant, s'apparentait à celle du ghetto, et avait été éradiquée en même temps que la montée de notre société actuelle, ne laissant que cet endroit en témoignage du passé.

Allait-il arriver la même chose, sur l'autre monde ? Les gouvernements allaient-ils décider de supprimer toutes ces choses auxquelles je n'étais pas habituée, mais que je trouvais bien plus belles que ce qui s'érigeait de mon côté du mur ?

Mais il y avait tout de même une différence entre le ghetto et le monde que je visualisais. La liberté, l'égalité et, surtout, le jour. Le soleil.

Un éclair de tristesse me transperça. Je ne verrais plus jamais le soleil. Le ciel bleu, la caresse douce et voluptueuse de cet astre lumineux, la sensation d'un après-midi de saison chaude qui se termine.

Tout cela était fini pour moi. Ného ne pouvait pas manquer de ces sensations, du soleil, parce qu'il ne l'avait jamais vécu. Mais moi, c'était différent. J'en étais privée.

— Alors, reprit Fyrec, Kialys, je connais ton histoire, il est inutile de me la répéter. Mais as-tu conscience du changement que tu pourrais apporter ?

Il souffla la fumée de sa *cigarette* en plein dans mon visage, si bien que j'agitai ma main pour tenter de la dissiper et toussotai face à cette odeur puissante.

— Eh bien, répondis-je après avoir apaisé la brûlure de ma gorge, je ne sais pas si je suis vraiment censée accomplir quelque chose… Je n'ai rien demandé…

— Ça, je le sais bien ! Mais tu aurais l'occasion de le faire, si tu le voulais.

— Sans doute…

Je lançai un regard distrait à Ného, dont les coudes étaient appuyés sur ses genoux. Je savais qu'il écoutait attentivement malgré les apparences.

— Te rends-tu compte de la cruauté de ta société ?

— Ce n'est pas ma société, répondis-je, un peu pincée. Et pour le moment, c'est le ghetto qui me paraît le plus atroce dans ses actes. Les Normaux sont horribles dans leurs idées et dans leurs paroles, mais jamais ils ne se battent, jamais ils ne… *fument*.

Je me tendis lorsque je compris avoir introduit un mot d'une autre langue sans y faire attention. Ného releva vivement la tête vers moi. Mais Fyrec ne sembla pas choqué plus que cela. Sans doute pensait-il qu'il s'agissait d'une expression courante, de mon côté de la ville. Enfin, de mon ancien côté.

— Ce qu'elle veut dire, Fyrec, intervint Ného. C'est qu'elle n'est pas habituée à la violence émotionnelle du ghetto.

— Oui, voilà, me rattrapai-je précipitamment.

Mais je savais parfaitement que Ného avait décelé quelque chose d'anormal. Peut-être m'en parlerait-il, lorsqu'il en aurait l'occasion. Moi qui jugeais préférable de ne pas le mettre au courant, je m'étais bêtement vendue.

— Hum… peu importe, répondit Fyrec, non convaincu. Donc, vous voulez voir les dossiers, c'est ça ? Que penses-tu que ça pourrait t'apporter de plus ?

Tentant d'oublier la sensation de passer un interrogatoire, je replaçai l'une de mes mèches de cheveux et me frottai le nez.

— J'aimerais surtout… comprendre.

Cette réponse était réductrice, bien que pas totalement erronée, puisque je savais déjà en quoi j'avais muté, et pourquoi. Enfin, en partie. Du moins, je supposais que le gaz en était la raison. Je voulais surtout, à présent, comprendre comment cela avait-il été possible, et surtout, pourquoi ma mutation ne se limitait pas à mon apparence.

— Je vois, commenta Fyrec.

Son air dur m'indiqua qu'il hésitait. Népo semblait lui aussi réfléchir en me fixant.

Presque paniquée, je recherchai autour de moi de la compassion, de la bienveillance, ou n'importe quoi d'autre qui pourrait faire changer Fyrec d'avis. Mais seuls les deux gorilles étaient présents, les traits tirés.

— Quant aux dossiers… Je les ai vus, continua-t-il. Il n'y a vraiment pas grand-chose qui pourrait t'aider, tu sais. J'ai deviné qu'ils parlaient d'une cuve, mais aucune indication n'y était inscrite.

Zut. Mon unique chance de comprendre venait de s'évaporer en quelques minutes, comme la fumée de la cigarette de Fyrec. Je regardai virevolter les volutes, qui s'étiraient vers le haut à la manière d'un souvenir ou d'un espoir qui s'envolerait définitivement, et baissai les yeux, déçue.

Le chef se leva, et ses deux hommes décroisèrent les bras, comme s'ils attendaient un ordre.

— Naturellement, Kialys, dit-il en se tournant vers moi, cela va sans dire que tu devras rester ici. Je ne prendrai pas le risque de te voir en danger dans les rues du ghetto.

— Quoi ? Mais ! commençai-je.

— Tu n'as pas le droit, Fyrec ! me coupa Népo en se soulevant à son tour.

La réaction de Népo arracha un rire diabolique au chef, qui pivota vers lui.

— Mais Népo, j'ai tous les droits, ici ! se vanta-t-il. Si je juge préférable de la remettre au centre de recherche en échange de quelque chose qui pourrait permettre à tous de vivre mieux… je dois le faire…

— Que veux-tu dire ? siffla Népo entre ses dents.

Fyrec joignit ses mains dans un geste exagéré.

— Allons, Ného. Ne sais-tu pas quels dossiers ton équipe a volés, à part ceux concernant Kialys ? N'as-tu jamais rêvé de voir le soleil ? De sentir sa caresse, sa chaleur ?

Était-il en train d'avouer que l'un des dossiers concernait des recherches pour améliorer la vie des Corbeaux au soleil ? Était-il en train d'avouer qu'il avait lui-même envie de sentir le soleil ?

C'était étrange...

— Non, répondit Ného, les mâchoires crispées. Le soleil ne me manque pas. Pour moi, il est synonyme de cruauté et de froid.

— Oh ! S'il te plaît ! Ne fais pas la fine bouche ! Tout va s'arranger pour tout le monde ! Les Corbeaux pourront peut-être même vivre parmi les Normaux !

Ça, je n'y croyais pas. Même s'il existait un antidote caché pour soulager les Corbeaux face au soleil, jamais les Normaux n'accepteraient qu'ils vivent parmi eux. La société ne l'approuverait pas non plus, d'ailleurs. Même s'ils étaient capables de survivre en plein jour grâce à un procédé miraculeux, ils seraient toujours distincts. Ce n'était pas leur impossibilité à vivre le jour qui faisait d'eux des rejetés. C'était leur différence.

— Insinues-tu que des recherches ont eu lieu sur un remède ? hésita Ného.

Je savais qu'il ne partageait pas l'avis de Fyrec, concernant un échange entre moi et la recherche de médicaments. Je le savais, mais...

— Ah... je vois que cela t'intéresse, à présent...

Ného parut confus. Ses yeux semblaient ne plus avoir la force de croiser les miens. Fyrec le tenait par les tripes. Il le divisait entre ce qu'il espérait le plus et ce qu'il appréciait le plus.

J'étais sa meilleure amie, non ?

— Je ne te laisserai pas faire ça, répondit-il.

— Oh, tu penses pouvoir essayer ?

Le chef claqua des doigts. Je me levai dans un sursaut, devinant ce qui allait se produire, tandis que les deux gorilles s'avançaient versNého. Je courus vers lui, mais me sentis retenue par les bras. Surprise, je jetai un œil derrière moi et remarquai les deux magnifiques femmes qui me tenaient chacune un bras. Elles me regardaient d'un air impassible, comme si tout cela leur était égal. Une plainte étouffée tira mon intérêt hors de leurs visages parfaits.

En me retournant, je repéraiNého, plié en deux, les deux gardes du corps de Fyrec lui agrippant les coudes. J'étais heureuse de n'avoir pas aperçu le coup qui lui avait été asséné.

— Tu voisNého, reprit Fyrec d'un ton trop calme pour en être sympathique. Je suis ravi que tu décides finalement de sacrifier ton amitié pour sauver tes semblables. Mais ne t'en fais pas, tu seras le premier que je mettrais au courant, si les recherches aboutissent.

— Espèce d'enfoiré…, suffoqua Német.

— Oui, je sais… c'est très gentil de ta part.

— Et si moi je n'ai pas envie d'être un objet de marchandage ! intervins-je en me débattant violemment des deux mains qui me tenaient trop fermement. Et si moi aussi, j'avais envie de revoir le soleil !

Dans un rire subtil, Fyrec se tourna vers moi. Face à son air impitoyable, je me renfrognai, une expression de dégoût plaquée sur mon visage.

— Mais tu as déjà eu ta chance de voir le soleil, Kialys. Il faut bien faire des sacrifices, n'est-ce pas ? Et rassure-toi, je te livrerai uniquement quand ils seront sûrs d'avoir abouti à quelque chose de concluant. Avant cela, tu resteras ici. N'aimes-tu pas tes deux nouvelles amies ?

Le souffle court, je me retournai à nouveau vers les deux femmes qui me tenaient. Elles n'arboraient toujours aucune expression. Leur teint était aussi livide que si elles étaient mortes. Je remarquai, chez l'une d'entre elles, un léger cillement, tandis que l'autre baissait la tête presque imperceptiblement. Se sentaient-elles à leur place, ici ? Avaient-elles été contraintes, elles aussi, de rester prisonnières de cet individu ?

Il claqua de nouveau des doigts, et Ného fut brutalement tiré par les deux hommes beaucoup trop forts pour lui. Il tentait de se débattre, pourtant, criant contre Fyrec. L'un des deux gorilles ouvrit la porte de l'antre de Fyrec, et je pus échanger un ultime regard avec mon ami. Je n'avais pas pu lui dire au revoir…

Fyrec marmonna quelque chose aux deux femmes. Je n'entendis qu'à peine sa voix, et j'étais bien trop effrayée pour comprendre ce qu'il venait de dire. J'avais simplement décelé une pointe de rage, ou d'avidité, dans son timbre.

Sans quitter la porte des yeux, sans même savoir si je respirais encore, je sentis les deux filles m'entraîner vers le couloir froid et sombre qui me faisait dos quelques instants auparavant. Je ne voulais même pas savoir où elles m'emmenaient. Tout ce que je souhaitais, c'était partir d'ici.

Les deux femmes me tiraient tellement les cheveux pour me les démêler que je retins plusieurs plaintes. J'étudiais, sans exprimer le moindre sentiment sur mon visage, la pièce où elles m'avaient emmenée. Il semblerait que l'habitat de Fyrec soit beaucoup plus grand que ce que j'avais imaginé. Je me trouvais dans une chambre, selon les meubles qui étaient entreposés dans cette partie du ventre du mur. Il y avait un immense lit en bon état, un miroir, devant lequel les femmes me coiffaient et qui ne fonctionnait plus, une commode remplie de vêtements dont j'avais découvert l'existence, et un petit bureau sur lequel étaient placés des feuilles blanches et un encreur.

Pour arriver jusqu'ici, nous avions parcouru, il me semble, une bonne moitié de ce que le mur d'enceinte encadrait du ghetto. Le couloir sombre dans lequel nous avions pénétré nous avait faits déboucher sur une grande salle, très lumineuse grâce à des bougies et des lampes à gaz disposées un peu partout.

Lorsque nous l'avions traversé, j'avais remarqué que de nombreux ouvriers travaillaient ici. Certains réparaient des objets, d'autres les détruisaient.

Il y avait, dans un coin, une femme qui roulait des cigarettes avec du *tabac* qu'elle hachait elle-même.

Je me demandais si Fyrec possédait sa propre culture et s'il en vendait aux habitants du ghetto.

En quittant cette pièce, un autre couloir long, mais éclairé, nous offrait plusieurs *photographies* du passé. Je n'avais jamais vu ces images, ce qui fut, pour moi, un véritable choc. Certaines étaient si dérangeantes que je n'osais poser les yeux sur elles plus d'une seconde. D'autres, comme la représentation d'une famille à la plage, étaient agréables et faisaient rêver.

Ce deuxième couloir nous avait menées à un autre, mais celui-ci était différent. Il était beaucoup plus court, et des portes fragiles en carton masquaient l'entrée de deux pièces. Nous avions franchi celle de gauche et nous étions retrouvées dans cette chambre. Je supposais que le local qui se trouvait de l'autre côté du corridor devait être une salle d'eau, ou bien une deuxième chambre.

Et cela faisait facilement trente minutes que les femmes s'affairaient à me nettoyer, à me rendre convenable. Je ne savais pas vraiment pourquoi, mais le regard inquiet qui ne voulait pas quitter mon visage m'indiquait un sombre indice. Sans doute Fyrec avait-il prévu de me présenter à des gens importants… voire des scientifiques. Ce qui était sûr, c'était que j'allais assister à une réunion capitale.

Elles me nouèrent les cheveux sans un mot en une queue-de-cheval. Depuis que Neho avait été extrait de l'antre de Fyrec, elles ne m'avaient pas adressé la parole. Je ne connaissais même pas leur nom, ou simplement le timbre de leur voix. Comme s'il était défendu, pour elles, de dire un mot.

D'un geste machinal, elles me firent me lever et observèrent ma tenue gris-bleu si semblable à toutes les autres.

Elles échangèrent un regard, et l'une d'elles se dirigea vers la commode. Elle en sortit une *robe* de couleur beige, visiblement constituée de plusieurs pièces de tissus raccordées. J'imaginai que Fyrec possédait, en plus de sa propre culture de tabac, un atelier de création vestimentaire pour les habitants du ghetto et pour lui-même. Il y avait, sur la robe, quelques accessoires scintillants qui offraient des reflets de lumière, un peu comme… des *paillettes*.

La femme montra la robe, et je compris qu'elle attendait mon accord. Comme je n'y connaissais rien en matière de goût vestimentaire, je haussai les épaules. J'étais tout de même curieuse de me voir habillée avec autre chose que du bleu délavé.

Elle hocha la tête, tandis que la deuxième se dirigeait vers la porte de la chambre et la quittait. Celle qui tenait la robe la posa sur le lit, me fit signe de l'enfiler avant de partir à son tour.

Une fois seule, je me levai dans un bond et analysai la pièce de manière plus approfondie. J'avais escaladé tant de fois le mur d'enceinte, voilà que je m'y retrouvais piégée ! Il n'y avait pas de sortie, à part l'entrée que Fyrec nous avait fait franchir, et par laquelle Ného avait été expulsé. Mais si les canalisations qui traversaient la salle trouvaient une issue, c'est qu'il y en avait certainement une. Restait à savoir où elle se situait.

Dans l'immédiat, je n'en avais pas le temps. Je me contentai de me changer et d'enfiler maladroitement la robe qu'on avait mise à ma disposition. La première sensation que j'en retirai fut que le tissu était un peu rugueux et paraissait vieux. Je trouvais aussi qu'elle était trop courte, n'ayant pas l'habitude de dévoiler mes jambes.

La robe m'arrivait au genou, et j'avais beau tenter de l'étendre en tirant dessus, rien n'y faisait.

Elle possédait des manches courtes, qui s'arrêtaient à la base de l'épaule, et un décolleté en U. Au moins, mon corps n'était pas entièrement révélé, même si cette tenue mettait en valeur mes formes de femme et que cela me rendait mal à l'aise. Une queue-de-cheval stricte, mes cheveux longs retombant dans mon dos, et cette robe d'apparence dorée me donnaient un air beaucoup plus… sûr de moi et *désirable*. Je n'aimais pas cela. Mais avais-je le choix ?

J'avais la sensation de paraître plus âgée, également. Cela me changeait complètement. Le fard brun qu'elles avaient étalé sur mes paupières faisait ressortir le vert translucide de mes yeux, et le blond de mes cheveux s'accordait avec ma robe. Mais ce n'était pas l'image que j'avais de moi. Je n'aimais pas la fille que je voyais à ma place.

Ce n'était pas moi.

Les deux femmes réapparurent après quelques minutes, sans prendre la peine de savoir si j'étais vêtue. Elles s'accroupirent à mes pieds et s'intéressèrent à mes jambes.

Quoi ? Qu'avaient-elles, mes jambes ?

Elles me demandèrent de m'asseoir sur la chaise qui faisait face au miroir. Je remarquai finalement ce qui les gênait. Mes jambes n'étaient pas aussi lisses que les leurs.

Chez moi, il est défendu de s'épiler les jambes. Cela est considéré comme une provocation. D'ailleurs, personne n'en parle jamais.

J'aurais dû m'attendre à ce que cela me fasse mal, mais ignorant ce qu'elles voulaient me faire, je fus si surprise qu'un cri de douleur s'arracha de ma bouche, à plusieurs reprises. Elles me versaient une pâte sur les tibias et les mollets, qui durcissait en quelques secondes, et tiraient d'un coup sec sur la matière séchée.

Je n'avais pas une pilosité développée, mais la douleur était inhabituelle.

Une fois que leur opération fut finie, j'essuyai les légères larmes qui me piquaient les yeux. Mes jambes étaient rougies par l'irritation qu'elles venaient de subir. Quel plaisir y avait-il à faire cela ? C'était même inutile, d'ailleurs. Je ne voyais pas en quoi des poils devaient être retirés ! Qu'est-ce que ça apportait de plus ?

À présent que le mal était fait, je ne pouvais plus revenir en arrière. Je jetai cependant un regard de reproche aux deux femmes, qui, pour la première fois, parurent gênées. J'aurais aimé leur parler. Peut-être même aurions-nous pu être amies.

Elles se redressèrent dans un geste synchronisé, et me proposèrent leurs mains pour me relever. Je ne comprenais rien de cette culture qui n'était pas la mienne. Comment pouvait-ce être si différent de chez moi, alors que le ghetto ne se trouvait qu'à quelques mètres de nous ?

Mais au moins, ici, j'étais normale. Pas Normale. Mais je me fondais dans la masse. J'étais acceptée.

— Que va-t-on faire, maintenant ? demandai-je aux deux filles.

Elles semblèrent presque effrayées de m'avoir entendue.

— Pourquoi ne me parlez-vous pas ? réitérai-je. Ce serait plus accueillant…

Je baissai les yeux, déçue de n'obtenir aucune réponse. Je m'apprêtais à avancer vers la porte en carton, lorsqu'un murmure m'arrêta.

— Fyrec ne nous en donne pas le droit, en présence d'invités…

Laquelle avait parlé ?

Au timbre de la voix que j'avais entendue, il semblerait qu'elles soient plus jeunes que d'apparence.

Sans doute leur tenue et leur maquillage les vieillissaient, tout comme sur moi. Bouche bée, je les regardai tour à tour, tentant de déceler un indice quant à celle qui avait prononcé ces mots. En tout cas, à présent, j'avais une explication.

— Je ne suis pas une invitée… murmurai-je avec regret. Je n'ai pas choisi d'être ici.

Aucune réponse. Tant pis, j'aurais essayé. Maintenant, je savais qu'elles n'étaient pas aussi infaillibles qu'elles en avaient l'air. Elles me firent un signe de tête afin de m'indiquer de les suivre, et je m'exécutai dans un soupir. Comme elles marchaient sur la pointe des pieds, et que je n'avais pas de chaussures, je m'entraînais à en faire de même.

Mais ce n'était pas aisé et je perdais l'équilibre facilement. J'étais maladroite, alors si en plus je prenais le risque de me déplacer plus difficilement encore, j'allais provoquer une catastrophe.

Nous repassâmes dans le couloir aux images, puis dans la grande salle où tant de personnes travaillaient. Plusieurs me fixèrent, si bien que je me sentis gênée et ressentis le besoin de tirer un peu plus sur ma robe.

C'était, pour moi, comme si j'étais nue.

Nous arrivâmes dans le petit corridor noir lorsque des rumeurs de conversations se firent entendre.

Mon cœur se serra. J'avais donc vu juste. Fyrec souhaitait me faire assister à une réunion, ou quelque chose comme ça. Mes paumes devinrent moites et mes entrailles se tordirent à l'idée de me retrouver devant des inconnus dans cet accoutrement. La lueur du salon où je me trouvais avec Ného encore quelques heures auparavant apparut.

Je pris une profonde inspiration quand nous en franchîmes le seuil, et aperçus Fyrec confortablement installé sur son canapé, une cigarette en bouche. Les deux filles s'arrêtèrent à côté de l'armoire à gauche du couloir et me firent signe en douce de m'avancer. En pénétrant plus avant dans la salle lugubre et pourtant chaleureuse, je découvris, debout face à Fyrec, le scientifique avec lequel j'avais eu un entretien au centre de recherche.

Mon cœur cogna si fort dans ma poitrine que je fus tentée de placer ma main dessus afin d'être certaine qu'il ne transpercerait pas mes côtes. Ma gorge s'assécha, et je sentis le sang quitter mes joues et mon front. J'avais la sensation de me liquéfier.

— Ah ! Kialys ! se réjouit Fyrec. Tu es bien plus belle comme ça ! Viens donc t'asseoir.

Hésitante, perdue, le sang battant dans mes oreilles, je tâchai de reprendre mes esprits. Que voulait-il faire ? Présenter la marchandise avant de la vendre ? Certainement.

Je tentai cependant de ne rien laisser paraître de ma terreur et avançai prudemment vers Fyrec sans lâcher le chercheur des yeux. Presque trop calmement, je m'assis sur le fauteuil où je m'étais installée un peu plus tôt, et patientai.

— Bien, intervint le scientifique. Fyrec, tu sais combien nous avons besoin d'elle. Il serait plus sage pour toi de nous la confier.

— Oui, répondit le chef, je suis d'ailleurs impressionné que tu aies eu le courage de traverser le ghetto rien que pour cette fille.

— Sa mère nous a promis de grassement nous récompenser si nous parvenions à la rendre comme avant.

— C'est donc ça…

Sans vraiment comprendre, je n'écoutais que d'une oreille.

Je tentai, pour me distraire et pour ne pas perdre connaissance à cause du stress, de m'imaginer des images poétiques et reposantes. Mais la réalité de ma situation était trop pesante, et je n'arrivais qu'avec peine à oublier les voix des deux hommes.

— Ne fais pas le malin, Fyrec. J'ai accepté ton invitation uniquement parce que je savais qu'elle était là. Mais je n'hésiterai pas à envoyer les agents de contrôle ici, si je le juge nécessaire…

— Ne prends pas tes grands airs ! répondit Fyrec. Je ne te manque pas de respect, je désire simplement te proposer un marché. Nous avons dérobé des dossiers, tu le sais. Et il y avait des traces de recherches compromettantes, pour toi et ton équipe… À ce propos, ton fils te dit bonjour.

Le scientifique pinça les lèvres. Je jetai un furtif coup d'œil à Fyrec, visiblement très fier de lui. Ce chercheur avait-il un fils Corbeau qu'il n'avait pas eu le cœur d'éliminer ? Cela expliquerait pourquoi des recherches auraient été lancées dans le plus grand secret…

— Chaque année, vous trouvez de nouveaux remèdes contre la vieillesse, contre la prise de poids, et toutes ces conneries… Mais quand il s'agit d'aider vos enfants Corbeaux, cela n'a aucune importance, c'est ça ?

— Tu sais bien que si mon fils n'avait pas d'importance pour moi je n'aurais pas entamé ces recherches… mais je les ai abandonnées, parce qu'elles ne donnent rien ! Il est impossible de soigner un gène, Fyrec.

— Je ne te demande pas de le soigner. Simplement de trouver un moyen pour que nous autres puissions vivre, même modérément, au soleil. Ce n'est tout de même pas compliqué, si ?

Le scientifique parut gêné et baissa la tête vers le sol.

Moi, j'écoutais sans réagir.

— Mais ce n'est pas aussi facile que tu ne le penses, rétorqua le scientifique.

Et en fait, en y songeant, ce que lui demandait Fyrec n'avait pas grand intérêt. Pourquoi voulait-il aller au soleil ? La nuit était tellement plus passionnante…

— C'est soit ça, soit je garde la fille.

Mais quelque chose me fit réfléchir. Ces gens que je voyais, dans l'autre monde. Parfois, ils devaient se protéger du soleil, eux aussi. Je repensais très clairement à l'image de deux visages sur la plage. L'un d'eux avait le nez blanchi par une sorte de… comment appelaient-ils ça, déjà ?

— Je veux bien essayer, répondit le chercheur, mais te rends-tu compte du risque que je prends ?

— Eh bien, quoi ? Au pire, tu te retrouves dans le ghetto avec nous, ou tu te fais assassiner. Que préférerais-tu, puisque tu as le choix ?

La remarque de Fyrec me tira de mes pensées pendant quelques secondes. Oui, le scientifique aurait le choix. Lorsqu'un Normal était accusé, à tort ou à raison, il devait décider de son sort. C'était soit le ghetto, soit l'exécution. Bien sûr, la plupart choisissaient l'exécution…

Mais le mot que je cherchais me brûlait la langue, comme si un bout de soleil souhaitait sortir de ma gorge. Je me replongeai dans les souvenirs que j'avais aperçus, dans le taudis de Ného. Je connaissais ce mot… *Crème solaire*.

Dans un éclair d'illumination, je relevai la tête brusquement.

Les deux hommes, interloqués par ma réaction, se tournèrent vers moi. Était-ce habile de donner une piste au chercheur ?

S'il parvenait à trouver une solution et qu'il fournissait le produit fini à Fyrec et à tout le ghetto, le chef me livrerait à lui. Comme une monnaie d'échange. Mais préférais-je rester ici dans les griffes de cet homme, où préférais-je servir de sujet d'expérience ?

Mon cœur s'accéléra. Il fallait que je réfléchisse, et vite. Ces hommes attendaient une explication quant à ma réaction. Que pouvais-je bien faire ? Quelle était la bonne décision ?

Et si Ného était déjà en train de créer un plan pour me sortir de tout cela ? Et s'il venait me sauver alors que j'étais enfermée dans un laboratoire ?

J'avais l'occasion d'améliorer la vie de milliers de personnes, en donnant cette explication au scientifique. Au détriment de la mienne. Mais au moins, j'aurais servi à quelque chose !

Tant pis si je ne trouvais pas d'où me provenaient tous ces souvenirs. Et avec un peu de chance, le temps nécessaire pour que les chercheurs développent une crème suffisamment puissante pour protéger les Corbeaux serait long, et j'aurais l'occasion de m'échapper.

— Il faudrait que vous fassiez cela sous forme de pommade, répondis-je, déterminée.

Je n'étais pas certaine d'avoir pris la bonne décision, et, déjà, je le regrettais. Mais même si les choses tournaient mal pour moi, cela améliorerait la vie des Corbeaux. Si le savoir que me fournissait ma mutation pouvait rendre service, autant en faire profiter les autres.

— Sous forme de crème ? s'étonna le scientifique. Comment ça ?

— Un genre de crème… qui…

Je réfléchis un peu plus. La *crème solaire*.

Je savais qu'elle préservait du soleil, mais comment connaître son mode de fonctionnement ? Je tentai de chercher un indice dans le fond de ma mémoire et finis par déterrer une définition explicable.

— Elle protègerait la peau des effets nocifs des rayons UV du soleil, avec un genre de… filtres à UV. En application externe, elle ne permettrait pas une exposition trop longue, mais accorderait déjà quelques minutes de soleil aux Corbeaux, sauf si vous trouvez un procédé plus efficace…

J'avais pris soin de ne dire aucun mot inconnu pour eux, mais je venais de vendre ma peau.

— Et pour les yeux ? s'enquit le scientifique, déjà avide de m'avoir comme sujet d'examen.

Je me replongeai dans mes pensées. Il était vrai que la lumière du soleil brûlait les yeux des Corbeaux. J'en avais moi-même fait l'expérience. Je remarquai, dans les images que j'avais aperçues, quelqu'un en arrière-plan. Je n'avais pas fait attention à lui tout de suite, mais maintenant, ça me semblait clair. Il portait des lunettes noires. Des *lunettes de soleil*.

— Un verre teinté à l'aide d'une protection UV devrait faire l'affaire, lâchai-je, à bout de souffle, comme si ces dernières révélations avaient été le coup de grâce qui m'enlevait la vie.

Le scientifique parut réfléchir, sous l'air ahuri de Fyrec. Sans doute espérait-il que je le supplie pour qu'il ne me vende pas aux chercheurs. Mais je connaissais les scientifiques. Ils étaient Normaux. J'avais l'habitude de vivre avec les Normaux, plus qu'avec le chef impitoyable du ghetto. Je trouverais une solution pour les amadouer. Et si ce n'était pas possible, je m'enfuirais. Encore.

— C'est… inattendu, hésita le scientifique. Brillant, mais inattendu. Si jamais le gouvernement vient à l'apprendre… Nous sommes surveillés au laboratoire, Fyrec ! Le simple fait de te rendre visite peut me coûter la vie !

— Alors, pars maintenant, répondit Fyrec, encore étonné de mes connaissances. Fais ton possible, et si tu me ramènes un essai que je jugerais concluant, je te laisserai la fille.

— Et si je me fais découvrir ?

— Ça n'arrivera pas. Chaque soir, vous confierez, toi et tes collègues, les avancées de vos recherches à une équipe que j'enverrai. Ne t'en fais pas pour eux, ils savent se montrer discrets. Vous pourrez œuvrer sans crainte de vous faire repérer. Et si jamais tu considères comme trop dangereux d'effectuer ces expériences au centre de recherche, travaille donc chez toi.

Le docteur voulut répliquer, mais Fyrec l'en empêcha en claquant des doigts. Ses deux bras droits ouvrirent la porte, et je me figeai en apercevant cette issue aussi facile qu'évidente. Qui prévoyait de me voir courir vers l'entrée ?

Le temps que le scientifique se décide enfin à abandonner les négociations, et je pourrais être libre.

Non, c'était peine perdue. Je ne parcourrais pas deux mètres avant d'être rattrapée et certainement punie. C'est pour cette raison que j'attendis que la porte se referme derrière le scientifique avant de me détendre complètement. Encore ahurie d'avoir agi comme je l'avais fait, d'avoir vendu ma vie contre des pistes de recherches, je jetai un regard à Fyrec.

— Pourquoi lui as-tu dit tout cela ? s'étonna-t-il. Je croyais que tu ne voulais pas être un sujet d'expérience.

— Si je peux aider… autant que je serve à quelque chose…

— Peu importe, reprit-il, sans même chercher à savoir où j'avais eu ces informations. J'imagine que le temps qu'ils avancent dans leurs recherches, nous aurons l'occasion de nous connaître.

Il sortit une horloge de sa poche et vérifia l'heure. J'aperçus, en tendant le cou, qu'il était 20 heures et 15 minutes. La nuit ne faisait que commencer.

— Reconduisez-la dans sa chambre, s'adressa-t-il ensuite aux deux femmes, et donnez-lui à manger, aussi. Puisqu'elle a décidé de se sacrifier, préparez-lui ce qu'elle voudra, je m'en fiche.

Sur ce, il se leva et s'étira d'un geste félin, avant de quitter la pièce par le couloir que je n'avais pas encore emprunté, celui qui se trouvait sur ma droite. Imperceptiblement, je jetai un coup d'œil à la porte d'entrée. Les deux gardes restaient à leur position, même si j'étais certaine qu'à un moment ou un autre ils devraient déserter leur poste pour garder l'entrée du ghetto.

À moins qu'ils ne la surveillent qu'au lever du jour, jusqu'au coucher de soleil. Ce serait logique, d'un côté. Aucun Corbeau ne tenterait de s'infiltrer chez Fyrec, le jour, au risque de se brûler, et aucun Normal ne se déciderait à pénétrer dans le ghetto la nuit, à cause des agents de couvre-feu.

Quant à moi, je ne pouvais pas fuir en plein jour. Il était donc inutile que j'espère m'enfuir lors de l'un de leurs moments d'absence.

Je ne savais pas ce que désignait Fyrec comme étant ma chambre, mais j'en déduisis qu'il s'agissait de la pièce dans laquelle les deux femmes m'avaient conduite un peu plus tôt. Je lançai un regard presque déçu à mes deux « amies » et m'engageai sans qu'elles aient besoin de me guider dans le couloir sombre.

Malgré l'obscurité, je m'orientai à l'aide de mes mains. J'avais commencé à m'imprégner de la forme des murs. Ce n'était pas difficile, il suffisait d'aller tout droit, puis légèrement à droite et encore tout droit.

À nouveau, nous passâmes devant les ouvriers.

Je me demandai si, eux aussi, étaient captifs de Fyrec, ou s'ils étaient là pour un travail quotidien. Sans doute y avait-il un peu des deux.

Je ne parvenais même pas à éprouver de la pitié pour eux. Je me sentais vide, comme si j'étais déjà partie. Je savais que les chercheurs n'allaient pas me tuer. Mais ils allaient me priver de ma *vie*. Celle que je vivais tous les jours. J'allais être enfermée dans une pièce aux lumières froides et aux reflets d'argent inquiétants. Si je ne trouvais pas une solution pour sortir d'ici avant que Fyrec ne me délivre à eux, je n'allais pas mourir. Mais c'était tout comme.

Chapitre 14

Je me réveillai brutalement à la suite d'une nuit agitée et moite. Mon regard défia l'obscurité de ma chambre tandis qu'un gargouillis attirait mon intérêt au niveau de l'un des tuyaux, au-dessus de ma tête. Depuis six jours – *nuits* – que je me trouvais ici, je ne m'étais pas encore habituée à tous ces bruits nouveaux. Je me redressai, avec la sensation d'être tout à fait éveillée malgré la fatigue assommante qui planait sur mon front et tendait les muscles de mes yeux. En retirant la couverture de mes jambes, un air glacial me picota les mollets, mais je n'y prêtai pas attention.

Mes pas me dirigèrent à l'instinct vers le petit bureau, et j'y allumai la lampe à gaz, inondant aussitôt la pièce d'une douce lueur orangée. J'hésitai un instant devant la feuille de papier blanche qui me tenait face inlassablement depuis trois jours. Attendait-elle que je la marque pour toujours ? Que je la tatoue de mes mots ?

Ce ne serait pas pour maintenant, en tout cas. Ni pour demain. Peut-être n'écrirais-je jamais sur elle, d'ailleurs. Je me tournai vers le miroir et observai lentement mes cheveux. J'avais pris l'habitude, à cause des exigences de Fyrec, de les nouer en queue-de-cheval.

J'avais essayé un jour de les garder détachés, mais la marque sur ma pommette me laissait le souvenir cuisant de ce qu'il avait ressenti alors. En six jours, j'étais, au même titre que les deux femmes qui m'encadraient tout le temps, devenue l'une de ses filles. À son service. Cela me dégoûtait, mais je n'avais pas d'autre choix.

J'avais entendu la voix de Ného, le lendemain de mon premier jour ici. J'avais alors couru le plus vite possible, pensant qu'il avait trouvé un moyen de me faire sortir de là, mais avant que je ne sois arrivée au salon, les gardes du corps l'avaient déjà expulsé.

Et depuis, j'étais vidée. Je n'avais même pas envie de me battre.

Je me retournai vers le bureau avant de jeter un coup d'œil à ma montre. 17 heures, 36 minutes. La nuit allait bientôt tomber. Et j'étais fatiguée, mais je n'avais pas sommeil. Je n'aurais pu dormir, dans tous les cas.

J'avais encore fait un rêve troublant. Le même que six nuits – *jours* – plus tôt. La femme que j'incarnais remontait l'allée en direction de l'édifice sur lequel était inscrit NASA. J'étais habillée de la même manière que la fois précédente. Un polo bleu et un pantalon gris, de grosses chaussures noires aux pieds.

Mais cette fois-ci, le songe avait continué. J'avais pénétré le bâtiment, accueillie avec joie par des collègues, et je m'étais engagée dans les couloirs à l'aspect chirurgical. De nombreux clichés de vaisseaux trônaient sur les murs. Mais ce n'étaient pas vraiment des vaisseaux… il s'agissait plus de… *navettes*. Des *navettes spatiales*. Les images avaient défilé devant mes yeux, surmontées de ce que j'avais déduit être des chiffres. Je n'ai pu retenir que le premier et le dernier. Sur la première photo, le chiffre était 1961. Sur la dernière, 2125. J'ignorais ce que représentaient ces chiffres, ces nombres.

Mais quelque chose en moi m'apprenait qu'il s'agissait de dates. J'étais pourtant incapable de les situer.

Alors que je m'étais encore avancée dans ce couloir, un homme en blouse blanche était venu m'accueillir tout aussi chaleureusement que les précédents. Je n'avais pas compris ce qu'il me disait, mais j'avais entendu que c'était essentiel. Il m'avait fait signe de le suivre, alors je m'étais exécutée. Mon sommeil s'était agité à ce moment-là. L'ambiance en ces lieux n'était pas inquiétante en soi, mais j'avais senti que quelque chose d'extrêmement important allait s'y produire. Ensuite, l'homme en blouse blanche avait ouvert une porte, et je m'étais réveillée.

C'était curieux, comme rêve. Je n'avais pas souvenir d'avoir été si troublée, la première fois. Effrayée, oui, mais pas troublée. Comme si quelque chose d'essentiel m'échappait. Mais j'étais incapable de savoir quoi.

Dans tous les cas, le lien entre cette femme, moi, et le vaisseau accidenté ne faisait aucun doute. Il ne me restait plus qu'à découvrir en quoi il consistait réellement. Et comme je n'avais plus d'espoir concernant les dossiers que Ného avait volés, je devrais le trouver par moi-même.

Un coup sur le carton de ma porte me fit sursauter. Je me retournai brusquement, priant pour ne pas avoir trahi mes pensées en marmonnant sans m'en rendre compte, et l'une des deux filles apparut.

Au cours de ces six derniers jours, nous nous étions rapprochées. Elles s'étaient autorisées à articuler un mot, de temps à autre. Je savais donc que la première s'appelait Shema et la deuxième Clani. Rien ne permettait réellement de les distinguer, à part un grain de beauté sur la joue.

C'était Clani. Elle semblait gênée de me déranger, mais je lui fis signe d'entrer, ce qu'elle fit sans rechigner en replaçant le carton devant le trou qui me servait de porte.

— Ça ne va pas ? lui demandai-je.

Moi, je ne me pliais pas à la règle de silence qu'elles avaient si peur de déroger. Tant que Fyrec n'était pas dans les parages, je ne voyais pas en quoi consistait ce vœu. Clani secoua la tête pour me faire comprendre que non. Je l'invitai à s'asseoir sur mon lit dans l'espoir de la faire parler. Fyrec ne se lèverait pas avant deux heures, alors nous n'avions pas à craindre de nous faire surprendre.

— Qu'est-ce qu'il y a ? lui demandai-je, inquiète.

Elle sembla hésiter, alors que son visage se fronçait. Elle allait parler. Je connaissais leurs mimiques par cœur, maintenant.

— C'est à cause de ce qu'il va se passer, cette nuit, avoua-t-elle à demi-mot.

Eh bien, quoi ? Qu'allait-il se passer ? Je n'étais au courant de rien. Je l'interrogeai du regard, et elle soupira. À force d'être contraintes de nous taire, nous avions appris à reconnaître nos signaux.

— Toutes les semaines, Fyrec organise des tournois de cogne, m'expliqua Clani, la langue déliée.

Un tournoi de cogne ? Je ne savais même pas en quoi cela consistait.

— Et alors ? la questionnai-je, ne comprenant pas où elle voulait en venir.

— Et ce soir, Fyrec n'envisage d'emmener ni Shema ni moi… C'est toi qu'il souhaite à ses côtés, pour que tout le monde admire sa puissance et son influence.

Je retins un mouvement de recul. Pourquoi Fyrec trouverait-il plus de satisfaction en ma compagnie ?

Qu'est-ce qui pourrait lui faire croire qu'à cause de ma présence, les habitants du ghetto le respecteraient plus ?

Certainement parce que, malgré moi, j'étais recherchée par la ville entière. Le scientifique avait visiblement tenu parole. Personne n'était au courant de l'accord qu'il avait réalisé avec Fyrec. Quant aux agents de contrôle, sans doute espéraient-ils me croiser au détour d'une rue. Ils étaient revenus pour rendre visite à Fyrec, la veille, mais Clani et Shema m'avaient défendu d'aller les voir, en me retenant captive. Je ne leur en voulais pas. Si je m'échappais, c'étaient elles qui payeraient. Elles étaient chargées de veiller à ce que je ne m'évade pas.

Mais j'aurais préféré me faire empoigner par les agents de contrôle, quel que soit le mal qu'ils m'auraient fait, plutôt que de rester prisonnière.

— Pourquoi moi ? m'inquiétai-je. Je ne sais même pas ce que c'est, je ne connais qu'à peine le ghetto et leurs habitants. Je ne suis même pas censée lui appartenir, je suis de passage… je…

La panique me prit et me coupa le souffle. J'inspirai profondément en tentant de chasser mes larmes, et Clani posa sa main sur mon épaule.

— Il faut que tu sois forte, Kialys, me dit-elle. J'ai déjà assisté aux tournois de cogne. Et même pour moi, qui suis habituée au ghetto, c'est violent… Je ne peux que te conseiller de fermer les yeux et d'attendre.

Même si la situation me révoltait, je savais que je n'avais pas le choix. Je devais faire ce que Fyrec requérait, si je souhaitais avoir une chance de sortir vivante de chez lui. Il me considérait comme sa chose, au même titre que Clani et Shema. Et sans doute me haïssait-il plus que Clani et Shema parce qu'auparavant, j'étais Normale.

Je n'étais plus seulement un objet de marchandage, pour lui. J'étais l'objet d'humiliation quotidienne. Parfois, si je n'exécutais pas ce qu'il désirait dans la minute, il menaçait de me laisser brûler au soleil, en appelant à l'ordre ses deux gorilles que je détestais, alors qu'il se montrait beaucoup plus tolérant avec mes deux amies.

— Je ne comprends pas pourquoi il prendrait le risque de m'exhiber au grand public. Et si les agents de contrôle arrivaient ? Et Ného ? Et le gros Stan ?

— Je ne connais pas Ného, mais je peux te dire que les agents de contrôle eux-mêmes n'osent pas mettre un pied dans le ghetto lors d'un tournoi de cogne…

Je frissonnai. Ce qui m'attendait était-il si violent que cela ?

Dans un souffle, je baissai les yeux et retins un sanglot. Le séjour que je passais chez le chef du ghetto avait au moins le mérite de me rendre plus forte. J'apprenais à développer, à l'instar de mes amies, une résistance et une indifférence à tout ce qui gravitait autour de moi.

J'allais ajouter un mot, lorsqu'un bruit sourd résonna depuis l'entrée de la maison. Clani et moi sursautâmes, et nous nous mîmes immédiatement sur pied.

— Vite ! Habille-toi ! me conseilla Clani.

Elle s'empressa de quitter la pièce et me laissa seule, en panique. Sans chercher à comprendre l'origine du son que nous avions entendu, je me dirigeai vers la commode, attrapai la première robe que je trouvai, retirai ma tunique qui me servait pour la nuit, et enfilai le vêtement. Je me dépêchai de me placer devant le miroir, refis correctement ma coiffure et appliquai maladroitement, les doigts tremblants, le fard à paupières marron que Clani avait mis à ma disposition.

Je remarquai, trop tard, mais avec dégoût, que la robe que j'avais choisie était échancrée dans tout le dos. Je n'avais plus le temps d'en changer.

— Kialys !

Effrayée par le ton de la voix de Fyrec, je vérifiai les derniers détails dans le miroir. Jugeant cela satisfaisant, je m'empressai de me diriger vers le carton qui masquait ma porte et l'envoyai de l'autre côté du corridor d'un geste négligé de la main. Je faillis tomber en glissant, en raison de mes pieds nus humidifiés par la peur, mais me rattrapai de justesse au mur. Clani et Shema sortirent de leur chambre au même moment, et je leur lançai un regard effrayé.

— Kialys ! résonna la voix de Fyrec, un peu plus fort.

Un autre bruit, de quelque chose que l'on casse, retentit.

— Vas-y ! me conseilla Shema, elle aussi terrorisée.

Je me pressai dans le corridor, tentant de courir malgré mes jambes instables, prenant soin de ne pas me décoiffer. En quelques secondes à peine, je traversai le couloir à images. Je ralentis l'allure en arrivant dans la salle de travail. Je pris soin d'adopter une attitude détachée, le menton haut levé. Si quelqu'un nous avait vues, Clani, Shema et moi côte à côte, il n'aurait pas pu nous différencier tant elles m'avaient appris à rester de marbre.

Fyrec m'appela de nouveau, plus rudement encore, la colère montant de plus en plus. Un autre bruit sourd retentit et m'arracha un sursaut que je n'avais pas à camoufler, puisque je me trouvais dans le couloir sombre. Avant même de pénétrer dans le salon et de me laisser inonder par la lumière, j'aperçus la face irascible de Fyrec.

— Je suis là, dis-je d'un ton monotone en adoptant un air illisible.

Il me toisa et sa haine m'atteignit en plein cœur. Pourtant je ne cillai pas. Il s'approcha précipitamment vers moi et me gifla aussi fort qu'il le put. Je tombai sur le côté, le visage crispé par la douleur, mais dus retenir mes sanglots.

Sans attendre que je me relève, il me saisit par les cheveux, si bien que je me demandai si c'était la raison pour laquelle il souhaitait que nous portions une queue-de-cheval, et me souleva jusqu'à lui. Les dents serrées, je fis tout pour qu'il ne puisse pas lire ma souffrance sur mes traits. Sa satisfaction n'en aurait été que décuplée.

— Kialys... me murmura-t-il, la douceur de son ton ne s'accordant pas avec le tremblement de sa voix.

Dans sa fureur, il avait retourné le canapé, éclaté une lampe à gaz qui propageait le feu dans un coin de la salle, et renversé l'étagère. Je fixai difficilement mes yeux dans les siens lorsqu'il me pinça la nuque pour me rappeler à l'ordre. Il se tenait courbé, ne pouvant certainement pas supporter mon poids de toute sa hauteur, tandis que j'étais à genoux, surmontée par toute sa colère et sa puissance.

— J'ai reçu un message... inattendu, reprit-il en serrant les dents, la voix tendue.

Il me lâcha brusquement et me tourna le dos pendant quelques secondes. Secondes pendant lesquelles je me permis un geste de la main sur ma joue, pour atténuer la douleur de la gifle.

Avant même qu'il ne me le demande, je me relevai précipitamment, me dressai sur la pointe des pieds et joignis mes poings derrière mes reins. Il parut surpris de mon temps de réaction si court, et sembla me dire qu'il était fier de ma progression si rapide.

Mais il n'en fit rien. Sa bouche n'était capable que de cracher du venin.

— Ce soir est organisé, comme chaque semaine, un tournoi de cogne, m'expliqua-t-il. J'avais l'intention de t'y amener, pour une fois, afin que tu puisses te délecter de toute la violence et la puissance du ghetto. Sais-tu ce qu'est l'érotisme ?

Je ne répliquai pas. Déjà, parce que je n'en avais aucune idée, mais surtout parce que je savais que Fyrec n'attendait que rarement des réponses à ses questions. Surtout de la part de ses filles.

— Peu importe, reprit-il en crachant toujours plus. Tu le découvriras ce soir. Et figure-toi que je viens d'être prévenu d'un participant imprévu…

Mon cœur s'emballa. La raison de sa colère n'était pas un pur hasard. Je ne savais même pas en quoi consistaient les tournois de cogne, mais j'avais déjà une idée du nom que Fyrec allait prononcer.

Et le chef le releva. Mon visage, pendant quelques secondes, s'était décomposé.

— Oui… murmura-t-il en se rapprochant de moi, l'air sadique. Ton cher petit Ného participe. Quelle surprise va-t-il avoir quand il t'apercevra à mes côtés ! Ah !

Je baissai la tête une fraction de seconde. L'avait-il remarqué ? Non. Je me détendis.

Ného dans un tournoi de cogne. Clani m'avait prévenue de leur violence. Je n'avais pas hâte de découvrir par moi-même en quoi ils consistaient.

Il me tendit une cigarette, que j'attrapai doucement de mes doigts encore tremblants. Mais je tentai de camoufler mes émotions, et mes mains cessèrent de me désobéir un instant.

Il alluma son briquet, alors que je portais la cigarette à ma bouche. Cela faisait partie de ses habitudes, de me donner une cigarette à fumer après une grosse colère. Il en faisait de même avec mes deux amies. Comme si c'était nous qui étions en colère, et qu'il s'efforçait de nous calmer.

J'aspirai avec dégoût la vapeur écœurante de cette cigarette artisanale, la conservai quelques secondes dans mes poumons et la recrachai en douceur, la laissant monter sagement jusqu'au plafond. Fyrec surveillait notre manière de faire. Si nous ne gardions pas suffisamment longtemps la fumée, cela ne lui convenait pas. Il nous giflait alors, et nous ordonnait de recommencer. Jusqu'à ce que ce soit parfait. Comme quoi... La perfection était une notion subjective.

Il m'adressa un sourire satisfait et plaça sa main sur ma joue. Je tentai de ne pas frémir sous ses doigts, même si une puissante nausée prit possession de mon estomac.

— C'est bien, Kialys, me murmura-t-il.

Il se retourna en prenant une bouffée de fumée. Assez longtemps pour que je puisse laisser ma tristesse s'afficher. Une terreur déchirante me transperça. J'imaginais déjà Ného au milieu d'une bande de *requins*.

En six jours, de nouveaux mots étaient apparus dans mon vocabulaire. Mais j'étais contrainte de ne jamais les prononcer. Ils me servaient simplement à moi, parce qu'ils offraient plus de nuances et correspondaient parfaitement à la plupart des images ou sentiments sur lesquels je voulais placer un nom. Comme si ma langue natale ne me convenait déjà plus. La cruauté du monde dans lequel je vivais, aussi bien chez les Normaux qu'au ghetto, m'aidait sûrement à en être écœurée.

Le pire était de savoir que tout se passait de la même façon partout sur Tenarus. Ma ville, Refen, n'était pas une exception. Le monde entier était similaire. Je n'avais nulle part où fuir. Aucun endroit idéal. Je n'avais que mes rêves.

Alors que Fyrec se retournait, je me repris du mieux possible, mais remarquai avec stupéfaction que quelques larmes se trouvaient au bord de mes cils, prêtes à couler. Non… Je serrai les mâchoires quand le chef s'avança vers moi. Il avait observé que mes yeux brillaient. Il avait aperçu que mes émotions m'avaient submergée.

Il s'apprêtait à lever à nouveau la main sur moi quand quelqu'un frappa à la porte. Immobile, je relevai les paupières. Il paraissait surpris. D'un geste presque las, il abaissa son bras et se tourna vers ses deux hommes.

— Qu'est-ce que c'est, encore ? demanda-t-il avec violence.

Les deux gorilles ne répondirent pas et se contentèrent d'ouvrir la porte faiblement. Dans l'entrebâillement, le chercheur se glissa en même temps que la nuit tombante. Je ne pus qu'être soulagée. Mes pieds se permirent même de reposer leurs talons sur le sol froid et poisseux.

— Bonjour, Fyrec.

— Tiens ! Que me vaut ta visite ?

Le scientifique entra plus franchement dans la pièce et joignit ses deux mains fièrement au niveau de son bassin.

— N'as-tu pas reçu, chaque jour, les dossiers que je confiais à ton équipe ?

— Si, répondit Fyrec. Je suis étonné que tu sois allé si vite, d'ailleurs.

Le chercheur émit un sourire de satisfaction. C'était vrai qu'il était allé vite. Trop vite pour que j'y croie.

Cela cachait quelque chose. Je ne me permis pas de bouger, tandis que Fyrec proposait à son ami scientifique de s'asseoir sur le canapé, puis prenait place à côté de lui. Moi, je devais rester droite et regarder devant moi. Mais personne ne m'empêchait d'écouter.

— Eh bien, Kialys nous a donné de très bonnes pistes, avoua le chercheur. Où est-elle, à ce propos ?

Fyrec fit un signe dans ma direction, et le docteur s'étonna. Il ne m'avait pas reconnue au premier regard.

— Eh bien, dit-il, voilà un changement inattendu…

Il semblait savoir que je souffrais, et parut presque compatissant. Mais je ne pus le rassurer. Je l'apercevais du coin de l'œil, mais je distinguais également Fyrec qui vérifiait le moindre de mes gestes, la moindre de mes réactions.

— Bien, dans ce cas, je peux repartir avec elle, n'est-ce pas ?

— Vous avez fini ? s'étonna Fyrec, visiblement déçu de devoir me livrer si tôt.

— Absolument. Je t'ai apporté un échantillon, pour que tu puisses juger notre travail par toi-même.

Le petit homme à la peau grise fouilla dans sa poche bleu délavé et en sortit un pot en aluminium cabossé. Il le tendit à Fyrec, qui le prit entre ses doigts. En dévissant le capuchon, il parut surpris d'y trouver une crème violacée, dont l'odeur nauséabonde se propagea jusqu'à moi. Il fit une grimace, referma vite le pot et le posa sur la table.

— Alors ? s'impatienta le scientifique.

— Eh bien, quoi, alors ? répondit Fyrec. Ne t'es-tu pas aperçu qu'il faisait nuit ?

L'éclat de satisfaction du chercheur disparut en un clin d'œil. Visiblement, il n'avait pas pensé à cet aspect du marché.

— Je l'essayerai demain, à la première heure. Kialys elle-même le fera, d'ailleurs. Et elle jugera elle-même de son départ.

Mon cœur se pinça. Avait-il vraiment l'intention de me laisser tester une crème qu'il savait futile ? Le scientifique était venu dans le seul but de l'entourlouper pour tâcher de me récupérer avant l'heure. Sans doute espérait-il que Fyrec soit aveuglé par la joie et oublie certains détails.

— Mais… tenta d'argumenter le chercheur.

— Je t'ai dit que je te livrerais la fille une fois que je serais certain que tu aurais réalisé quelque chose d'efficace. Tu as développé quelque chose, oui, mais je ne sais pas encore si c'est infaillible…

L'homme gris sembla bafouiller, mais Fyrec le coupa d'un geste de la main.

— Va-t'en, maintenant, reprit-il. Ce soir, c'est tournoi !

Chapitre 15

Je suivis Fyrec sans un mot. C'était la première fois qu'il me permettait d'entrer dans le couloir de droite, celui que je n'avais encore jamais visité. Pour l'instant, je n'avais pas vraiment d'aperçus quant à ce qu'il renfermait, mais j'entendais de curieux bruits. Je tentai cependant de ne pas trembler de peur, ou de ne pas claquer les dents à cause du froid.

Nous débouchâmes, à l'issue de quelques mètres sinueux dans l'obscurité, sur une salle qui se rapprochait de la pièce de travail. Mais elle était plus longue. Je repérai des cultures de plantes, illuminées par un éclairage puissant et rougeâtre. Elles atteignaient facilement ma taille, voire plus, et arboraient de grandes feuilles. De nombreuses personnes semblaient surveiller l'avancée de la pousse.

De l'autre côté de la pièce, d'immenses tentes étaient dressées. J'y entendais un murmure de soufflerie, et aperçus, lorsqu'un ouvrier quitta l'une d'entre elles, un tas de feuilles brunies.

— C'est la salle de culture de tabac, expliqua Fyrec. Les plantes sont en permanence éclairées par des lampes chauffantes. Rassure-toi, elles ne brûlent pas la peau. Ces tentes que tu vois là renferment un système de ventilateurs afin de sécher les feuilles. Nous en produisons énormément, malgré la petite taille de la pièce.

J'émis un battement de cils en signe de compréhension, mais gardai le menton toujours haut. Sans me donner de plus amples explications, il poursuivit sa marche, et je le suivis sagement. Fyrec avait annoncé que nous avions encore une heure avant le tournoi de cogne. Depuis le départ du chercheur, à peine une demi-heure s'était écoulée. Il restait 45 minutes. 45 minutes me séparaient de Ného. J'avais peur de ce qui allait advenir, mais j'avais hâte de le revoir, malgré moi.

Nous traversâmes un autre couloir. La pièce dans laquelle nous arrivâmes était baignée d'une odeur âpre mais discrète, qui chatouillait les narines. Lorsque j'aperçus ce qu'il s'y passait, je préférai regarder droit devant moi. Visiblement, c'était un atelier d'avitaillement.

— C'est la salle des armes, confirma Fyrec. Ici sont produites, restaurées ou détruites, les armes les plus abîmées. Nous les trouvons dans les ruines de la guerre, dans le désert.

Je cillai, sans décoller mes yeux du mur. Il reprit sa route, alors je le suivis. Enfin, nous arrivâmes dans un endroit plus chaleureux. Une cuisine. Une bonne odeur flottait dans l'air. C'était sans doute dans ce lieu que la plupart des sucreries du ghetto étaient préparées. La salle était immense, et d'innombrables chefs s'affairaient à leur tâche.

Nous passâmes dans la pièce longue d'au moins vingt mètres sans même nous arrêter. Sans doute ne jugeait-il pas nécessaire de m'expliquer le secret qu'elle renfermait. Un nouveau couloir obscur. Une autre chambre. La dernière.

— C'est ma chambre, annonça-t-il en s'étirant, comme si la vue de son antre le mettait de bonne humeur.

La salle était éclairée abondamment, beaucoup plus que la mienne. Un lit deux fois plus grand et d'apparence deux fois plus confortable trônait au milieu de la pièce. De nombreuses commodes traditionnelles, en bois, jonchaient les murs. Au moins quatre miroirs étaient accrochés à ceux-ci, de la même manière que dans ma chambre. Un bureau semblable au mien, bien que beaucoup plus large, se trouvait sur le côté droit.

Je ne comprenais pas pourquoi il tenait à me montrer tout ceci. Mais je n'en laissai rien paraître.

— Qu'en penses-tu ? me demanda-t-il.

J'hésitai. Attendait-il une réponse ?

— Oui, je sais, répliqua-t-il de lui-même – *donc, non*.

Doucement, il se rapprocha de moi et posa des yeux révoltants sur mon corps.

— Tu as beaucoup progressé depuis ton arrivée, Kialys, me dit-il d'un ton qui se voulait encourageant, mais qui me donna la nausée. Ce soir, après le tournoi, ce sera ta dernière nuit ici.

Je ne pus résister à la tentation de baisser la tête. Mais il ne dit rien, comme si cela ne l'importunait pas, en privé.

— Après le tournoi, je t'attendrai là, poursuivit-il. Et tu viendras.

Ce n'était pas un conseil, ni même une recommandation. C'était un ordre. J'entrepris d'ignorer pourquoi il souhaitait ma présence ici et maquillai mes émotions par l'indifférence.

Que voulait-il de moi ? Qu'espérait-il ? Aucune idée. Sans doute l'une des choses que je ne connaissais pas de la vie. Et je n'avais aucune envie de la découvrir.

— Bien ! dit-il soudain. Laisse-moi, maintenant. Je dois me préparer.

Sans répondre, je tournai les talons et m'engageai dans le couloir sombre. Une fois sûre qu'il ne puisse ni me voir ni m'entendre, je m'effondrai. De chaudes larmes coulaient sur mes joues, et mon corps entier convulsait. Je tentai cependant de garder mes sanglots silencieux, afin de ne pas alerter ceux qui m'observaient marcher, dans les différentes pièces.

Pourquoi tout cela arrivait-il ? Je regrettais tant, dans ces moments-là, d'avoir insisté pour me rendre au véhicule accidenté. Mais que m'était-il passé par la tête ? C'était à cause de moi, tout ça ! Il fallait que je le supporte en tant que châtiment.

Mais c'était tellement dur. Tellement dur d'obéir sans réagir, sans même traduire la moindre expression.

Et Ného ? Moi qui l'avais cru abusif, quelques jours auparavant, voilà qu'il allait tenter l'impossible, ce soir-là. Pourquoi ? Pour me sanctionner aussi ? Non… Pour se punir lui-même, sans hésitation.

Tout cela était ma faute. Ce n'était plus uniquement une question de Normal ou de Corbeau. C'était une question de survie. Je devais survivre partout où j'allais. Qu'importait l'endroit où je me trouvais.

Je ne vivais plus, à présent. Et voilà que, le lendemain, ma mort spirituelle allait atteindre son paroxysme. Les chercheurs allaient m'étudier comme un animal. Pourtant, malgré moi, je ne pouvais m'empêcher d'être rassurée. J'étais habituée à la violence des mœurs, des ambitions. Pas à la brutalité physique et morale. Moi qui trouvais le ghetto idéal, avant, voilà que depuis que j'étais contrainte d'y rester, tous les aspects que j'aimais paraissaient bien futiles à côté de ma réalité d'avant.

C'était toujours comme ça, cependant. J'étais certaine que les habitants du ghetto pensaient la même chose des Normaux. L'herbe est constamment plus verte chez le voisin. Et maintenant, voilà que j'en venais à regretter la vie que je détestais tant chez moi. Quand j'étais Normale. Une vie de privilèges qui m'avait été octroyée sans que je n'aie jamais rien fait pour la mériter.

Je traversai le salon précipitamment, ne cherchant plus à cacher mes larmes des regards foudroyants des gardes. Je ne leur prêtai pas attention et me contentai de filer le plus vite possible vers ma chambre. Je n'avais pas beaucoup de temps. Bientôt, Fyrec me demanderait de le rejoindre afin de partir. Je ne devais pas traîner si je voulais profiter de mes larmes. *Souffre, Kialys*. Je récoltais simplement les fruits de ma désobéissance et de mon insouciance.

Je pleurais pour le deuil de ma naïveté.

***

Je me plaçai face au miroir. Mes joues étaient noircies par le maquillage. J'avais tant pleuré qu'il s'était déversé comme mes larmes, se mêlant à elles. Je les essuyai consciencieusement, jusqu'à n'avoir plus aucune trace, et nettoyai le dessous de mes yeux à l'aide de mes doigts. Sans vraiment en avoir envie, je refis mon masque de beauté illusoire avec application et vérifiai la perfection de mon apparence. Enfin, perfection pour Fyrec. Je n'avais pas pris le temps de changer de robe. La libération de ma tristesse, de mes peurs et de mes angoisses me paraissait plus importante qu'un ajustement de tenue.

Le cœur serré, je répétai le même chemin, impatiente de revoir Ného, malgré l'horreur possible qu'il s'apprêtait à vivre.

Je savais que cela me donnerait du courage de le croiser une dernière fois…

Quand j'arrivai dans le salon, Fyrec m'attendait déjà. Lorsque j'apparus, il me toisa, une étincelle méprisante dans les pupilles. Il me complimenta sur ma tenue, mais je pris soin de ne montrer aucune gêne, ni même aucun dégoût. Et encore moins de la flatterie.

Il claqua des doigts, et les gardes se mirent en position, autour de nous deux. Je n'avais aucune idée de la manière dont tout cela se déroulerait, mais je savais que je n'allais pas l'apprécier.

Ce soir était un grand soir. Le soir où ma naïveté serait définitivement enterrée.

Le chef m'empoigna par le bras et commença à avancer. Je tentai de masquer le frisson que m'arrachait ce contact. Les deux sentinelles ouvrirent la porte. Le sang quitta mes joues. Des centaines d'habitants nous acclamaient, entassés devant l'entrée de la maison, frappant des mains, criant de joie. Certains même gesticulaient avec véhémence.

Mon souffle s'accéléra alors que mon visage se crispait d'horreur, mais je me repris sur-le-champ quand Fyrec se tourna vers moi. Je serrai les dents, inspirai profondément et vidai mon esprit. Le chef avança, faisant signe allègrement à son public, et je sentais les regards pesants sur moi et sur mon dos nu. Comme j'étais pieds nus, le sable noir du ghetto me collait aux pieds et s'incrustait entre mes orteils, m'irritant les phalanges. Je devais, bien sûr, marcher sur la pointe des pieds, et cela n'arrangeait rien, au contraire.

Les gardes du corps se tenaient très près de nous et parfois même me bousculaient, pendant que nous progressions dans cette mer de personnes déchaînées.

Comme si le tournoi de cogne était l'un des événements les plus attendus, au ghetto. Comment cela se faisait-il que je n'en aie jamais connu l'existence ? Parce que je n'allais jamais au ghetto la nuit. Je venais chercher Neho au coucher du soleil et n'y remettais plus les pieds jusqu'au lendemain à 18 heures.

Plusieurs habitants souhaitaient me toucher les cheveux, les bras, les jambes, et de même pour Fyrec, mais à chaque tentative, les gorilles les repoussaient violemment. Ces actes, déjà, me tourmentaient. La panique commença sa longue ascension en prévision de ce qui m'attendait. Je me doutais que si la foule était d'avance si hystérique, ce serait pire après. Et encore, je n'allais être que spectatrice. Que devait-il être pour les participants… ?

Un vertige me surprit, et je marquai une légère pause en baissant la tête. Une pause courte, mais suffisante pour que Fyrec le découvre.

Vite, je repris mon masque d'insensibilité et me remis en marche, le bras crocheté par mon bourreau. Je ne savais pas où nous nous dirigions, je ne savais même pas où nous étions par rapport à l'entrée du ghetto. Les seules choses que je distinguais étaient les deux gardes du corps, Fyrec, et des centaines de têtes toujours différentes.

Combien de personnes étaient ici ? Comment était-ce possible qu'un tel rassemblement se produise dans les ruelles si étroites du ghetto ? Avaient-ils repoussé les taudis ?

Ma confusion se mêla au malaise dans ce bain de foule, mais il me fallait masquer ma vision trouble et oscillante.

Fyrec me tapota la main, et je concentrai mon attention sur lui, ou ce que j'imaginais être lui. Je remarquai, au travers de mon chaos, ses traits tendus et son air pincé. Mon visage devait être morose et blême, et je tentai d'y remédier au mieux.

Le sable noir poursuivait la corrosion de ma pointe de pieds.

Même s'ils saignaient, je devais continuer de ne rien montrer et avancer comme toujours.

Après un temps que je jugeai interminable, les gardes écartèrent la foule devant nous et se placèrent l'un en face de l'autre, afin de créer un passage. Je remarquai, entre eux deux, un escalier bancal en bois menant à un étage supérieur du taudis dans lequel nous allions pénétrer. Et juste derrière le taudis, le mur d'enceinte, noir. Sans doute n'étions-nous pas aussi loin de chez Fyrec que je l'aurais cru. Ce devait être ici que se déroulerait le combat de cogne.

Les acclamations de la foule s'élevaient, toujours plus fortes, toujours plus nombreuses. J'avais besoin d'un peu de calme pour retrouver un semblant de sérénité.

Celui qui m'accompagnait fit un dernier signe au public, un grand sourire suffisant pendu aux lèvres, et entama l'ascension des escaliers, m'obligeant à le suivre. Je me réjouis cependant de pouvoir enfin respirer, hors de la cohue, même si les marches semblaient trop fragiles pour nous supporter tous en même temps.

Derrière mon épaule, je repérai que les deux gorilles se replaçaient devant l'escalier afin d'en empêcher toute intrusion. Je jetai un regard à la foule et en eus le souffle coupé à nouveau. Mes entrailles se tordirent lorsque je constatai que non, ils n'avaient pas repoussé les taudis, mais que chaque allée était si remplie qu'on ne les apercevait même plus.

Certains Exclus étaient même montés sur les toits de tôle ondulée. Les lampes à gaz fusaient, certaines tenues en main, d'autres pendues à un manche fièrement élevé vers le ciel.

J'évaluai rapidement les chances de m'échapper sans me faire rattraper. Après tout, j'avais fui les agents de contrôle en escaladant le mur. Mais ils n'étaient que deux. Là, plus de deux mille personnes s'étaient réunies. Mon évasion ne passerait pas inaperçue. Ou au contraire, je pourrais me faire oublier en m'enfonçant parmi tous ces visages.

Je vérifiai que Fyrec n'avait pas remarqué mes secondes d'égarement, mais il semblait absorbé par les hurlements de son public, et ne faisait, par conséquent, pas attention à moi.

Nous poursuivîmes notre ascension et arrivâmes au niveau d'un balcon. Le sol se trouvait à hauteur des toits des autres taudis, et de fines barrières, visiblement faites à partir de manches à balai cassés, étaient plantées dans les planches qui craquaient sous nos pieds.

Lorsque nous fûmes en haut des escaliers, la mezzanine s'étendit face à nous sur environ cinq mètres, jusqu'au mur d'enceinte, tandis qu'une entrée modeste construite à partir de plusieurs plaques de métal léger se tenait à notre gauche.

Sans même me laisser le temps d'analyser plus profondément les lieux, Fyrec poussa la porte et y pénétra. Je le suivis, mal à l'aise, et ce que je découvris me provoqua un nouveau choc.

Nous nous trouvions sur un balcon intérieur, dans la continuité de celui où j'étais un peu plus tôt. C'était un couloir suspendu, sur lequel étaient disposés trois sièges. Des rambardes semblables à celles que j'avais aperçues dehors constituaient une maigre protection en prévision d'une chute. Sous nos pieds, au rez-de-chaussée, s'étendait une piste de sable noir.

J'imaginai que c'était dans cette partie que se déroulerait le tournoi.

Je faillis baisser la tête, en raison du plafond qui se trouvait normalement bas, dans les taudis, mais en levant les yeux, je remarquai qu'il s'élevait bien au-dessus de moi. De nombreuses bougies et lampes à gaz éclairaient les lieux, renforçant l'ambiance angoissante. Fyrec me tira par le bras et m'indiqua de m'asseoir sur l'un des sièges. Je m'exécutai, et il prit place à mes côtés.

Nous entendions, malgré le fait que nous soyons à l'intérieur, les cris de la foule. Personne d'autre que nous n'était ici. Personne au rez-de-chaussée, même si je percevais des tambourinements aux portes et le bois qui craquait. Je remarquai, en poursuivant mes observations, que des espaces assez larges avaient été prévus autour de la piste, séparés d'elle par des rambardes plus épaisses, construites à partir de plaques en métal cabossées. Des *gradins*, pensai-je, des *gradins* autour d'une *arène*.

Là, alors que mon souffle peinait à retrouver un rythme cohérent, Fyrec claqua des doigts. Comme si un simple claquement de doigts avait résonné jusqu'à l'autre bout du ghetto, les murmures de foules cessèrent. J'entendis distinctement une voix, à l'extérieur, signaler à l'auditoire que le tournoi commençait. Un cri de joie retentit, avant de retomber sans délai.

Deux grandes portes s'ouvrirent, au rez-de-chaussée, et un torrent de gens agités se déversa dans l'arène, se dispersant le plus vite possible, escaladant les rambardes, se bousculant, se piétinant, hurlant, afin d'obtenir la meilleure place.

Je détournai les yeux légèrement, incapable de soutenir une telle cohue. La pièce fut remplie au plus vite, ne laissant libre que la parcelle de sable d'environ cinq mètres sur cinq.

J'évaluai le nombre de personnes qui avaient pu rentrer, bien qu'il soit difficile de faire une estimation en raison de leur nervosité, et déterminai qu'à peu près trois-cents hommes et femmes avaient réussi à s'infiltrer.

Trois-cents individus dans un endroit si exigu. Je me demandai comment cela était possible.

Décidément, le ghetto défiait les lois de densité. Les portes se refermèrent, et un murmure s'éleva de la foule, à l'extérieur. Un chuchotement de déception. Ceux-là n'assisteraient pas au tournoi, ce soir. Presque instantanément, les cris en provenance du dehors se dissipèrent, comme si chacun reprenait déjà sa route afin de rentrer chez lui. En revanche, à l'intérieur de l'arène, le grésillement incessant du public en délire m'assourdissait.

En jetant rapidement un coup d'œil à ceux qui pourraient participer à la compétition, je remarquai que certains s'échangeaient des objets, des denrées alimentaires, voire des vêtements.

— Ils parient, m'expliqua Fyrec au creux de l'oreille.

Effectivement, ils semblaient discuter vivement. Ils misaient. Cette définition était nouvelle pour moi, et je cherchai dans ma deuxième langue un mot qui pourrait mieux la cerner, mais aucun ne fut plus pertinent que celui-ci. Il était même possible que ce soit un équivalent. Je compris donc qu'ils gageaient une somme, un vêtement, de la nourriture, sur l'un des participants.

Mais concernant quoi ? En se basant sur quoi ? Aucune idée.

Je ne savais pas encore en quoi consistait ce tournoi… Je remarquai également des femmes habillées très légèrement, et dont, parfois, on apercevait une partie gênante de leur anatomie, si bien que j'en rougis.

Elles paraissaient attirées par les hommes, et je me demandai si elles en étaient *amoureuses*, ou si cela n'était qu'une comédie. En tout cas, la pudeur ne semblait pas être le plus grand de leurs soucis.

Soudain, Fyrec se leva et tendit les bras devant lui. Tous se turent, et de nombreux résistants au silence furent réprimandés par leur voisin.

— Mes chers amis ! dit-il de manière théâtrale. Bienvenue au 457e tournoi de cogne !

Un rapide calcul m'indiqua que cela faisait un peu plus de huit ans que duraient ces épreuves organisées. Mais je me doutais que cela faisait bien plus longtemps qu'elles avaient lieu. La foule l'acclama, siffla et rit à outrance. Comme si elle félicitait Fyrec d'avoir eu l'idée somptueuse de créer quelque chose de si violent. Je pris une profonde inspiration.

— Ce tournoi n'est pas comme les autres, recommença Fyrec après avoir calmé le public d'un geste de la main. Aujourd'hui, en effet, je suis venue avec Kialys !

Nouvelle acclamation. Mon cœur s'accéléra.

J'étais donc si connue ?

Fyrec se tourna vers moi et me tendit sa main afin que je me lève à ses côtés. Sans expression, je m'en emparai et le rejoignis pour me présenter. Je ne savais pas comment je parvenais à défaire à ce point mon visage de mon âme, même si celle-ci pleurait et hurlait de douleur.

J'étais transformée en une professionnelle de la dissimulation. Une spécialiste du mensonge. Je devenais une fille du ghetto. Il leva les bras, et le mien aussi, tandis que la foule s'emballait une fois de plus en me voyant. Je conservai un air las.

Si je ne me forçais pas à rester de marbre, Fyrec me punirait. Et s'il n'allait certainement pas le faire devant tous ces gens, il ne s'en priverait pas une fois chez lui.

Nos membres retombèrent le long de nos corps, et il me lâcha négligemment le poignet. Comme il ne m'avait pas demandé de m'asseoir à nouveau, je restai debout, à ses côtés.

— Bien, dit-il. Faites entrer les participants.

Un animal lourd et aux nombreuses griffes s'attacha à mon cœur. Les participants ? C'était maintenant que Ného allait s'engager. Je fermai les paupières le temps d'une seconde, afin de refouler un peu plus mes émotions, et me sentis vaciller. Fyrec me lança un regard de reproche que je savais brûlant malgré mes yeux clos.

Les immenses portes sur le côté de l'arène s'ouvrirent. Mon cœur s'accéléra, comme si l'animal qui le tenait fermement entre ses pattes tranchantes s'amusait à le pétrir.

Un premier participant entra. Un homme à la peau grise, grand, les cheveux courts – *j'en déduisis qu'ils étaient rasés* – les épaules aussi larges que puissantes. Sa musculature ne faisait aucun doute quant à sa force. Ses bras faisaient la taille de ma tête. Il était torse nu et portait un pantalon de toile noire, usagé et trop court. Je sentis mes joues rougir légèrement à la vue de ce corps exposé. Je n'avais pas l'habitude d'autant d'impudeur.

Le deuxième participant entra. Il était bien plus frêle, presque aussi chétif que moi. Mais il semblait affreusement rapide et sournois. Il avançait en lançant des coups de poing dans le vide et en effectuant des jeux de jambes habiles.

Le tournoi de cogne… était-ce… ? J'entrouvris la bouche et retins un hoquet de terreur en comprenant enfin en quoi ce tournoi consistait. J'étudiai à nouveau le premier participant.

Si jamais Ného se battait contre celui-ci... J'allais placer ma main sur mes lèvres, mais Fyrec se racla la gorge, et je dus refouler mes émotions.

Un troisième concurrent fit son apparition. La foule l'acclama. Il levait ses bras d'un air victorieux, un grand sourire lui déchirant les joues. Il était aussi torse nu. En fait, je supposai qu'ils l'étaient tous. Fyrec se pencha vers moi et me souffla quelque chose à l'oreille.

— Celui-ci, m'expliqua-t-il, c'est le favori du public. C'est le champion depuis six tournois.

Sans répondre, j'avalai difficilement ma salive. Il n'était pourtant pas plus impressionnant que le premier. Certes, sa musculature était développée, mais en comparaison de l'autre, il semblait bien plus modeste. Je masquai mon malaise, mais mon front se rida sensiblement.

Le quatrième participant. Mon ventre se serra, et je faillis perdre l'équilibre. Heureusement, Fyrec n'avait rien remarqué. Il était bien trop occupé à fixer Ného d'un air sadique. Je permis donc à mon visage de se détendre et d'exprimer mon inquiétude. Mes yeux se fermèrent pour retenir un sanglot lorsque le regard de mon ami plongea dans le mien. La bête qui s'acharnait sur mon cœur le réduisait en lambeaux de ses griffes mortelles.

J'eus l'impression que j'allais tomber au moment où Fyrec passa son bras autour de ma taille.

Je crus qu'il allait me réprimander, mais il ne semblait même pas avoir remarqué mon malaise. Je me repris sur-le-champ, pourtant moins confortablement qu'à mon habitude. L'émotion était trop forte pour que j'en efface toutes traces de mes lèvres tremblantes.

J'aurais voulu m'asseoir tant la pression que mes épaules devaient supporter était intense, mais Fyrec me tenait près de lui avec insistance. Ného se plaça face à nous, en ligne avec ses concurrents. Il était également torse nu, et je fus surprise de constater que, bien qu'il ne soit pas le plus impressionnant, il n'était pas non plus le plus frêle. En tout cas, son air sombre en disait long.

Le cinquième et dernier participant pénétra dans l'arène. Un Normal, de quelques centaines de kilos. Je frémis à nouveau. Fyrec me lâcha la taille et appuya ses bras sur la rambarde fragile. L'espoir de le voir basculer à cause d'une barrière défectueuse me traversa rapidement avant de disparaître. J'en fus de nouveau troublée. La violence de mes propres pensées me tourmentait.

— Bienvenue à tous les participants ! lança Fyrec trop joyeusement, en tentant de masquer les cris de la foule. Je vous rappelle que tous les coups sont permis ! Aucune règle, à part celle de gagner ! Le premier des deux rivaux qui ne se relève pas au terme de dix secondes a perdu ! Le vainqueur affrontera son adversaire suivant…

Ného fixait Fyrec avec détermination. Je n'étais même pas sûre qu'il m'ait reconnue. De toute façon, c'était trop tard. Mon cœur était mort, à présent, et la bête en dévorait les miettes. Elle avait pris le contrôle sur moi et sur mes émotions. Je n'étais plus maîtresse de moi-même, j'étais en proie à la panique.

Mes mains tremblaient tellement que je dus serrer les poings pour le cacher.

— … et le gagnant du tournoi gagnera un prix qu'il ne regrettera pas…

La foule hurla à nouveau, intensifiant mon malaise. Il fallait que je sorte, sinon Fyrec remarquerait ma faiblesse et me punirait plus fort que jamais. Je m'étais trop laissé aller, ce soir-là. Je tentai de me mouvoir sur le côté, mais lorsque je pivotai, je fus confrontée à la vision du garde posté les bras croisés près de la porte. Je me replaçai sur-le-champ à l'endroit que je venais de quitter, plus confuse que jamais. Ma tête tournait, et la chaleur que ce public en délire dégageait, cette odeur de violence et de haine, n'arrangeait rien.

— Commençons !

La foule hua, et Fyrec allait m'autoriser à m'asseoir, lorsqu'une voix retentit depuis le milieu de l'arène. Je me pétrifiai et lançai un regard apeuré à Fyrec. Tant pis pour le masque d'indifférence. Je m'en fichais qu'il me frappe, je m'en fichais de ce qu'il allait me faire. Mais par pitié, qu'il ne fasse rien à Ného.

Le chef s'agaça devant mon expression trop révélatrice et me repoussa violemment alors que je lui agrippais le bras.

— Quoi ? demanda-t-il en se tournant vers les participants.

Me rattrapant *in extremis* lorsque je manquai de tomber par-dessus la maigre rambarde, je regardai Ného à mon tour. Son air déterminé semblait pouvoir résister à toutes les épreuves. Je connaissais cet air. Il ne signifiait jamais rien de bon.

— Fyrec, reprit Ného en serrant les dents. Je voudrais parier.

Un frisson de scandale parcourut les spectateurs.

Mon souffle se coupa un peu plus. Je me tournai vers Fyrec, attendant sa réponse. Je savais déjà ce que Ného allait miser.

Ma gorge faillit même me trahir et parler à ma place pour l'en dissuader, mais elle était trop serrée pour pouvoir prononcer un mot.

— Parier ? s'amusa Fyrec. Mais parier quoi ?
— Chacun peut parier, non ? insista mon ami.
Il pivota vers moi, l'air complice.
— Si je gagne, reprit-il, tu la libères.
Surpris, Fyrec lâcha un rire grossier. La mise en jeu de Ného était inutile. J'allais quand même être relâchée le lendemain, puisque confiée au scientifique. À moins que…
— Elle ne m'appartiendra plus demain, rétorqua Fyrec, à juste titre. Ne souhaites-tu pas parier autre chose ?
— Je voulais dire que tu la laisses partir avec moi. Sans la livrer aux chercheurs.
Là, le chef sembla hésiter. Son visage était tendu et ses yeux inquiets. Il avait l'échantillon de la crème, après tout. Si celle-ci fonctionnait, il n'aurait plus besoin de moi. Et j'étais certaine qu'il avait une équipe derrière lui qui pourrait copier la recette si les scientifiques se montraient réticents à produire de la pommade en plus grande quantité en raison de mon départ. Mais si l'onguent n'était pas fonctionnel ? S'il se rendait compte qu'il était inefficace ? Il aurait encore besoin de moi, afin de faire pression sur les chercheurs.
Sa bouche se plissa.
— D'accord, répondit-il franchement, presque avec amusement. Et si tu perds ?
Avait-il accepté ?
Je n'en croyais pas mes oreilles… Sans doute était-il persuadé que Ného ne pourrait jamais gagner.
— Si je perds… je m'engage à prendre sa place…
— Non ! hurlai-je au milieu d'un brouhaha d'indignation de la foule.

Fyrec se précipita vers moi et me gifla. La frappe fut si forte que j'en eus le souffle coupé. C'était probablement la pire qu'il ne m'ait jamais donnée.Ného serra les poings, semblant défier le chef qui se tourna à nouveau vers lui. Ne cherchant plus à retenir mes sanglots, je plaquai une main sur ma joue.

— Silence ! cria-t-il pour calmer la foule. Que devrais-je faire d'elle, dans ce cas ? Comment peux-tu penser que tu as plus de valeur qu'elle ?

La paume collée sur mon visage, j'attendais l'argument imparable deNého. Comment comptait-il se sortir de cette situation délicate ? Comment pouvait-il espérer un seul instant qu'il allait gagner ?

— Tu le sais, Fyrec. Je suis le meilleur de mon équipe. Et puis… Tu auras le loisir de l'offrir aux scientifiques tel que tu leur as promis.

Le chef sembla réfléchir un moment, puis se tourna vers son garde du corps.

— Hum… C'est d'accord, acquiesça-t-il après une longue hésitation.

La foule scanda à nouveau, ne comprenant pas le laxisme de leur chef. Mais celui-ci la réduisit au silence en un seul geste.

— Quinze minutes de préparation, annonça-t-il, l'air agacé.

Un murmure d'agitation traversa de nouveau le public. Les participants commencèrent à s'étirer, s'entraîner. S'apprêter.

SaufNého.

Fyrec effectua un signe de la main pour lui signifier de le rejoindre, et répéta le même signe à mon attention. Le garde ouvrit la porte fragile sans attendre, et le chef quitta l'arène avec précipitation.

Je me hâtai afin de ne pas me faire réprimander pour n'être pas assez rapide.

Sortir de cette émulsion de chaleur et de sauvagerie me soulagea quelque peu, l'air frais me permettant d'atténuer ma vision trouble, mon cœur se ressaisissant à la vue des étoiles.

La plupart des habitants qui nous avaient accueillis à notre arrivée avaient disparu, si bien que les rues étaient bien plus sombres et calmes. Chacun était retourné chez soi. Je jetai un coup d'œil, juste avant de dévaler les escaliers fragiles, à l'autre bout du ghetto. À l'orée de la ville. Là où les gens étaient terribles, mais où la vie était plus belle.

Fyrec m'ordonna de m'empresser, tandis qu'il descendait la dernière marche. La tentation de m'enfuir fut si forte, que je dus me rappeler plusieurs fois que Ného se trouvait ici pour ne pas y céder.

Le chef se dirigea, étrangement, à droite. Moi qui pensais qu'on se rendait dans l'arène… Mais je compris pourquoi lorsque je le rejoignis.

Ného nous attendait. Il était impassible, les mâchoires serrées. Beau.

Fyrec se jeta sur lui et l'attrapa violemment par les épaules.

— Je peux savoir à quoi tu joues ? lui dit-il entre ses dents.

— Je tente d'améliorer les choses.

— Tu n'as aucune chance !

Les deux hommes restèrent un moment à se contempler dans la lumière d'une lampe à gaz. Après quelques instants, Fyrec le lâcha et émit un rire moqueur.

— Tu vas perdre, répéta-t-il en le pointant du doigt. Et tu auras gaspillé toutes vos possibilités de vous en tirer.

Quoi ? Pourquoi Fyrec était-il énervé que nous soyons piégés ?

— Fyrec, tu sais très bien ce qui était prévu. Et là, visiblement, ça ne colle pas.

— Oh ! Attendez une minute ! les interrompis-je. Je ne vous suis plus…

D'un geste précipité, le chef se dirigea vers moi. Par réflexe, je plaçai mes mains devant mon visage, mais il ne me toucha pas.

— Ton Négo est en train de tout faire rater ! s'emporta-t-il.

— Je vais gagner, rétorqua Négo, sûr de lui. Et quand bien même je perdrais, ce n'est pas un problème.

— Et comment vais-je expliquer ça, moi ?

J'eus un mouvement de recul.

Étaient-ils en train de dire qu'ils étaient de mèche ? Que tout cela était prévu ? Oh non, pas encore !

— Ného ! Je te jure que tu as intérêt à avoir une bonne explication !

Sans que je ne puisse réagir, Fyrec me gifla si violemment que mon corps se tordit. Apeurée, sans comprendre pourquoi il m'humiliait maintenant, je remarquai qu'il adressait un signe à l'un de ses vigiles.

Le garde hocha de la tête et pénétra à nouveau dans l'arène par la porte du rez-de-chaussée.

— La prochaine fois, retiens-toi un minimum… lâcha Ného en me désignant.

— Je suis obligé de faire semblant devant mes sentinelles, Ného, répliqua Fyrec. Bon…

Il se tourna vers moi et retira ma main de ma joue endolorie.

— Elle n'est qu'à peine rougie… se défendit-il en soupirant.

— Expliquez-moi… murmurai-je, de peur de recevoir une nouvelle correction.

Ného et Fyrec s'observèrent un long moment, puis mon ami lui fit signe de parler.

— Lorsque nous sommes venus te chercher au souterrain d'évacuation, Ného n'était pas au courant du plan. C'est une idée du gros Stan, il m'a rendu visite quand tu as bavardé avec ton copain, pour le convaincre de rejoindre la compagnie.

Décidément, le gros Stan nous jouait des tours plus étonnants les uns que les autres… Le chef jeta un regard autour de lui et se rapprocha de moi.

— Nous avons des signaux très concrets, au sein d'un groupe, et même si nous simulions une dispute pour ne pas susciter de doutes chez mes gardes, nous nous sommes entendus à merveille. Tu devais rester chez moi, par sécurité, par rapport aux agents, et tout ça... Ného a été mis au courant du plan et est venu me confirmer qu'il avait compris. C'est ce jour-là que tu as perçu sa voix. Conviens-tu que je suis obligé de jouer mon rôle, en te considérant comme l'une de mes filles, afin de n'éveiller les soupçons de personne ?

Je ne savais pas ce qui était le plus effrayant. Que je ne me sois rendu compte de rien, ou qu'il traite réellement Shema et Clani de cette manière ?

— J'étais censé te mettre au courant, ce soir, du programme dans son intégralité. C'est pour cette raison que je voulais que tu me rejoignes dans ma chambre.

Malgré tout, de nombreux indices s'éclairaient. Par exemple le laxisme que Fyrec montrait à mon égard lorsque nous étions seuls.

— Et c'était quoi, le plan ? m'enquis-je, presque lassée de me faire avoir aussi facilement.

— Nous pensions que le scientifique prendrait plus de temps avant de mettre au point un traitement... m'expliqua Fyrec. Mais je suis persuadé que sa crème n'est qu'une arnaque. Ného devait venir se battre, la semaine prochaine, mais il ne devait rien parier. Il devait simuler ton enlèvement et s'enfuir avec toi, ailleurs. Nous avons décidé dans la journée, avant que tu ne te réveilles, que cela se passerait aujourd'hui, en raison des informations que nous fournissait le docteur sur ses études trop rapides.

Malgré tout ce qu'il m'avouait, j'avais de la difficulté à oublier les nombreuses réprimandes qu'ils m'avaient données, et je ne pouvais m'empêcher d'avoir un mouvement de recul lorsqu'il levait sa main.

— C'est pour cette raison que j'ai cherché une excuse pour ne pas te livrer ce soir, ajouta-t-il. Et que j'étais étonné que tu lui fournisses des pistes de développement…

— Mais… qu'est-ce qui a mal tourné ? Et qu'est-ce que Ného tente d'améliorer ? osai-je prudemment.

— Le gros Stan n'a pas eu le temps de nous trouver un moyen de transport assez rapide, me répondit Ného. Si tu n'avais pas donné ces pistes de recherche au docteur, je n'aurais pas eu besoin de faire cela. Ta présence était prévue pour la semaine prochaine, et notre fuite aussi.

— Et nous aurions eu un véhicule suffisamment rapide pour atteindre la ville la plus proche avant le lever du jour… compris-je. Mais comment voulais-tu que je le sache ?

— De toute manière, il n'y avait pas d'urgence, intervint Fyrec, puisque le scientifique s'est senti clairement gêné lorsque j'ai parlé de test. Je n'aurais eu qu'à lui dire que l'essai n'avait pas été concluant et nous aurions disposé d'une semaine de plus… mais maintenant que Ného a fait son malin, il a tout gâché !

— Visiblement, il n'est pas le seul, puisque ma présence ici était pour la semaine prochaine…

— Parce que nous devions précipiter les choses ! s'emporta Fyrec. Si la crème du scientifique fonctionne, je devrai te livrer dès demain.

— Mais tu as dit…

— Je sais !

Il se prit la tête entre ses deux mains et retint un juron. Il se redressa ensuite, inspira profondément et nous regarda tour à tour.

— Kialys. Je n'avais pas d'autre choix que de t'amener ici ce soir. Je voulais te mettre au courant du plan juste après. Je ne peux pas risquer votre vie sur une supposition…

Je restai suspicieuse. Pourquoi se montrait-il si avenant, alors qu'il frappait Clani et Shema ? Quelque chose ne collait pas.

— Clani et Shema, c'est ça, le problème ? s'enquit-il comme s'il lisait dans mes pensées. Écoute, tu commences à connaître le ghetto. Devant mes gardes et mes ouvriers, je suis obligé d'avoir une réputation à tenir, mais si elles ne t'ont pas appris qui j'étais réellement, c'est uniquement parce que je leur ai réclamé de ne pas le faire.

— Elles m'auraient menti ?

— Non, elles ne t'ont rien dit, nuança-t-il. Et cela pour te protéger.

Je hochai la tête. J'avais du mal à croire en tout cela, mais puisque Ného semblait lui faire confiance…

— Et maintenant ? Qu'est-ce qu'on fait, alors ?

— S'il perd, soupira Fyrec, je n'aurai d'autre choix que de le garder et de te livrer au scientifique… Sinon, les ouvriers présents ce soir se demanderont où il se trouve, et c'est toute mon influence qui s'effondrerait. Et même si tu fuis, tu seras seule… S'il gagne… là, c'est autre chose.

— Si je gagne, finit Ného, on fait comme le plan de départ. Je pars avec toi et on cherche un refuge le temps que le gros Stan nous déniche un véhicule.

— Où comptes-tu te cacher ? Les ég… les souterrains d'évacuation sont connus de tous !

— Pas tous, répondit Fyrec, échangeant un regard complice avec Ného.

J'entendis, dans mon dos, la porte de l'arène grincer. Je récupérai mon air impassible promptement.

Ného parut surpris de mon changement si rapide. Le garde s'avançait vers nous.

— Il y a un problème ? demanda-t-il à Fyrec.

Le chef serra les mâchoires et bousculaNého. Si j'avais bien compris ce qui venait de se produire, il avait, effectivement, fait une bêtise. Combattre était une chose. Parier devant plusieurs centaines de personnes en était une autre. Nous étions plus piégés encore qu'au départ.

— Non, répondit Fyrec en prenant admirablement un air méprisant.Ního peut miser ce qu'il veut, il ne gagnera jamais.

Il claqua des doigts, et, sans attendre, le garde fit volte-face.

— Vous avez cinq minutes, lança-t-il avec amertume.

Il vérifia que le vigile n'avait rien remarqué de suspect, puis nous adressa un clin d'œil avant de s'éloigner. Je me tournai vivement versNího avec un air de reproche et croisai les bras.

— Je sais… marmonna-t-il. J'aurais dû te mettre au courant.

— Comment aurais-tu pu le faire ? Tu ne savais rien de tout cela, toi non plus, avant que Fyrec ne t'exclue de chez lui.

Il me fixa intensément, et je me sentis frissonner. Mon ventre frémissait.

Je baissai les yeux en prenant une profonde inspiration, tentant de chasser cette sensation non pas désagréable, mais gênante.

— Ne t'en fais pas, me dit-il en se rapprochant de moi. Je vais gagner.

— Et si jamais tu ne gagnes pas ? m'emportai-je. Tu as vu l'allure des autres concurrents ? Je n'ose même pas imaginer qu'ils vont…

— Fais-moi confiance… murmura-t-il.

***

Je poussai la porte de l'arène, récupérant mon imbattable masque de tranquillité. En réalité, j'étais en colère et extrêmement inquiète. Nous n'étions pas plus avancés, et une terrible angoisse était venue s'ajouter à la bête qui avait remplacé mon cœur. Je lançai un regard prudent au garde, puis à Fyrec. Il me fit un signe de la main pour me permettre de m'asseoir, et je pris place à ses côtés.

Les participants achevaient leur entrainement. Je supposai que Fyrec attendait que nous soyons revenus avant d'entamer le combat. Parce que c'était de cela qu'il s'agissait. De combats. J'en frissonnais déjà d'horreur.

Les muscles puissants des concurrents de Ného roulaient sous leur peau. Dans quel état allait-il se trouver à l'issue du tournoi ? Il marchait de long en large dans l'arène de sable sous les cris du public déchaîné.

Après quelques secondes insurmontables, Fyrec se leva, tendit les bras comme il l'avait déjà fait, et la foule fut réduite au silence en quelques instants.

Je n'arrivais toujours pas à croire que Fyrec était de notre côté, et qu'il était même le chef du groupe de Ného. C'était dire si son équipe était la meilleure. Et puisque Ného était le meilleur de son groupe, il était, fatalement, le meilleur du ghetto. Je me plaisais à présumer que c'était un peu grâce à moi, parce que j'avais participé plusieurs fois à la réussite de ses vols. En tout cas, malgré la situation sans retour dans laquelle nous nous trouvions, j'étais rassurée de savoir que Fyrec n'était pas aussi dur qu'il le laissait croire.

Bien sûr, même si j'avais été en mesure de le pardonner, je ne l'aurais certainement pas fait. Il ne lésinait jamais ses coups. Mais je comprenais pourquoi il n'avait pas d'autre choix…

— Que le tournoi commence ! annonça-t-il avec un aplomb digne des plus grands orateurs. Première cogne : participant 2 et 5.

Ce n'était pas encore au tour de Ného, et je m'en réjouissais. Les deux concurrents s'avancèrent, tandis que les autres, non concernés par cette lutte, se réfugiaient derrière les rambardes de métal, dans un espace spécialement conçu pour eux. Il s'agissait du petit homme frêle contre le gros homme à la peau grise. Je fus déjà attristée de la défaite du petit homme, et eus presque envie de me masquer les yeux, mais Fyrec me réprimanda avant que j'y songe. Je me gardai, comme à mon habitude, de dévoiler mes pensées.

Le garde qui se trouvait au rez-de-chaussée, devant la porte, frappa deux bouts de métal qui résonnèrent en carillon dans l'arène. Les deux concurrents se jetèrent l'un sur l'autre violemment, heurtant leurs corps avec tant de force que je me demandai comment leurs côtes ne se brisaient pas.

Je me sentis pâlir devant cette agressivité. Mais malgré moi, j'avais envie de connaître l'issue du combat. Mon malaise fut donc relayé en seconde position face à ma curiosité, même si la nausée me rattrapa plus d'une fois. Le petit homme frêle se débrouillait mieux que le plus gros, à la surprise générale.

Celui-ci était trop lent et n'avait pas le temps de voir les attaques virulentes du petit homme qui se déplaçait plus vite qu'une *anguille*.

Je retins un cri de terreur lorsque, en passant sous ses membres, le petit homme donna un coup de poing en plein dans l'entrejambe du gros Normal, qui s'effondra aussitôt dans un hurlement de douleur. Je ne comprenais pas vraiment pourquoi cela lui faisait si mal, mais le public, lui, semblait le savoir, puisque tous lâchèrent un hurlement de compassion en huant le petit frêle.

Le garde commença à frapper les secondes. 1… 2… 3.

Dans un effort qui paraissait démesuré, le gros homme se releva et se tourna fébrilement vers son concurrent qui sautillait sur place avec ardeur. En serrant les poings, il poussa un cri de colère qui me fit sursauter, et se précipita vers le petit homme du haut de toute sa masse.

Alors que je fermais déjà les yeux afin de ne pas assister à cette scène plus qu'insupportable, j'entendis le public vociférer à pleins poumons, s'extasier de la victoire du gros homme, quand d'autres huaient le rival, déçus. Les secondes furent comptées à nouveau, et certains encourageaient leur favori à se relever. Je me risquai à ouvrir les paupières et constatai avec étonnement que c'était le gros homme qui se trouvait de nouveau à terre. Le petit frêle poursuivait ses sauts et continuait de battre l'air de gestes précis. Le gros homme semblait assommé, inconscient.

La dixième seconde fut frappée, la foule en délire se leva, brandissant chacun leur butin de pari, criant de joie. Quant à ceux qui avaient misé sur le gros homme, on lisait la déception sur leur visage.

Fyrec se pencha vers moi alors que je tentais de me remettre de l'horreur admirative qui m'avait possédée.

— Le champion du public, le numéro 3, m'expliqua-t-il, combat en dernier le gagnant de toutes les phases. La première phase se compose de deux cognes, celle à laquelle tu viens d'assister et celle qui va se dérouler. Les deux gagnants de ces premières phases s'affrontent ensuite. Et le gagnant rencontre le champion, en dernière phase.

J'acquiesçai en tentant de me souvenir qui était le champion du public, l'adversaire 3.

Et d'après ce que Fyrec m'avait dit, la cogne qui allait survenir à présent se passerait entre le concurrent 1 et Ného. Je pivotai vers Fyrec avec précipitation, mais celui-ci s'était déjà levé pour notifier la prochaine cogne.

— Le participant 1 et 4, à votre tour, annonça Fyrec, la voix légèrement plus tendue qu'à son habitude. Le gagnant de ce combat affrontera le participant 2 au prochain palier.

Le gros homme, toujours pas remis de sa défaite, fut tiré à l'extérieur de l'arène par les gardes de Fyrec. Le petit homme frêle et rapide se réfugia derrière les rambardes d'un bond, et le participant 1 s'avança sur la piste, suivi de Ného.

Mon cœur se serra. C'était là que tout se jouait. Je pris une profonde inspiration afin de tenter de me calmer, mais mon corps refusait de m'écouter. Ou plutôt, les deux bêtes qui se trouvaient enfermées en moi, et qui se nourrissaient de mon angoisse, restaient sourdes à mes supplications.

Le chef du ghetto vint se rasseoir, et le garde tendit les bras en avant afin de sonner le début de la cogne. Ného semblait parfaitement serein, immobile face à son adversaire visiblement envieux de lui donner une bonne raclée. Je remarquai qu'il me lançait un regard, et je fus contrainte de détourner la tête afin de ne pas exploser.

Tous retenaient leur respiration, même la foule. Même Fyrec paraissait anxieux. Tout le monde voulait voir si ce jeune homme insolent arriverait à gagner son pari.

Je fermai les yeux. Le début de la lutte tinta.

Un bruit sourd retentit, suivi d'un autre, plus franc. Quelques secondes de silence, et, toutes en même temps, les trois cents personnes du public hurlèrent de joie. Je me sentis faiblir, mes mains tremblaient, et malgré mes paupières closes, ma tête tournait. Je n'osai pas regarder. Les premières secondes résonnèrent.

Comment allions-nous faire ? J'étais persuadée qu'il avait perdu. Comment aurait-il pu vaincre un tel homme ?

Cinquième seconde. Les cris de bonheur se calmèrent, tout le monde s'essoufflait dans l'attente d'un suspense.

Allez, Népho, relève-toi, pensai-je tandis que tous semblaient compter les secondes, mêlant leurs voix au tintement morbide des deux bouts de métal que frappait le garde.

Neuvième seconde. Pourquoi était-ce si long ?

Lors de la dixième, je portai mon pouce à ma bouche en retenant un sanglot. Non… Népho… Des cris de joie retentirent à nouveau, et j'entendis le vigile sortir le corps inconscient de l'arène. Fyrec posa sa main sur mon épaule. Non… Je ne voulais pas qu'il me rassure.

— Il a gagné, Kialys, me murmura-t-il.

Quoi ? Mes yeux s'ouvrirent brutalement, et mes larmes furent chassées dès que je le vis, au milieu du ring, n'ayant pas bougé ne serait-ce que d'un millimètre, fixant Fyrec fièrement. Bouche bée, ma joie fut trop difficile à retenir, alors que le chef du ghetto se levait à son tour et me rejoignait près de la rambarde.

— Un seul coup de poing a suffi, me détailla Fyrec discrètement. Garde espoir.

Un immense soulagement m'arracha des frissons le long de la nuque. Il avait réussi !

Aussi improbable que de m'imaginer au soleil. Cela avait été presque trop facile pour lui ! Comment était-ce possible ? Comment Ného avait-il neutralisé un homme deux fois plus grand que lui en un seul coup de poing ?

C'était le meilleur. Voilà tout.

Je ne quittais pas mon ami du regard, lorsqu'une étrange sensation me coupa le souffle. Cela se passait dans mon ventre, et aussi un peu dans mon cœur. Je crus d'abord qu'il s'agissait de la bête qui s'acharnait à nouveau sur mes entrailles, mais non.

C'était beaucoup plus doux. Chaud. C'était l'*amour*, sans doute. Je penchai la tête sur le côté, tentant de comprendre exactement en quoi consistait cette sensation. Pourrais-je mettre l'attirance en corrélation avec l'*amour* ? Certainement. J'avais dit qu'il me fallait plus de temps avant de le savoir, mais j'avais l'impression à présent de n'avoir besoin que de lui.

— Prochaine cogne, participant 2 et 4, annonça Fyrec. Le gagnant affrontera le champion.

La foule scanda. Le chef notifia dix minutes de pause. Sans même attendre qu'il m'autorise à partir, je me précipitai vers le garde, surveillant que Ného sortait lui aussi. Le gorille croisa les bras d'un air menaçant, mais j'entendis Fyrec claquer des doigts. Il me laissa passer avec réticence. Je me ruai à l'extérieur de l'arène en courant, dévalai les escaliers et me jetai dans les bras de Ného qui m'attendait.

— Ného ! pleurai-je presque. Tu n'as rien ? Dis-moi que tu n'as rien !

Je me reculai un instant, puis sautai de nouveau à son cou.

— Tu n'as rien… me rassurai-je. J'ai eu tellement peur…

Je me logeai un moment dans ses bras, jusqu'au moment où je me souvins qu'il était torse nu.

— Je t'avais dit que je gagnerais, me répondit Ného d'un air amusé.

— Franchement Ného… hésitai-je. Ne m'en veux pas, mais j'en ai douté. Il te reste une cogne. Et une autre, si tu gagnes celle-ci… Fais attention au participant 2, c'est une vraie…

— Kialys! me coupa-t-il. Je sais, je connais tous ces gens. Comment te sens-tu?

Je baissai furtivement la tête face à cette question, mais me repris immédiatement.

— Bien, mentis-je. Je commence à… m'habituer… enfin… c'est horrible, mais…

— Ne t'en fais pas, je comprends.

Je lui adressai un sourire, qu'il me rendit, et la chaleur de mon ventre se manifesta à nouveau. Comment savoir s'il s'agissait d'*amour*, ou juste d'amitié?

Sans pouvoir donner suite à mes idées, j'entendis la porte du balcon s'ouvrir. Plusieurs personnes étaient sorties pour prendre l'air, ou pour parler aux participants, régler des paris… Les femmes impudiques étaient encore là, et l'une d'entre elles jetait même des regards que je trouvais déplacés à Ného. Mais je n'aurais pu déterminer la nature de ce regard. C'était comme si elle lui offrait quelque chose, mais quoi?

— Bravo, Ného, lança Fyrec à mi-mot afin de n'alerter personne. Continue dans ton élan, et vous n'aurez plus aucun souci…

— Tu ne me crois pas capable de gagner, c'est ça? se vexa Ného.

— Si bien sûr, contre celui-là, c'était évident, répondit Fyrec avec amertume. Mais attends de voir le prochain… Sans parler du champion.

Mon ami ne rétorqua rien et se contenta de serrer les mâchoires. Soudain, une silhouette se détacha derrière lui et sembla s'agiter. Je fus surprise de repérer quelqu'un tenter d'attirer notre attention et remarquai après quelques secondes qu'il s'agissait du gros Stan.

J'interrogeai silencieusement Fyrec, qui indiqua à mon ami d'un geste de la main que le gros Stan se trouvait là. Ného se retourna, perplexe.

— Qu'est-ce qu'il fait là ? marmonna Fyrec.

Sans répondre, Ného se dirigea vers son ami. Le chef et moi-même échangeâmes un regard inquiet.

— Sans doute le plan a-t-il changé ? supposai-je.

— Je n'en sais rien… soupira Fyrec. Je ne pige plus rien…

— Il y a quelque chose que je ne comprends pas non plus, repris-je. Pourquoi ne nous échappons-nous pas maintenant ? C'était ce qui était prévu, non ? Qu'il « m'enlève » et que l'on fuit. Pourquoi ne pas le faire tout de suite, pendant que personne ne fait attention à nous ?

— Vous n'irez pas assez loin, répondit Fyrec. La base de votre évasion peut être improvisée, mais sans véhicule… vous serez rattrapés, soit par mes gardes, soit par les agents de contrôle.

— Mais… continuai-je. Les agents de contrôle ne savent pas que je suis ici…

— Ils le sauront bien assez tôt après votre fuite… d'où la nécessité d'être plus rapide qu'eux.

Sans vraiment comprendre toute la complexité du ghetto et de ces liens avec les Normaux, je détournai les yeux. La discussion que Ného échangeait avec le gros Stan semblait… animée. Celui-ci faisait de grands gestes des bras, et je pouvais, d'ici, lire les traits crispés de son visage.

— Allons-y, le public attend.

Je regardai tristement mon ami en pensant au prochain combat. J'aurais aimé savoir ce qu'ils entreprenaient avec le gros Stan, mais je serais certainement mise au courant plus vite que je ne le concevais.

Afin de jouer son rôle, Fyrec m'attrapa le bras, et je regagnai mon air insondable. J'étais si inquiète, que je ne sentais même plus le sable crisser sous mes pieds.

Nous remontâmes les escaliers et pénétrâmes à nouveau dans le ring trop petit pour contenir tant de spectateurs. Ceux qui étaient sortis en même temps que nous commençaient à reprendre leur place, afin d'être sûrs de ne rater aucune seconde du prochain combat.

Le participant 2, celui que devait affronter Ného dans quelques instants, ne semblait pas avoir encore dépensé le maximum de son énergie et s'impatientait en battant l'air et en courant dans l'arène. J'osais espérer que Ného puisse gagner, même si notre situation était loin d'être arrangée.

Nous prîmes nos places respectives.

L'amphithéâtre était de nouveau plein. Ného rentra à son tour et tout le monde se tut. Fyrec se leva. Sans doute souhaitait-il en finir aussi vite que possible.

— Deuxième palier, participant 2 et 4, dit-il. Mettez-vous en place !

Les deux concurrents se firent face. Mon angoisse reprit lorsque le petit homme rapide et vif se plaça face à Ného, aussi calme que s'il attendait sa mort. Je frissonnai à cette pensée.

— C'est parti ! lança Fyrec.

Le garde sonna le début du combat. La foule en délire sautillait tellement elle anticipait l'issue du match.

Au moment même où résonnait le commencement de la cogne, le petit homme se jeta sur Ného. Il fallait avouer que mon ami était rapide, puisqu'il esquivait toutes les attaques de son adversaire, mais pour le moment, il n'avait fait que se défendre.

J'entendis le public crier pour qu'il se batte, et me rendis compte qu'il n'en avait pas l'intention. À quoi jouait-il ?

La foule huait presque à présent, déçue d'apercevoir Ného se contenter d'éviter sans lutter. Et d'ailleurs, elle n'était pas la seule, puisque plus mon ami agissait de la sorte, plus son rival rougissait de colère. Sans prévenir, après avoir effectué une pirouette sur lui-même, Ného se retourna et administra un coup de poing en pleine mâchoire de son concurrent.

Malgré la violence de cette scène, je ne pus m'empêcher de me réjouir et esquissai même un sourire, une lueur d'espoir dans les yeux.

Mais l'adversaire de Ného était coriace. Il se releva juste après que ses mains eurent effleuré le sol. Le public était heureux. Il avait eu ce qu'il souhaitait. De la cogne. Des hurlements de joies et d'encouragement fusaient alors que le petit homme se lançait à nouveau sur Ného.

Là, guidé par sa colère, il donna un coup de poing à Ného, qui en fut déstabilisé mais ne tomba pas. J'eus envie de lui crier de tenir le choc, mais me retins à cause de Fyrec et de son garde.

Je me contentai de serrer mes mains moites et d'attendre que la bête qui me rongeait ait accompli son travail.

À peine Neho avait-il encaissé le coup, qu'il se jeta à son tour sur son concurrent, et, en un coup de coude sur la tête, l'assomma. La foule hurla de joie, si bien que le compte des secondes ne s'entendait que difficilement.

Du haut de mon balcon, l'œil rivé sur la scène, je portai mes poings à ma bouche, priant pour que le petit homme ne se relève pas. Neho, lui, se contentait de faire les cent pas autour de son adversaire affalé sur le sol, serrant et desserrant ses mains.

La dixième seconde sonna, et les cris de joie s'intensifièrent.

Neho devrait combattre le champion. Fyrec se leva, et la foule cessa ses cris.

— Participant 4 vainqueur ! dit-il avec une joie non dissimulée. Prochaine cogne, participant 4 contre participant 3, le champion !

Le public scanda de nouveau, et Fyrec vint se rasseoir. Pas de pause, cette fois-ci ? Non, pas de pause. Le champion s'avança dans l'arène et provoqua Neho d'un air mauvais. Il n'était pas beaucoup plus impressionnant que lui, mais son attitude, elle, laissait entendre qu'il comptait bien conserver son titre.

Comme à son habitude, mon ami semblait très calme. Il se contentait de s'échauffer en sautillant de temps à autre, mais poursuivait sa ronde de cent pas. Le champion faisait rouler ses muscles sous sa peau et frappait brutalement ses poings l'un contre l'autre, comme pour les préparer au choc qu'ils allaient subir en cognant Neho.

Je me renfonçai un peu plus dans mon siège, la tension de mon estomac et de mon cœur n'ayant visiblement aucune envie de me laisser en paix.

Je fixai le garde au rez-de-chaussée, redoutant le moment où le début de la cogne sonnerait. Fyrec, le menton appuyé sur sa paume, semblait presque aussi inquiet que moi.

Soudain, sans prévenir, l'ouverture du combat s'annonça. Je me pétrifiai plus encore quand je remarquai avec horreur Ného qui se jetait sur le champion. Pourquoi avait-il changé sa stratégie ? Pourquoi attaquer alors qu'il gagnait en se défendant ?

En tout cas, cela eut pour effet de surprendre le champion, mais il ne se laissa pas avoir pour autant et engagea un corps à corps violent avec Ného. Malgré moi, je me sentis rougir, au milieu de toute cette rage et cette angoisse. Ce n'était pas vraiment un sentiment auquel je m'attendais, mais peut-être la vue de ces deux corps presque entièrement dévoilés y était pour quelque chose.

Je n'y prêtai pourtant pas attention et concentrai mon regard sur le duel. Si Ného gagnait, nous serions libres.

Mais au moment même où je pensai cette phrase, le champion frappa violemment mon ami au visage. Un cri de douleur émana du public compatissant. Ného s'aplatit sur le sol, contre l'expectative de tous. Sous le choc, je sursautai.

La première seconde sonna.

— Allez, relève-toi… murmurai-je.

Deuxième seconde.

— S'il te plaît, ne me laisse pas tomber…

Le champion se réjouissait déjà alors que Ného semblait éprouver des difficultés à se relever.

Cinquième seconde. *Allez, allez !* pensai-je. La foule elle-même paraissait l'encourager, mais je n'aurais pu l'affirmer tant j'étais concentrée sur lui.

Septième seconde. L'auditoire hurla son nom en même temps, abandonnant le champion au milieu de l'arène, désemparé d'assister au désengagement de ses supporters.

Huitième seconde.

Précipitamment, je me levai, malgré la main de Fyrec qui tenta de m'en empêcher.

— Relève-toi, Némo ! criai-je en même temps que le public.

Dixième seconde. C'était trop tard. Némo était presque debout, redressé sur ses coudes, face au sol. Une seconde de plus et il aurait eu une chance de gagner. La foule émit un soupir de déception. Mais il n'était sûrement pas aussi fort que le mien.

Devais-je vraiment décrire les expressions qui devaient défiler sur mon visage ? Elles y étaient toutes passées, elles avaient toutes laissé une trace dans mon cœur.

Je m'effondrai sur le sol, et Némo se mit à genoux, certainement plus furieux contre lui-même que n'importe qui d'autre ici. Son adversaire leva magistralement les bras en l'air, fier d'avoir mis fin à un champion avant même qu'il ne naisse.

Mais le public n'y prêta même pas attention. Tous quittaient l'arène, déçus. Seules une ou deux personnes se réjouissaient encore de ce malheur. Némo, au milieu du ring de sable noir, se prit le visage dans les mains, puis frappa violemment le sol, une désillusion cuisante lisible sur la figure.

Je sentis les doigts de Fyrec sur mon épaule. Nous devions partir. Sans même lui adresser un regard, je me relevai. Je n'avais qu'à peine remarqué les larmes chaudes qui déversaient leur colère et leur tristesse sur mes joues. Sans doute était-ce le contrecoup. Le contrecoup que Némo avait reçu, celui que le stress m'avait donné, celui que l'espoir m'avait dessiné.

Le contrecoup d'une angoisse, le contrecoup de deux vies qui s'échappaient en fumée. Les rêves m'avaient bien attirée, avec leurs yeux de biche et leur couleur sucrée. Et voilà qu'ils me plantaient un couteau en plein cœur.

Chapitre 17

Presque mortifiée, je descendais les escaliers au bras de Fyrec. Je n'avais plus besoin de me forcer pour n'avoir aucune expression sur le visage. Je me sentais épuisée, désabusée. Toutes ces souffrances pour rien, toute cette violence dans le vide. Je n'en voulais pas à Ného, je m'en voulais à moi-même d'avoir pu espérer que cela fut possible. Et maintenant, qu'allait-il se passer ? Qu'allais-je faire, une fois au laboratoire, au centre de recherche ? Et Ného ? Qu'allait-il devenir ?

La plupart de ceux qui faisaient partie du public saluèrent chaque combattant, tandis que certains adressaient avec aigreur leurs félicitations au champion. Et Ného ? Où se trouvait-il ?

Je tournai vaguement la tête vers l'entrée de l'arène et l'aperçus sortir. Je ralentissai. Une marche de plus me priverait de le voir. Fyrec s'immobilisa lui aussi, surpris. Il suivit mon regard, et lorsque ses yeux s'arrêtèrent sur Ného à son tour, il soupira. Le gros Stan arriva et donna une légère tape dans le dos de mon ami, avant de le serrer dans ses bras.

Tant d'espoirs gâchés.

Contrainte par Fyrec de quitter Ného des yeux, nous plongeâmes dans la foule, nous faisant, de temps à autre, interpeller. Un seul garde nous protégeait. J'en déduisis que l'autre était chargé de ramener Ného.

Un nouveau frisson me donna envie de vomir.

Ce n'était pas juste, mais il fallait s'en contenter, à présent.

Soudain, un murmure de panique s'empara du public. Je revins à moi. Que se passait-il ? Pourquoi couraient-ils tous de cette manière ? J'échangeai un regard curieux avec Fyrec, et nous nous retournâmes tous deux en même temps, au milieu de ce mouvement de foule qui souhaitait nous emporter dans sa fougue. Je levai le menton afin d'y voir quelque chose, malgré les nombreuses personnes qui me bousculaient, mais n'aperçus rien d'autre que les derniers spectateurs s'avancer vers nous en galopant.

— Les agents de contrôle ! nous avertit un Corbeau. Ils sont là !

Mon sang ne fit qu'un tour. Ného arriva subitement en face de nous.

— Dépêche-toi ! me cria-t-il en me prenant la main.

Quoi ? Je n'eus pas le temps de réfléchir. Ného se mit à courir. Mais Fyrec ne souhaitait pas lâcher mon bras. Alors que je progressais avec Ného, je me sentis brusquement interrompue dans mon élan.

— Fyrec ! suppliai-je. Qu'est-ce que tu fais ?

— Tu ne pourras pas les fuir, Kialys, marmonna-t-il avec tristesse. Nous avons échoué.

— Qu'est-ce que tu racontes ? intervint Ného en revenant sur ses pas. Soit on fuit maintenant, et tu trouves une excuse à donner aux autres pour justifier notre disparition, soit on se fait tuer !

Fyrec baissa la tête. Sa main desserrait petit à petit l'étau qui emprisonnait mon bras. Brutalement, il me lâcha et se précipita à la rencontre des agents. Ného et moi eûmes besoin de quelques secondes avant de réaliser que nous pouvions nous enfuir.

— Allez ! cria-t-il au milieu de la foule en me tirant le poignet.

Je le suivis, tentant de ne pas heurter trop de personnes, mais étant donné qu'on se dirigeait vers le mur, et à contrecourant, ce n'était pas chose aisée.

— Ného ! tâchai-je de lui parler. Que comptes-tu faire ? Nous n'avons…

— Fais-moi confiance !

Nous quittâmes enfin le flot paniqué de la foule et courûmes vers le mur d'enceinte. Sans attendre, Ného me fit passer devant lui et m'obligea à grimper. Je n'avais aucune idée du plan qu'il était en train d'établir dans son esprit, mais une chose était sûre : je préférais essayer de fuir plutôt que de me résoudre à vivre en tant qu'expérience.

Plutôt que de me résigner à redevenir Normale. Une lueur d'effroi me saisit alors que j'escaladais le mur lentement, mais avec assurance. Je ne voulais plus être Normale. Je ne l'étais déjà plus. Cela m'avait pris seize ans pour me sentir chez moi au milieu d'eux, et quelques jours pour me sentir mieux encore dans le ghetto. Avais-je une nature violente ? Aimais-je tout ce qui était illégal ?

Non, j'aimais seulement la vérité.

Ného m'encouragea à grimper plus vite, et je m'appliquai à accélérer mon allure. Je jetai un regard par-dessus mon épaule et aperçus, derrière l'arène, Fyrec parler durement avec les agents de contrôle. Ils étaient au moins dix, voire plus.

Mais je n'eus pas le temps de déceler d'autres détails, car mon pied nu glissa sur la pierre noire du mur et je dus me rattraper de justesse afin de ne pas tomber. Déjà, j'exhalais le froid de la nuit, inefficace au sein du ghetto en raison des parois, mais qui semblait avide de nous avaler, maintenant qu'il savait que nous sortions de notre cocon.

J'agrippai finalement le sommet et eus une sensation étrange en pensant que la chambre où je résidais, chez Fyrec, se trouvait probablement en dessous de nous. Népho me rejoignit. Il frissonnait à cause du froid. Moi, non, malgré ma robe légère. J'étais bien trop stressée pour le sentir.

Heureusement, nous n'avions pas à nous soucier des caméras de surveillance, puisqu'on se trouvait dans le ghetto. Enfin, sur le mur d'enceinte du ghetto. En nous lançant un regard complice, nous nous laissâmes glisser le long de la paroi et atterrîmes au pied du désert noir. La nuit était couverte, ce jour-là, et je craignais même qu'il pleuve.

Malgré mes pieds nus déjà irrités, je courais aussi vite que possible sur les graviers. Népho me tirait la main, mais comme il filait plus rapidement que moi, je manquai plusieurs fois de tomber. Brusquement, il changea de direction. Je ralentis l'allure et m'étonnai de voir qu'il me conduisait vers le véhicule accidenté.

— Qu'est-ce que tu fais ? m'enquis-je.

— Les agents de contrôle nous croient au ghetto, Kialys, me répondit-il. Personne ne viendra nous chercher là-bas. Et puis, qui sait, peut-être découvriras-tu des explications…

Peu convaincue, je le suivis tout de même, mais c'était surtout son dernier argument qui pesait. Nous n'avions jamais pensé, avant aujourd'hui, qu'il était possible que des indices se trouvent dans le véhicule lui-même.

Des indices sur ma mutation, évidemment.

À ce moment-là, nous étions si enivrés de liberté, que nous ne nous souciions pas de ce qui pourrait nous attendre.

Déjà, j'entrevoyais la silhouette du véhicule qui se dessinait de l'autre côté de la courbe du mur d'enceinte. Ného ralentit furtivement l'allure. Après avoir vérifié que personne ne nous surprendrait, il reprit sa course de plus belle. Nous y fûmes en quelques foulées.

Nous traversâmes les dents de fer du monstre endormi, pénétrâmes dans ce lieu lugubre où tout avait commencé, et nous effondrâmes sur le sol, essoufflés. La fumée du premier soir avait amplement eu le temps de se dissiper. Nous pouvions désormais découvrir la pièce dans son ensemble. Le cadavre de l'homme avait bien sûr disparu, récupéré par les chercheurs.

Mais rien d'autre ne semblait manquer.

C'était étrange de revenir ici. J'avais presque la sensation de retourner dans le passé, avec l'impression d'avoir le droit à une deuxième chance. Comme si, en pénétrant dans le vaisseau, celui-ci nous avait prévenus de tout ce qui allait se produire si nous nous engagions plus loin dans son ventre, avant de nous réveiller.

Mais en baissant les yeux, je constatai avec tristesse que j'étais bien habillée avec les vêtements que Clani et Shema m'avaient fournis, et que Ného, torse nu, portait encore les traces du tournoi de cogne.

— Es-tu sûr que personne ne viendra ici ? lui demandai-je en inspirant profondément.

— Pratiquement, me répondit-il.

J'acquiesçai et regardai à nouveau autour de moi.

Nous n'avions pas grand espoir, si nous restions ici. Quelqu'un finirait bien par revenir explorer l'antre de la bête. Mais au moins Neho avait raison, la nuit nous ne risquions rien. C'était surtout pour le lendemain matin que je m'inquiétais, une fois que le soleil se lèverait. Nous serions piégés, exactement comme dans les égouts, ou comme chez Fyrec.

— Que te disait le gros Stan ? lui demandai-je.

Il se redressa légèrement et racla sa gorge comme s'il souhaitait s'éclaircir les idées.

— Il me traitait d'imbécile, répondit-il en souriant. Mais je crois que c'est lui qui a prévenu les agents de contrôle.

— Pourquoi ? m'étonnai-je.

— Pour nous donner une chance de partir, affirma-t-il, sûr de lui.

J'émis un murmure afin de lui signifier que c'était probable. Le gros Stan était bien capable de faire ce genre de choses. Il l'avait déjà fait, d'ailleurs.

— Tu devrais chercher si tu trouves quelque chose, me conseilla Neho.

Je me tournai vers les centaines de dossiers étalés sur le sol. Pas un seul n'avait été épargné par l'accident. Certains étaient coupés en deux, d'autres à moitié brûlés, ou chiffonnés. J'avais peu d'espoir de retrouver une information dans ce chaos.

Pourtant, la curiosité me piqua, et je dus me lever pour la satisfaire. Ne sachant par où commencer, je cherchai le soutien de Neho, qui haussa les épaules.

C'était étrange, comme si nous étions hors du temps. Nous aurions pu passer notre nuit à courir, afin de tenter de rejoindre la ville la plus proche avant le lever du soleil, mais non. Nous avions décidé de venir ici.

Comme si, une fois à cet endroit, tous nos doutes et toutes nos questions n'appartiendraient enfin qu'au passé.

J'avançai prudemment dans le vaisseau. Des restes de dossiers jonchaient le sol et les bureaux. Les lumières qui clignotaient encore juste après l'accident avaient cessé leur frénésie, et le noir presque complet régnait, bien qu'une légère lueur blanchâtre ait, semble-t-il, été installée par les agents de contrôle qui avait exploré ce vaisseau. Je passai en frissonnant devant la cuve qui avait été avancée de quelques centimètres. Je me retournai vers Ného, l'implorant de me fournir de l'aide. Dans un soupir, il se leva à son tour et agrippa le premier dossier, le plus proche. Il l'ouvrit et le parcourut rapidement, avant de le jeter sur le côté en haussant les épaules.

— Je ne comprends rien à ce qui est écrit, précisa-t-il.

Il en attrapa un autre et le feuilleta avant de le balancer à son tour.

— Ça doit être la langue de l'homme… Je ne sais pas la déchiffrer.

Je plissai les paupières, une étrange idée me traversant l'esprit. Ného s'avança vers moi, il me tendit le dossier. Je m'en emparai Fébrilement, l'ouvris à mon tour et effleurai du bout des doigts les pages rongées par le feu. Les symboles qui s'alignaient les uns à côté des autres devaient effectivement venir du langage de l'homme. Je levai les yeux vers Ného, pas certaine de devoir lui parler de ce que je mourais d'envie de lui dire.

— Il faut que je t'avoue quelque chose, dis-je en refermant le dossier, une indéniable tension dans la voix.

Il acquiesça afin de me signifier qu'il était prêt à m'écouter et s'appuya contre l'un des murs qui se craquela sous son poids.

— Tu sais que… à cause de ma… mutation, expliquai-je, je suis devenue comme cet homme que nous avons trouvé ici.

— Oui, répondit Ného. Tes gènes ont changé, ça, je le sais.

Il parut impatient, comme s'il ne comprenait pas pourquoi j'abordais à nouveau ce sujet.

— Disons que… repris-je. Il n'y a pas que mes gènes qui ont changé.

Son regard se perdit dans le vide. Il décroisa les bras et prit un air inquiet, mais je levai les mains devant moi afin de calmer son imagination.

— Ne t'en fais pas, ce n'est rien de grave, m'empressai-je de dire. J'ai… disons… des « visions ».

— Des visions ?

Je soupirai. Cela n'allait pas être facile de lui expliquer clairement ce qui se passait au sein de mon cerveau.

— Ce sont plus comme des souvenirs, avouai-je. Mais ce ne sont pas les miens. Enfin, ce sont les miens, mais…

— Kialys, je ne comprends rien, me coupa-t-il.

— Bon, disons que je vois des choses, précisai-je plus brièvement. Des choses qui ne viennent pas de ce monde. Je pense que je vois le monde de cet homme.

Ného se raidit.

— Je sais, repris-je. Cela paraît étrange, mais il faut que tu me croies… C'est comme si j'y étais ! Et si tu savais comme c'est beau ! Pas seulement au niveau des paysages, mais au niveau des lois, des règlements ! Les Corbeaux et les Normaux vivent ensemble là-bas ! Ils peuvent même s'aimer !

— Je crois que tu es sous le choc, me répondit Ného, réellement inquiet.

— Non ! répondis-je. Je le vois en rêve, je vois des tonnes de gens tous différents, comme au ghetto ! Sauf que c'est partout comme ça ! Et les Corbeaux peuvent vivre au soleil, comme s'ils ne le craignaient pas ! Comment crois-tu que je connaissais toutes ces informations que j'ai fournies au scientifique ?

Mon ami sembla hésiter un instant, puis haussa les épaules.

— Je n'en sais rien, répondit-il. J'avais pensé au coup de génie…

— Non, Ného. Ma mutation ne s'arrête pas à mon physique, sinon, je m'en ficherais. Je veux comprendre… d'autres choses. Pourquoi je vois ce monde, par exemple ? C'est comme ça que j'ai su ce qu'était l'attirance, également !

— Je ne comprends pas comment… dit-il après un moment d'hésitation. Comment est-ce possible ?

— Justement, j'aimerais le savoir… murmurai-je. Je dois découvrir comment ce gaz a fonctionné sur moi, mais en plus, pourquoi à présent j'ai des souvenirs d'un autre monde ! Oh, et… je connais certains de leurs mots, aussi.

— Quoi ?

Ného semblait soudain bien plus étonné et intéressé.

— Oui… repris-je. Par exemple… je ne sais pas moi, te souviens-tu quand j'ai dit « fument » chez Fyrec ?

Il acquiesça d'un air grave. Je me souvins de la réaction qu'il avait eue, à ce moment-là. La surprise, l'incompréhension. Autant d'attitudes qui pouvaient se lire sur son visage à présent.

— C'est un mot de leur langue, expliquai-je. Je ne sais pas le traduire dans la nôtre… Mais je peux te donner d'autres exemples… l'attirance, par exemple, se traduit par *amour*…

— *Amour* ? répéta Ného. C'est joli.

Je lui souris. Il me croyait. Sans doute me trouvait-il plus effrayante encore qu'auparavant, mais il me croyait.

— Pourquoi n'essayes-tu pas de décrypter les dossiers ? me demanda-t-il.

Je savais qu'il s'agissait d'écriture, ou d'une forme de langage, mais j'étais incapable de les lire. Je connaissais certains mots – *de plus en plus, d'ailleurs* – à l'oral, mais je n'avais aucune idée de la manière dont ils s'orthographiaient et encore moins de la manière dont je devais les déchiffrer.

Je relevai les yeux vers Ného et baissai les épaules.

— Je ne peux pas, Ného… soupirai-je.

— Tu n'as même pas essayé ! me reprocha-t-il en haussant l'archive sous mon nez.

— Ça ne sert à rien ! Je ne peux pas les lire !

Il serra les dents et se détourna en se passant la main dans les cheveux.

— Les réponses que tu cherches sont peut-être là, Kialys… dit-il en me désignant les dossiers de l'index. Si tu as des souvenirs et que des mots te viennent en tête… Je ne sais pas… Peut-être que tu pourrais avoir des souvenirs d'enseignement ?

Ce n'était pas idiot. La femme que je voyais dans mes souvenirs, celle que j'interprétais, avait forcément appris à lire… voire à écrire. Peut-être pourrais-je tenter, en provoquant un genre de demi-sommeil, de contrôler mes mémoires afin de les diriger vers quelque chose que je souhaitais savoir, plutôt que de les laisser voguer n'importe où.

— Ce qui me semble le plus étrange, repris-je, c'est que… ce ne sont pas mes souvenirs, j'incarne une femme. Une femme qui me ressemble…

— Comment ça ?

Sentant que je comprenais quelque chose, je m'assis sur l'un des nombreux débris du plafond, tombé sur le sol.

— Elle est blonde, expliquai-je, a la même peau que moi, et les yeux verts... C'est comme si... comme si je devenais elle. Avec ses souvenirs et son langage.

Ného s'immobilisa quelques instants. Je savais qu'il saisissait le sens de ce que je disais. Je ne voulais pas vraiment dire que je me muais en elle, mais plutôt que je me transformais en quelqu'un de similaire à elle.

La raison pour laquelle je partageais une portion de ses pensées et comprenais sa langue m'était inconnue. J'étais extérieure à cette femme, même si les sentiments qu'elle avait éprouvés lors des événements auxquels j'assistais faisaient eux aussi partie du souvenir.

Je les ressentais, tout en sachant que ce n'était pas moi qui les concevais. Un peu comme... comme si... je regardais un *film*.

Je vérifiai du coin de l'œil l'expression de Ného, et jugeai préférable de ne pas lui parler de ce nouveau mot. *Film*. C'était un concept qui n'existait pas chez nous, et j'arrivais à peine à comprendre exactement de quoi il s'agissait, même si je le percevais parfaitement.

D'ailleurs, j'avais déjà vu un film, lors d'un de mes rêves, chez Fyrec. Un film où l'*amour* me semblait être le thème principal. *Une histoire d'amour.*

— Sais-tu qui elle est ? me demanda-t-il brusquement, si bien que j'en sursautai.

Je lui répondis que non et replongeai dans les mémoires de mes souvenirs – *c'était curieux, comme sensation, un peu comme lorsqu'on rêve dans notre rêve.*

— Je me souviens l'avoir vue, enfin, m'être vue... commençai-je. Bref, elle se rendait dans un bâtiment blanc, avec de longues *fenêtres*, sur lequel trônait le même symbole que sur ce véhicule... Elle le portait également sur ses vêtements.

— Tu penses qu'elle travaillait pour eux ?

— Je n'en sais rien, hésitai-je. Mais c'est certain qu'elle a un lien avec ce vaisseau et ma mutation.

Il parut indécis, voire confus. Il savait tout, à présent. Et il demeurait tout de même près de moi. Je n'étais pas sûre d'en avoir fait autant pour lui. Quoique...

— Je ne te fais pas peur ? osai-je lui demander.

— Bien sûr que non ! s'indigna-t-il. Tu n'y es pour rien... Et je te l'ai déjà dit, peu importe comment tu es, ce que tu penses ou les visions que tu as... Tu restes toi.

Je lui souris faiblement. J'étais contente de sa réponse, mais je savais que cette expérience m'avait changée. Physiquement, c'était une certitude. Mais à l'intérieur aussi. J'étais moins naïve, moins centrée sur moi-même.

Moins égoïste.

Grâce aux pensées intrusives, mais aussi grâce au ghetto. Si je n'avais pas muté, jamais je n'aurais pu traverser tout cela. J'en étais heureuse, à ce moment-là. La vie que je menais auparavant semblait tellement morne, à côté de celle que je subissais maintenant. Tout paraissait gris, dans mes souvenirs. Mes vrais souvenirs. Alors qu'à présent, la couleur était présente dans chaque pierre.

— Essaye de lire les dossiers, reprit Népho après quelques instants.

Et si cela ne fonctionnait pas ? Et si je n'y parvenais pas ?

Je baissai les yeux sur le dossier, étudiant ces *lettres* qui avaient l'air de me narguer. Je savais qu'elles renfermaient un secret Important. J'étais sans doute capable de les déchiffrer, mais la peur me troublait et m'empêchait d'y voir clair dans ces lignes. Si seulement j'avais cédé à mes pulsions, chez Fyrec, et que j'avais écrit quelques mots sur cette feuille blanche. Peut-être aurais-je pu entamer l'apprentissage de cette langue manuscrite.

— Tu sais, dit Ného. Si tu ressembles à cette femme et que tu partages des souvenirs avec elle, c'est peut-être que…

— C'est peut-être que quoi ? insistai-je.

— Eh bien… Le chercheur t'a dit que tes gènes se sont modifiés, que tu es devenue de la… « même espèce » que le cadavre… et ta mutation te rapproche de la femme que tu vois dans tes souvenirs, ou rêves, enfin, peu importe… Ce que je veux dire, c'est que si tes gènes se sont altérés, c'est… que tu as reçu quelque chose : le gaz. Ce gaz possédait forcément une propriété en rapport avec les gènes et cette femme.

— Oui, ça, je le savais, enfin, c'est une supposition, mais…

Les yeux dans le vide, j'eus une illumination.

— … son ADN…

— Je ne sais pas comment c'est possible, répondit Ného, mais il y a des chances pour que tu aies reçu le code génétique de cette femme… Enfin, tout semble l'indiquer, en tout cas. En revanche, concernant les souvenirs… je n'en sais rien.

Je me mordis la lèvre inférieure. Cela serait tellement plus simple, si je savais déjà décoder ces lignes. Mais quand bien même je pourrais les lire, cela me prendrait des heures pour retrouver un dossier en rapport avec ce que je cherche.

À moins que…

— Plutôt que d'essayer de déchiffrer, je peux tenter de poursuivre mon dernier rêve. Celui dans lequel je vois la femme entrer dans… ce bâtiment nommé NASA.

Il jeta un rapide coup d'œil derrière son épaule.

— Je ne sais pas si nous avons assez de temps… hésita-t-il.

— C'est la seule solution. Le gros Stan n'a pas encore déniché de véhicule, n'est-ce pas ?

Il secoua la tête en signe de réponse.

— Il faut que je teste, insistai-je. Si je ne trouve rien de plus, je m'efforcerai de lire. Mais je pourrais au moins tâcher de me souvenir du dossier important… Il y en a des centaines ici, ça me prendrait des heures de les trier !

Il sembla hésiter un instant, se passa la main dans les cheveux et soupira.

— Très bien, dit-il. Mais essaye de faire vite.

Je lui souris. Je ne pouvais pas lui promettre d'aller rapidement, mais j'étais persuadée d'obtenir plus de résultats de cette manière qu'en tentant de déchiffrer cette langue inconnue.

Je posai le dossier à mes pieds et me levai. Difficilement, en raison de la robe dont j'étais vêtue, je m'allongeai sur le sol.

— Jolie tenue, au fait, me taquina Ného.

— Tu peux parler, rétorquai-je dans un sourire.

Il me le rendit et me caressa les cheveux tandis que je me roulais en boule.

Je fermai les paupières, et, bien que je ne sois pas réellement fatiguée, me sentis d'emblée détendue. Les émotions que j'avais subies, ce soir-là ainsi que les six derniers jours devaient avoir leur part de responsabilité dans mon manque d'énergie.

Non sans une certaine angoisse, je tentais de dessiner sous mes paupières le visage de l'inconnue que j'incarnais à chaque fois. Même si nous avions la même couleur de cheveux, d'yeux et de peau, son visage était différent du mien. Il était plus carré, la mâchoire moins ronde. Son nez était droit quand le mien était légèrement retroussé. Ses yeux étaient semblables à ceux d'un *chat*, tandis que les miens se rapprochaient de ceux d'une *biche*. Elle avait un front court et plat, alors que le mien était sphérique et plus allongé.

Sa carrure n'était pas la même que la mienne, non plus. Sans être trop large, on devinait, en l'observant, qu'elle avait une musculature importante. Ses épaules étaient plus épaisses que les miennes, et sa poitrine légèrement plus généreuse. Ses hanches avaient déjà enfanté, je le sentais quand elle marchait. J'avais encore le corps d'une jeune fille, alors qu'elle possédait celui d'une femme.

Alors que je l'imaginais progressivement, la scène commença à apparaître sous mes paupières. D'abord floue, mais de plus en plus précise. Je m'efforçai de plonger un peu plus dans mon « rêve ». Les images n'étaient pas la seule chose importante. Il fallait que j'écoute.

Quelqu'un m'appela, derrière moi, alors que ma vue n'était pas tout à fait rétablie. J'essayai d'ouvrir les yeux, mais rien n'y faisait, cela ne fonctionnait pas. Dès qu'un cil découvrait mes iris, j'étais aveuglée. Je plaçai mon bras en visière.

— Cathy ? répéta-t-on. Tu m'entends ?

J'esquissai un signe pour signifier que oui. Ce fut uniquement à ce moment-là que je me rendis compte que je rêvais, et je sentis mon corps sursauter dans mon sommeil.

Les paupières s'ouvrirent enfin, et j'aperçus la main de l'inconnue au-dessus d'elle, mordue par la lumière de toute part. Je tentai de me redresser, mais quelqu'un m'en empêcha.

— Oh je t'en prie, Doc, râla-t-elle d'une voix grave, féminine et chantante. Tu sais bien que je suis plus forte que ce que tu crois.

— Je sais, répondit une voix masculine, sans doute celle de « doc ». Mais c'est la procédure, je n'ai pas le choix.

— As-tu eu ce que tu voulais ? s'enquit l'inconnue.

— Oui, sans problème.

Elle sourit, et personne ne l'empêcha de se relever.

— Quelle est la suite du processus ? demanda-t-elle, sa vision s'adaptant petit à petit à la luminosité.

Je remarquai qu'elle se trouvait dans un laboratoire. Un cabinet de guérisseur, peut-être.

— Eh bien, je vais devoir rédiger mon rapport, répondit Doc, et vérifier que l'inclusion au gaz se passe bien.

Le guérisseur lui adressa un sourire. Moi, je me figeai intérieurement. Avait-il parlé de gaz ? Qu'avait-il prélevé sur elle ?

De l'ADN ?

Je n'eus pas le temps de réfléchir plus amplement, car, paniquée, j'apercevais que l'inconnue se levait et se dirigeait vers la porte de sortie.

— Oh ! Cathy ? l'interpella Doc.

Elle se retourna, et je repérai le guérisseur qui lui adressait un sourire.

— Je joindrais mon rapport au dossier plus tard… Veux-tu bien le déposer chez Franck ? Je me suis dit que ce ne serait pas un problème, pour toi…

— Ne t'en fais pas, Doc, répondit-elle en s'emparant du dossier, ça ne me pose aucun souci.

Je sentis qu'elle riait et elle lui serra la main.

J'aurais voulu apercevoir le dossier, contempler s'il avait une couleur particulière, ou une inscription spéciale… mais l'archive était tenue fermement sous son bras. Il était épais. C'était déjà une bonne indication.

Elle s'engagea de nouveau dans le couloir aux innombrables images de *navettes spatiales*, et les examina avec une certaine satisfaction. Elle s'arrêta face à la dernière. Celle au-dessus de laquelle 2125 était notée.

— Bientôt, je serais là-dedans ! se réjouit-elle.

Elle était profondément heureuse, fière. Dans une longue inspiration, elle se détourna de la photo et poursuivit sa route dans la même direction qu'au début, avant de pénétrer dans le cabinet du guérisseur. Un autre couloir se présenta, sur sa droite, et elle s'y engagea. Ce couloir était différent, cependant. Les murs étaient transparents. Sans doute était-il fait de *verre*.

Elle chercha rapidement derrière l'un d'entre eux, et j'aperçus un bureau. Un homme y était accoudé au milieu d'une grande pièce. C'était une personne à la peau marron. Celui qui l'avait embrassée. Ils travaillaient là, certainement. Elle s'arrêta quelques instants face à la *porte vitrée* et observa avec tendresse l'individu plongé dans son travail. Après quelques secondes, elle frappa.

Il leva la tête, surpris, et sourit aussitôt qu'il la vit. Poussant la porte, elle lâcha un profond soupir et pénétra dans le cabinet d'une démarche chaloupée.

— Un dossier de la part de Doc, dit-elle d'un air *séducteur*.
Les mots me venaient aussi facilement que les images.

— Ça concerne la prochaine mission ? demanda l'homme.

— Effectivement !

Elle posa l'archive sur le bureau, et je pus enfin l'apercevoir.

Il était contenu dans ce qui ressemblait à un papier jaune, où y étaient inscrites les *lettres* « e-s-p-e-r-a-n-z-a ». Je m'étonnai. Ce mot n'était pas de sa langue. J'en déduisis qu'il y avait, sur ce monde, plusieurs langages, comme chez moi.

— Il a réussi à extraire ce qu'il fallait, dit-elle d'un air presque las. Visiblement, il effectue encore des recherches pour l'inclure au gaz, mais d'après ce qu'il me dit, il n'a plus grand-chose à faire… Il m'a dit qu'il intégrerait son rapport plus tard.

L'homme ne répondit pas, mais lui adressa un large sourire.

— J'ai hâte d'être à ce soir, lui dit-il.

Elle s'avança vers lui et l'embrassa tendrement. Je ne pus m'empêcher d'être gênée, même si cela était agréable pour elle.

— Je dois aller voir Derreck, dit-elle en lui caressant la joue.

— Très bien.

Sur ces mots, elle se retourna et se dirigea à nouveau vers le couloir de verre. Je ne savais pas qui était Derreck, mais, déjà, je sentais qu'il était important.

Cependant, au moment où elle marchait le long des parois transparentes, ma perception commença à se voiler. Je râlai intérieurement, alors que je me réveillais de plus en plus.

— Alors ? me demanda Ného avant même que j'ouvre les yeux.

Je me redressai, au milieu du vaisseau, et un frisson me parcourut. Il était étrange de se trouver à deux endroits en même temps…

— Je sais à quoi ressemble le dossier, répondis-je. Et je sais que la femme a un rapport avec le gaz.

Ného m'adressa un regard plein d'espoir.

— Tu pourrais décrire le dossier ? me demanda-t-il.

— Oui. Il est enveloppé dans un papier jaune, et des lettres sont inscrites dessus… mais je ne suis pas sûre qu'il soit ici…

— Des lettres ? s'étonna Ného, semblant comprendre instinctivement ce que signifiait ce mot. Tu serais capable de les écrire ?

Sans attendre ma réponse, il chercha quelque chose qui pourrait me servir d'encreur, et je ramassai une feuille afin d'y noter les caractères que j'avais aperçus. Il trouva un genre de bâton de bois cassé en deux, mais dont le bout était en pointe et plus sombre. Il le testa sur un des dossiers et me le tendit.

Je me penchai sur la page et y inscrivis les lettres. Ného vint me rejoindre et s'inclina sur mon écriture.

— E-s-p-e-r-a-n-z-a, lui expliquai-je. Je peux lire les lettres séparément, mais je ne sais pas ce que ça signifie…

Perplexe, il étudia les caractères, puis les archives.

— Attends, l'arrêtai-je en plein élan.

Ného se retourna vers moi, surpris, et m'interrogea en silence.

— On ne sait pas s'il est ici, dis-je. Je peux essayer de le savoir, si tu veux…

— On a déjà perdu beaucoup de temps, Kialys…

— Nous en gaspillerons encore plus si nous cherchons ici pour rien !

— Kialys…

— Si quelque chose approche, réveille-moi, dis-je en me recouchant.

— Je... Je suis content de t'aider, me dit-il. J'espère que l'on comprendra rapidement ce qu'il t'est arrivé.

Je lui répondis par un sourire. Il était si prévenant. Sans aucune raison apparente, mon regard se pencha sur ses lèvres.

Je ne savais pas pourquoi, mais j'avais une terrible envie d'y poser les miennes. J'avais envie de l'*embrasser*. Cette simple pensée provoqua une bouffée de chaleur en moi, et mon ventre se tordit de douceur. Il dut remarquer un changement d'expression, puisqu'il s'avança vers moi et me caressa la joue. Je me sentis rougir. Et frémir.

— Ného... soupirai-je. Qu'est-ce que c'est ?

J'étudiai cette sensation, mais je ne trouvais rien qui puisse la définir avec mes mots. Ce n'était pas l'amour, c'était plus fort. Ce n'était pas l'amitié, c'était plus *passionné*. Je ne cherchai pas à le traduire dans le vocabulaire de l'autre langue. C'était si doux, si agréable, que je voulais y donner un nom qui venait de chez moi. Ce sentiment m'appartenait, et je voulais qu'il m'appartienne pour toujours.

Mon souffle s'accéléra. Ného ne m'avait pas répondu, mais peut-être que lui non plus ne savait pas comment appeler cela ? Ressentait-il la même chose que moi ?

À en juger ses yeux brillants, j'aurais pensé que oui.

Mais au bout de quelques secondes, il se recula. Encore sous le choc de cette nouvelle perception, je peinai à retrouver mon sérieux.

— Focalise-toi, me souffla-t-il.

Presque déçue, je me recouchai en boule. Je n'avais plus sommeil du tout. La concentration serait plus difficile à obtenir.

Mon esprit prenait plaisir à voyager ailleurs que là où je voulais le diriger. Il s'évadait quelque part entre les bras de Ného.

Cathy arpentait les couloirs du bâtiment. Je n'aurais pu dire précisément où elle se rendait, mais d'innombrables personnes la saluèrent sur son passage.

Elle arriva devant une porte un peu moins modeste que les autres. Elle était en métal et semblait solidement fermée. Cathy la poussa.

La pièce dans laquelle elle pénétra était immense. Un prototype de navette s'érigeait au beau milieu, et un homme, le nez plongé dans la carcasse du véhicule, prenait et jetait tour à tour un bon nombre d'outils qui se trouvaient à ses pieds.

En l'apercevant, la jeune femme sourit et s'avança vers lui. Plus elle se rapprochait, plus j'étais capable de distinguer ses traits. Il était blond, de corpulence normale, d'une taille équivalente à celle de Ného… Pour l'instant, je ne pouvais pas voir grand-chose de plus parce qu'il se tenait dos à Cathy.

Mais lorsqu'elle posa sa main sur son épaule et qu'il se retourna, ce fut un choc. Je fus si troublée de découvrir de qui il s'agissait que je me réveillai quelques secondes, remarquai Ného, et replongeai sans attendre dans le sommeil.

C'était lui.

Le cadavre. L'homme qui se trouvait dans le véhicule.

Il lui adressa un large sourire et lui donna une accolade. Il y avait de l'amour entre eux deux, mais ce n'était pas un amour comme celui que j'éprouvais pour Neho.

Sans doute était-ce vraiment un amour fraternel.

— Alors ? lui demanda Cathy. Comment ça avance ?

— Plutôt bien, répondit l'homme que je compris être Derreck. Il sera bientôt prêt.

Elle leva la tête vers le véhicule, et je constatai de nouveau avec effroi qu'il s'agissait de celui dans lequel je me trouvais en ce moment même. Les mêmes inscriptions y étaient écrites, en entier. *United States*. Il ne manquait donc que deux lettres, mais je n'avais toujours aucune idée de ce que représentaient ces mots.

— C'est un bel engin, le félicita Cathy, admirative. Crois-tu qu'il tiendra le coup ?

— Il est conçu pour cela, répondit Derreck. Cette planète est située à plusieurs dizaines de milliers d'années-lumière, mais avec ce petit bijou, le voyage ne devrait prendre que quelques années.

Au travers des yeux de Cathy, j'observai les traits de Derreck. Lorsque nous l'avions découvert, Neho et moi, il semblait plus âgé. Bien que cela ne soit pas franchement flagrant. Mais je me félicitai d'avoir remarqué ce détail et le conservai précieusement dans ma mémoire.

Sans doute parlait-il de mon monde, d'ailleurs.

Ce n'était pas un hasard s'il s'agissait du même vaisseau et du même homme.

— Il faudrait que Doc me donne la cuve, reprit Derreck, je n'ai plus que ça à placer, et ensuite je serais prêt.

Je sentis une pointe de tristesse au creux de Cathy, et elle soupira.

— Tu sais… dit-elle. Je ne sais pas si c'est une bonne idée… Je veux dire, tu vas partir comme ça, seul ! Et s'il t'arrivait quelque chose ?

— Que veux-tu qu'il m'arrive ? s'amusa-t-il. Je connais cette navette comme ma poche. Et puis tu seras là avec moi, d'une certaine manière…

Cathy prit un air las.

— As-tu vérifié l'assistance de pilotage ? demanda-t-elle.

— Oui.

— Celui d'atterrissage ?

— Oui.

— La communication ? C'est important, ça ! Comment pourrions-nous être sûrs de pouvoir te contacter ? Et si ça se trouve, quand tu rentreras, nous serons tous morts… Quelques années de voyage pour toi… mais pour nous ?

— Cathy…

Il plaça ses deux mains sur ses épaules et la regarda avec sérieux.

— Tout ceci a été prévu, répondit-il d'un ton qui se voulait rassurant. Ne t'en fais pas… Tout va bien se passer.

— Et si jamais tu rencontres de la vie, là-bas ? Et qu'ils se montrent hostiles ?

J'avais un peu de mal à suivre la conversation, désormais. Parlaient-ils vraiment de notre planète ? De ma planète ?

— Non, c'est impossible, et c'est pour cela qu'on fait cette expérience, tu le sais bien. Si les sujets que nous créons survivent, cela fera un habitat parfait pour nos descendants.

Cathy secoua la tête, mais ne répliqua pas.

— Comment va Franck ? lui demanda-t-il.

— Bien… répondit-elle. Ce soir, il a prévu de m'emmener au restaurant… Tu voudrais bien garder le petit, d'ailleurs ? Tu me rendrais un grand service…

— Évidemment, tu sais bien que tonton Dédé est le favori !

Il sourit, mais pas elle. Je sentais qu'elle était inquiète. Elle allait parler de nouveau, lorsque quelqu'un entra à son tour.

Elle se retourna afin d'apercevoir de qui il s'agissait. C'était Franck. Elle se passa la main sur la nuque en mordillant sa lèvre inférieure, l'air gêné, tandis qu'il s'avançait vers eux, un dossier sous le coude.

— Derreck, je te confie la documentation de Doc, dit-il. Emporte-le avec toi, il y a toutes les informations dont tu peux avoir besoin, une fois sur place.

— Je croyais que Doc n'avait pas fait sa synthèse ? s'étonna Cathy.

— Pas encore, répondit Franck. Nous l'ajouterons après. Il est en train de tester la réaction avec le gaz.

— Je vais voir, s'enthousiasma l'inconnue que j'incarnais. À tout à l'heure.

Elle adressa un signe affectueux à son frère, Derreck, et embrassa Franck. Elle se détourna ensuite et quitta la pièce.

Le dossier se trouvait bien quelque part ici, mais il me manquait quelque chose… Qu'avait-il fait au gaz ? En quoi avait-elle contribué à ce projet ? Pourquoi parlait-il de planète déserte ? En quoi consistait cette expérience, d'ailleurs ?

Une chose était sûre : le véhicule accidenté et l'homme que nous avions découvert avaient un lien avec elle. Il était son frère, et il disait lui aussi qu'elle serait avec lui, d'une certaine manière. Qu'avait prélevé le guérisseur sur elle ?

Je la laissai vagabonder dans les couloirs du bâtiment jusqu'au moment où elle arriva devant la porte du guérisseur. Là, je me concentrai à nouveau.

Elle frappa à la porte et entra sans attendre de réponse. Le guérisseur était penché sur ses notes, massant ses tempes à l'aide de ses doigts.

Elle s'approcha, posa la main sur son épaule, et afficha un air inquiet.

— Que se passe-t-il, Doc ? demanda-t-elle avec compassion.

— Je ne comprends pas. J'ai pourtant exécuté toutes les étapes à la perfection. D'abord, isoler l'ADN, le mélanger avec la substance régénératrice, les geler pour qu'ils fusionnent, et les faire chauffer pour les mettre sous forme de gaz. Je ne saisis pas !

Le guérisseur s'emporta et envoya toutes ses notes sur le sol. Cathy sursauta devant cet accès de violence, et je tentai de comprendre pourquoi il s'agitait de cette manière.

— Du calme, Doc ! intervint-elle en lui prenant le bras. Ce n'est pas grave, tu as tout ton temps !

Il frotta son front avec l'une de ses mains et posa sur Cathy un regard préoccupé.

— J'ai détruit ton ADN, Cathy... dit-il avec pesanteur. Je vais devoir t'en ponctionner à nouveau.

— Ce n'est rien ! répondit-elle d'un ton compatissant. Je suis d'accord, il n'y a pas de problème.

— Tu sais... Peut-être devrais-je trouver un autre volontaire...

— Non !

Il la scruta avec curiosité. Je cherchais au fond de ses sentiments pourquoi elle tenait tant à réitérer le prélèvement.

— Cathy... cela fait déjà trois fois que je ponctionne ton ADN directement dans ton bulbe rachidien... On ne sait pas quelles conséquences ce genre de biopsies peut avoir sur le long terme.

— Je me sens bien ! protesta-t-elle. C'est la seule matière compatible avec la substance, non ? Alors nous n'avons pas d'autre choix... Et je veux être dans ce vaisseau avec Dereck. Tu sais bien que cette petite surprise m'en empêche...

Elle posa les mains sur son ventre, et je compris qu'elle attendait son deuxième enfant. Est-ce qu'elle aurait été à bord de ce vaisseau, si ça n'avait pas été le cas ?

— Si Franck l'apprend...

— Franck n'en saura rien ! le coupa-t-elle. Fais-le, et nous n'en parlerons à personne. Ce sera notre secret. C'est compris ?

Le pouvoir de persuasion était l'une de ses passions. Je le sentais, elle adorait convaincre.

— D'accord... soupira le guérisseur. Je vais t'expliquer rapidement comment cela fonctionne. Tu es en droit de savoir, après tout.

Il se retourna, ouvrit un genre de placard qui dispersa de la vapeur glaciale, et un froid piquant fit frissonner Cathy. J'en déduisis que c'était une armoire réfrigérante. Il en sortit un bac, dans lequel une substance liquide et rouge ondulait. Elle était plus consistante que de l'eau, et semblait plutôt comparable à de l'*huile*.

— Ça, expliqua Doc, c'est la substance régénératrice. Je prélève la matière de ton bulbe rachidien, j'isole l'acide désoxyribonucléique avec un procédé simple et j'obtiens alors un liquide contenant tout ton code génétique. Mais certaines particules de ton bulbe rachidien sont essentielles, puisque sans celles-ci, ton ADN ne survivrait pas dans la substance régénératrice, lors de la fusion. Je pense que c'est ça qui a échoué.

— Très bien. Allez, dépêche-toi de m'endormir.

— Tu es sûre ?

Elle baissa les épaules d'un air las, et sans répondre, s'allongea sur la table en métal qui se trouvait derrière elle. Je ne pus m'empêcher de ressentir une certaine angoisse, bien qu'elle soit elle-même très détendue. Le guérisseur lui adressa un sourire résigné et posa le bac contenant la substance régénératrice sur le comptoir où s'étalaient ses notes auparavant. Il s'empara de quelque chose dans l'un de ses tiroirs et s'avança d'un pas hésitant vers elle.

Il essuya son bras avec un coton humide et planta un *cathéter* dans le creux de son coude. Il lui envoya un autre rictus, comme s'il s'excusait, et prit une seringue remplie d'un genre de liquide blanchâtre. Il le plaça sur le *cathéter*, l'enfonça de quelques millimètres et appuya sur la seringue. Les yeux de Cathy commencèrent à se fermer instantanément. Elle tâcha d'y résister et eut même un moment d'hilarité, mais la tentation de dormir fut trop forte. Elle sombra.

Et moi aussi. J'entrepris d'accélérer mon rêve, afin de savoir ce qui s'était passé par la suite, mais je ne trouvai rien de plus que des souvenirs que j'avais déjà parcourus, voire les miens. Je m'agitai dans mon sommeil. Où était la suite ? Pourquoi ne voyais-je plus rien ?

Je sentis l'endormissement me quitter et gesticulai plus encore. Que s'était-il passé, après ? Pourquoi n'avais-je plus aucune information sur le départ de la navette, par exemple ? Sur la réussite de l'expérience du guérisseur… ?

J'entendais la voix de Népo prononcer mon nom. Je comprenais pourquoi je n'avais plus accès à d'autres souvenirs.

C'était le plus récent de Cathy auquel je pouvais accéder, parce que Doc avait réussi.

J'ouvris les yeux.

***

Népo se trouvait au-dessus de moi et me regardait avec inquiétude. Sans doute m'étais-je trop agitée à son goût. Je me redressai, bouche bée, ne réalisant pas encore ce que je venais de comprendre.

— Kialys ? m'appela-t-il, ne voyant aucune réaction franche de ma part.

— L'expérience a réussi… murmurai-je. Je suis l'expérience.

— Quoi ? s'étonna-t-il. Qu'est-ce que tu racontes ?

M'expliquant de mieux en mieux la situation, je m'agenouillai et plaçai ma main devant ma bouche.

— Népo…, m'horrifiai-je. Je suis déjà une expérience… Ils ont pris l'ADN de cette femme, Cathy, et l'ont… mélangé à ce gaz… C'est son ADN que j'ai reçu, tu avais raison ! Je n'ai plus aucun souvenir d'elle à partir de la dernière fois qu'il prélève son ADN, parce qu'il a réussi, cette fois-là ! L'ADN que j'ai obtenu d'elle était lié à sa mémoire !

— Je ne comprends rien, Kialys…

— Le dossier est ici, annonçai-je soudainement, comme si je me réveillais pour de bon.

Son visage s'éclaira, mais il ne chercha pas à élucider l'origine de mes paroles.

Il saisirait plus tard, quand je serais calmée et que j'aurais le temps de lui expliquer plus posément ce qui s'était produit.

Nous nous levâmes en même temps et nous mîmes à fouiller avec frénésie l'archive en question. Mais aucun ne correspondait. Aucun de ces dossiers ne comportait les lettres que j'avais aperçues.

Je commençais enfin à comprendre ce qu'il m'était arrivé, et voilà que j'étais incapable d'en savoir plus à cause d'une thèse introuvable ! C'était clair à présent, j'avais reçu l'ADN de Cathy, et les souvenirs qui me revenaient, les mots qui surgissaient de ma mémoire, étaient issus d'une sorte de mémoire résiduelle. Je supposais que c'était grâce à la substance régénératrice que mon propre ADN s'était modifié au contact de celui de Cathy, mais pourquoi y avait-il une mémoire résiduelle dans l'ADN ? Cela avait-il un lien avec la zone de prélèvement, le bulbe rachidien ? J'avais étudié le cerveau et les connexions neuronales, au centre d'éducation, mais…

Des incompréhensions résidaient dans mon esprit.

Pourquoi ? Pourquoi avoir fait cette expérience ? Quel était ce monde ? Qu'était-il arrivé à Derreck pour que le véhicule s'écrase de cette manière ? Avaient-ils conscience d'avoir perturbé la vie d'un être, et de ceux qui l'entouraient ? Connaissaient-ils mon existence ?

— Kialys ! m'appela Ného. Je l'ai ! Je l'ai trouvé !

Reprenant mes esprits, il me fallut plusieurs secondes pour me rendre compte que Ného me parlait.

— Dépêche-toi, Kialys !

Il agitait un dossier à la couverture jaune entre ses mains.

Je me précipitai vers lui, manquant de tomber plusieurs fois, et lui arrachai presque le dossier des mains.

Un fou rire au bord des lèvres, je déchiffrai avec frénésie les lettres sur le dossier. « Esperanza ». Je lui adressai un regard rempli de gratitude, et, avant même qu'il puisse réagir, me jetai sur lui et l'embrassai. Surpris, il n'eut d'abord aucune réaction, mais m'enlaça la taille après une hésitation.

Mon cœur s'emballait tandis que je l'embrassais encore et encore, comme si tout ce que j'avais retenu des années durant fuguait de l'intérieur de mon être en une fraction de seconde. Mon corps entier frémissait, je me sentais presque fébrile, quand ses mains parcouraient mes hanches avec ardeur.

C'était lui et moi.

Un nouvel univers que nous créions de toute part. Un rêve qui n'appartenait qu'à nous, une idylle de quelques secondes que personne ne pourrait briser. À ce moment-là, je me sentais vivre. J'étais vivante, à travers le souffle de Ného. Il me caressait en même temps qu'il dessinait mes courbes du bout de ses doigts. Comme une goutte de rosée sur ses lèvres avant que le soleil ne se lève. Comme les tons pâles du ciel violacé avant qu'il ne fusionne avec la nuit, lors du coucher du soleil.

À cet instant précis, nous étions ensemble, et même le jour, même la nuit, ne parviendraient pas à nous séparer. Notre monde à nous, notre idéal, était resté parmi les pierres du désert qui s'endormaient sous la lumière décroissante, alors que nous bâtissions notre liberté, chaque soir.

C'était le goût de ce monde que portaient les lèvres de Ného. Le goût de la liberté.

J'aurais voulu que cet instant dure une éternité. Que le temps se soit figé sur nos lèvres unies à jamais. Que tout ce que nous étions s'oublie et soit oublié des autres.

Pour que ces quelques secondes soient les dernières que j'aie vécues, avec lui, avant qu'un autre malheur ne nous sépare. Les plus douces secondes que mon âme ait connues.

Soudain, il se recula, semblant regagner son souffle.

Je me retirai à mon tour, presque choquée de la manière dont je venais d'agir, et baissai les yeux sur le dossier.

— Il faut que j'essaye de le lire, repris-je pour changer de sujet.

Sans espérer de réponse de sa part, je me redirigeai vers l'endroit où je me trouvais quelques secondes plus tôt. Je m'assis sur le sol et ouvris l'archive devant moi, avant de l'étaler. Je tentai d'ignorer la gêne qu'avait occasionnée mon baiser avec Ného, et, surtout, le regard brûlant qu'il m'adressait.

Le dossier était très gros, et, par chance, n'avait été que partiellement altéré par l'accident. Certaines pages étaient déchirées, d'autres brunies par la chaleur et le feu, mais globalement, l'état du document était bon.

Je fouillai en ma mémoire les connaissances nécessaires pour décrypter ne serait-ce que le premier mot. Peut-être que le reste suivrait de lui-même ? En tout cas, je devais essayer. Dans mon esprit, c'était un ballet de lettres, de sonorités et de mots oraux qui s'enchaînaient. Quelle phonétique composait « o » et « u » ? Quel terme formait les caractères « p-l-a-n-e-t-e » ? Quelle était la complexité des tonalités du « é », et du « è » ? Quelle différence y avait-il ? Quelles nuances y apporter ?

Je me penchai à nouveau sur le dossier. C'était étrange. Ma vision n'était pas trouble, mais j'avais la sensation que mon cerveau était en ébullition. Les lettres bougeaient-elles sous mes yeux, ou n'était-ce qu'une impression ?

Je m'appliquai à lire la première phrase. Que voulait-elle dire ?

Quel secret renfermait-elle ?

C'étaient autant de mystères que je n'arrivais pas à résoudre. J'entendis Ného approcher derrière moi, et plaçai mes doigts sur mes tempes, comme l'avait fait le guérisseur, dans le souvenir de Cathy. Je n'avais aucune idée de l'efficacité de ce geste, mais je sentais, inexplicablement, qu'il augmentait ma concentration.

Mon ami s'assit à côté de moi, et avant qu'il ne me parle, je lui indiquai de ne faire aucun bruit. J'allais atteindre le secret de ces lettres. Je le savais, je le ressentais. Déjà, les mots me paraissaient plus clairs, comme si j'effectuais une traduction au sein même du papier.

Je parvins à lire la première phrase que j'avais découverte :

« *Planète inhabitée, mais conditions favorables à la vie. Expérience 6-5-2, lancement prévu le 25 juin 2125. ADN récolté, gaz préparé. Navette opérationnelle.* »

Un mal de tête presque insoutenable fit son apparition quand je relevai le nez. Je repris ma respiration, comme si j'étais restée en apnée le temps de déchiffrer cette phrase, et me tournai vers Ného, l'espoir brillant dans mon sourire.

— J'y parviens… soufflai-je.

Il ne me répondit rien, mais je vis dans son regard qu'il était près d'exploser de joie. Je pivotai à nouveau vers les papiers étalés devant moi. Comme si je savais trier à présent les informations utiles de celles superflues, je passai plusieurs pages, avant de m'arrêter sur quelques lignes, puis recommençai.

Des centaines de données se déployaient, la plupart du temps sur la planète que visaient les scientifiques. Mais quelque chose n'allait pas. Je ne reconnaissais en rien les caractéristiques de Ténarus.

Je cherchai d'autres renseignements. Ces lignes parlaient d'un globe accueillant, désert, muni d'une *couche d'ozone*, et où l'eau était présente sous forme de petits lacs. Mais mon monde à moi ne possédait pas uniquement des lacs. Il y avait des océans entiers. Je n'avais aucune idée de ce qu'était une couche d'ozone, mais je n'avais pas connaissance d'une telle chose, chez nous non plus.

Me concentrant un peu plus, je finis pourtant par le comprendre. C'était un genre de pellicule enveloppant une géosphère et la protégeant des rayons nocifs du soleil. Les UV.

C'était donc cela. Ma planète n'avait pas de couche d'ozone, voilà pourquoi les Corbeaux ne pouvaient s'exposer à la lumière du jour.

Et le monde de Cathy, en avait-il une ?

Certainement.

C'était même sûr. C'était pour cette raison que tous pouvaient vivre en plein jour, sans crainte.

Cependant, j'avais entendu parler d'une telle matière, à propos de notre lune. Elle possédait une couche d'ozone, pas notre planète.

Était-ce elle, l'astre premièrement visé ?

Cela expliquerait pourquoi le véhicule s'était écrasé si violemment, emporté par l'attraction de Ténarus, bien supérieure à celle de notre lune.

Je passai quelques pages, mais ne trouvai que des informations essentiellement scientifiques. Je m'arrêtai lorsque la dernière feuille du dossier arriva. Elle était intitulée « Derreck ». Mon cœur bondit. Une synthèse entière dédiée au conducteur du véhicule ? Je m'y intéressai.

En parcourant les lignes des yeux, je m'aperçus qu'il s'agissait de consignes. Il y avait par exemple un paragraphe sur la cuve, qui conseillait à Derreck de toujours vérifier qu'elle soit à une température suffisamment élevée, afin que le gaz ne se retransforme pas en solide.

Une phrase s'appliquait à l'usage de cette émanation. Il y avait écrit :

« *En cas de rencontre d'une particule ou d'un élément susceptible de porter la vie, vaporiser une partie du gaz sur le sujet, et attendre la réaction. Si tout fonctionne correctement, l'ADN humain devrait se lier avec celui du sujet et former une adéquation parfaite, plus humaine que sa nature de base.* »

C'était ça… Ils avaient découvert une planète et voulaient y apporter la vie. Mais il fallait, avant tout, qu'ils vérifient que les… les *humains*. C'était donc ainsi qu'ils s'appelaient ?

J'étais devenue *humaine* ?

Voilà le but de l'expérience. Ils devaient s'assurer que les humains seraient capables de survivre sur la planète qu'ils avaient trouvée. Mais pourquoi ne pas s'être limité à Derreck ?

Je baissai à nouveau la tête sur la page que je lisais.

« *Une fois la vaporisation exercée, remettre le sujet dans son élément naturel et étudier l'évolution sans quitter la navette. Si le sujet ne décède pas après plusieurs jours qui suivent sa mutation, considérer l'expérience comme réussie, et découvrir l'environnement.* »

Ils ne voulaient donc prendre aucun risque. Une nausée m'embrassa. Et si cela n'avait pas fonctionné ? Derreck aurait-il créé un être *humain*, possédant des pensées et des souvenirs, afin de le laisser mourir ?

Je calmai mon souffle durant quelques instants, et Ného plaça une main sur mon épaule. Je frissonnai. Son contact était si doux, comparé à l'horreur que je lisais ici. Quand je songeais que j'aurais pu périr sous les yeux d'un humain, à cause de qui j'aurais perdu tout ce que j'avais... Cela me rendait... écœurée ?

Outrée ?

Moi qui imaginais que ces humains étaient plus *altruistes* que nous. Qu'ils portaient en eux les principes de liberté, d'égalité et de mélange. Comment pouvaient-ils penser de cette manière ? Ils ne traitaient pas différemment les individus de leur espèce, mais qu'en était-il des espèces intelligentes qui ne leur appartenaient pas ? Comme moi, par exemple. Qu'en était-il des *extraterrestres* ?

En découvrant ce mot, d'innombrables images de films, issus des souvenirs de Cathy, m'assaillirent l'esprit. Des extraterrestres et la peur qu'ils suscitaient. Les scénarii trop fréquents pour que je puisse ne parler que d'un seul, qui les présentaient sous forme d'ennemis prêts à tuer leur planète. Prêts à briser l'équilibre qui tendait vers la perfection sans remords. Ils considéraient les aliens comme des êtres sans cœur et sans empathie. Faisais-je partie de cette catégorie ? Étais-je, moi aussi, un être insignifiant parmi une expérience scientifique explosive ?

Je repoussai le dossier de quelques centimètres.

Mais si c'étaient eux, les extraterrestres ? Parce que, pour moi, les humains étaient des étrangers. Ils avaient bouleversé ma vie, détruit mon univers et ce que j'avais construit depuis que j'étais née. Comment réagiraient-ils, s'ils apprenaient que c'étaient eux, les malintentionnés ? Me considéreraient-ils comme l'une des leurs, parce que j'aurais été capable de parler comme eux, de penser comme eux, de lire comme eux ?

Ou estimeraient-ils que je n'étais qu'une expérience de plus, en piétinant mes sentiments ?

Il fallait qu'ils se rendent compte de leur erreur.

Je survivais à la désillusion d'un monde que je croyais parfait. Parfait dans son imperfection, alors que le mien était imparfait dans la perfection. C'était ironique, n'est-ce pas ? Cela signifiait-il que toute perfection était imparfaite ? Je m'embrouillais. Moi qui avais même espéré qu'un jour, j'aurais pu vivre en paix là-bas, avec Ného.

Je lus frénétiquement la feuille, les mains agitées et le cœur battant, les joues rouges et les yeux bouillonnants.

« *Pour contacter le centre, utiliser la radio située sur le côté de la cuve, et parler. La transmission devrait se faire automatiquement, en raison des satellites relais délivrés par la navette lors du voyage depuis la Terre.* »

— Kialys, ça ne va pas ? me demanda Ného subitement.

Je me retournai en sursaut, tremblante de peur, de déception et de colère. La Terre. Était-ce le nom de leur planète ?

Soudain, un bruit retentit derrière nous. Ného se tourna précipitamment en se levant et scruta l'entrée du véhicule. Je m'empressai de rassembler les feuilles éparpillées au sein du dossier, le serrai contre moi. Mon ami m'indiqua de ne faire aucun son lorsqu'on entendit des voix se rapprocher.

Était-ce les agents de contrôle ? Était-ce Stan ? Fyrec ? Comment pourraient-ils nous avoir retrouvés ?

Avant même de savoir de qui provenaient ces bruits, Ného pivota tout à coup vers moi, m'attrapa la main en prenant soin de ne pas faire tomber l'archive que je tenais fermement, et m'entraîna vers le fond du véhicule.

Sans doute cherchait-il une échappatoire. Il tâtonna nerveusement le mur, regardait partout où ses yeux pouvaient se poser, paniqué. Serrant le dossier un peu plus contre moi, je surveillai les alentours alors que les sons se rapprochaient, et aidai Ného à trouver une issue.

Ce fut là que j'aperçus une brèche au niveau du plafond de la pièce. Je donnai un coup de coude à Ného et lui désignai le trou du bout du doigt.

Il afficha soudain un air confiant, et, avant même que je n'aie le temps de réagir, m'attrapa par la taille et me souleva jusqu'à l'orifice. J'agrippai les bords de la plaie béante de la carcasse et tirai de toutes mes forces sur mes bras. J'avais pris soin de déposer le dossier à l'endroit où j'allais me hisser, pour éviter qu'il ne m'encombre. Grâce à Ného qui m'aidait, je fus à l'étage supérieur en quelques secondes. J'écarquillai les paupières en me redressant, tandis que je découvrais la pièce camouflée. Il devait certainement y avoir une échelle qui y menait, auparavant, mais qui avait été détruite par l'accident.

D'après mes connaissances, il me semblait que cette pièce soit un dortoir ou une sorte de chambre. Il y avait un lit solidement fixé au mur… plutôt comparable à une *couchette*, qu'à un véritable lit. J'entendis Ného tenter de m'appeler et décidai de remettre mes observations à plus tard.

Je me penchai au-dessus de l'ouverture. Mon ami se tenait immobile, d'un air indéfinissable. En m'allongeant sur le sol, je passai mon bras par le trou et lui tendis ma paume pour l'aider à grimper. Il n'y parviendrait pas tout seul. Pas dans un délai aussi court, du moins.

— Attrape ma main, murmurai-je.

Mais je compris à son regard qu'il ne comptait pas le faire. L'horreur se calqua sur mon visage.

— Cache-toi, me souffla-t-il avec sévérité.

— Non ! Ného… prends ma main, dépêche-toi !

J'entendis un éboulement à l'entrée du vaisseau, suivi d'un crissement sordide. On arrachait la carcasse du véhicule. Sûrement afin de créer un passage moins étroit. Je fixais mon ami avec incompréhension. Mes larmes coulaient d'avance, brûlantes et acides.

— Cache-toi, Kialys !

Non. Je ne pourrais m'y résoudre. L'abandonner et le laisser à une mort certaine. C'était plus fort que moi, je ne pouvais pas.

— Je t'en prie, Ného, ne renonce pas…

Mais c'était trop tard. Déjà, il s'en allait, et trop vite, je ne le vis plus dans l'interstice.

— Ného !

Je tentai de passer ma tête dans la brèche, pour le voir ne serait-ce qu'une dernière fois. Mais un reste de métal m'entailla le cou, et je fus contrainte de remonter, plaquant ma main sur ma plaie dans une crispation de douleur.

Je n'avais pas été assez rapide, et avant que je n'aie pu descendre, j'entendis débouler les agents de contrôle, hurlant leurs ordres à Ného comme s'il s'agissait d'un *chien*. Terrifiée, je collai mon poing sur ma bouche et me reculai le plus possible, secouée de terribles sanglots.

Plus douloureux que jamais.

Mon ami cria au milieu de cette cohue. Ils n'étaient pas nombreux, et Ného n'était certainement pas résistant. Il savait que c'était la meilleure chose à faire pour que je puisse avoir une chance de m'en sortir.

Je fermai les yeux alors que le seul bruit que j'entendais était celui que produisait Ného sous la souffrance des coups qu'on lui administrait. Des cris de douleur terrifiants. J'en restai figée, incapable de réagir.

Tout cela était ma faute.

Pourquoi s'était-il sacrifié ? S'il était venu avec moi ici, les agents ne nous auraient jamais trouvés. Nous nous serions cachés jusqu'à ce que le gros Stan obtienne un véhicule en état de marche, jusqu'à ce que nous puissions nous enfuir, jusqu'à ce que nous puissions vivre.

Si seulement je ne lui avais pas montré cette issue, je serais encore avec lui en ce moment. Je serais là où était ma place. Dans un laboratoire de sciences, en tant que sujet d'expérimentation.

Je retins un sanglot profond et m'effondrai sur le sol, le visage crispé par la douleur. Ného allait mourir. Et s'il ne mourait pas, il serait condamné à souffrir pour le reste de sa vie. Nous n'aurions pas dû fuir, nous n'aurions pas dû croire que nous pouvions nous évader.

Être esclave de Fyrec semblait être une situation idyllique en comparaison de ce qui l'attendait. La prison. Pire que la mort, s'il y échappait.

Aussi rapidement qu'au moment où ils furent arrivés, les bruits de pas des agents, leurs insultes et leurs coups s'éloignèrent. Emportant au loin les cris de Ného. Emportant au loin mon cœur, et tout ce qu'il aimait.

Emportant le monde que nous avions créé, cet univers au milieu du crépuscule, le brisant en mille morceaux qui se plantaient dans mon cœur.

Les espoirs que nous avions fondés, la rosée que nous défiions chaque nuit, le soleil qui nous rapprochait en usant de toutes ses forces pour nous séparer, la brûlure qu'il insufflait à nos cœurs lorsqu'ils battaient l'un pour l'autre. Parce que nous vivions l'un pour l'autre.

Ného avait toujours été présent pour moi, même lorsque je doutais de lui, même lorsque je le blessais.

Je m'aplatis sur le sol, roulée en boule, serrant le dossier contre moi. Qu'allais-je faire ? Comment pourrais-je sortir Ného de cette situation ?

Mon souffle était court tant la douleur était profonde. Je n'arrivais qu'avec peine à apercevoir ce qui m'entourait, et les murmures de mes sanglots étaient à présent les seuls qui hantaient cet endroit maudit.

C'était comme un retour en arrière.

Comment avaient-ils su que nous étions là ? Comment était-ce possible ? Les caméras étaient-elles parvenues à nous filmer, malgré les précautions que nous avions prises ? Quelqu'un nous avait-il découverts ?

Je n'en avais aucune idée, et cela n'avait, d'ailleurs, pas beaucoup d'importance. Mais qu'est-ce qui avait de l'importance ? Rien. Plus rien n'en avait.

Seules ma douleur et celle de Ného comptaient. C'était l'unique chose que je percevais, la souffrance. Elle était si imposante, si profonde, qu'elle ne laissait qu'avec difficulté un peu d'espace à mes poumons pour qu'ils respirent.

Il me manquait déjà.

Avachie sur le sol du vaisseau accidenté, je scrutais le vide. Je ne savais pas depuis combien de temps ils avaient emporté Népo. Je ne savais pas depuis combien de temps j'avais arrêté de pleurer.

Mais j'étais immobile, les larmes coulaient sans sanglot, silencieuses.

Je serrai toujours le dossier aussi fort que possible, comme si c'était la dernière chose qui me rapprochait de Népo.

Je reniflai en reprenant enfin conscience de l'endroit où je me trouvais. Doucement, je me redressai et essuyai mes larmes. Le lit n'était qu'à quelques mètres de moi, mais je n'avais pas eu la force de m'y hisser. Peut-être ne le voulais-je pas. Je ne voulais pas être à l'aise alors que Népo était peut-être en train de mourir.

Le jour s'était-il levé ? D'ici, c'était difficile de le savoir.

Je tentai de me soulever, mais mes muscles étaient ankylosés. Je retombai aussitôt après m'être dressée sur mes jambes.

J'allais prendre le dossier, lorsque quelque chose attira mon attention, face à moi. Il y avait un bureau, solidement fixé au mur, lui aussi. Et sur le sol, des milliers de feuilles, vierges pour certaines, noires d'écriture pour d'autres.

Dans un souffle, je repoussai l'archive queÉho avait trouvée et m'avançai vers l'une des pages déjà manuscrites. Mais je n'avais pas la force de la déchiffrer, alors je me contentai de regarder ces écritures qui me rapprochaient de Derreck. Que pouvait-il bien raconter dans ces lignes ? Qu'il avoisinait de la planète sur laquelle il voulait faire des expériences par milliers ?

Sans avoir le courage de m'énerver, je reposai la feuille. Il y avait, pas loin, un encreur semblable à celui que Ného avait trouvé, un peu plus tôt. Mon cœur se serra à ce souvenir. Le visage crispé par la douleur, je m'en emparai. Ce n'était pas le même, cependant. Celui que Ného avait déniché était en bois. Celui-ci était transparent, et un tuyau noir était enfermé à l'intérieur. En comparant avec la couleur des écritures, j'en déduisis qu'il marquait en noir.

Écrire. Je retirai le capuchon du *stylo* et en étudiai la pointe avec attention. On aurait dit qu'il y avait une bille, sur le bout, où quelques traces d'encre sombre se détachaient.

Compulsivement, j'attrapai une feuille vierge, et dans un accès de colère, écrivis quelques mots. Ça fonctionnait bien, c'était même plutôt fluide.

Une idée me vint alors en tête.

Écrire était peut-être une solution. Une solution afin de me décharger de cette haine, de me libérer de cette douleur. Une solution pour laisser une trace, même infime, dans le monde cruel dans lequel je vivais, et celui dans lequel j'avais rêvé de vivre. Tous les mondes étaient cruels. Surtout celui de nos fantasmes.

Oui. Mettre des termes sur ce que j'avais vécu.

C'était un bon remède.

Plus calmement, je réfléchis un instant avant de me pencher sur la feuille. Je raturai les mots que j'avais écrits précédemment dans une calligraphie approximative et presque indéchiffrable. « C'est ma faute ».

Par où pouvais-je bien commencer ? Comment faire comprendre à tous que je n'étais pas ce qu'ils croyaient, queNého serait puni à tort ? Comment faire passer un message aux humains, même s'il semblait improbable qu'ils lisent ces mots un jour ?

Comment véhiculer mes pensées par des mots ? Je ne savais pas exactement de combien de temps je disposais, combien de temps je pourrais rester cachée, ou même si je pourrais m'enfuir. Il ne fallait pas que je perde une seconde.

Je me penchai sur ma feuille. J'aurais besoin de beaucoup de pages. Beaucoup.

Consciencieusement, je commençai, d'une écriture soignée :

« Le monde dans lequel je vis n'est pas si différent du vôtre. Il présente des divergences, bien sûr, mais cela s'applique principalement à la composition de la terre et de l'atmosphère. Sans vraiment savoir pourquoi, l'espèce intelligente dominante de ma planète est proche de vous, les humains. Mais nous ne sommes pas humains. »

Non, nous n'étions pas humains. Étions-nous pires ? Étions-nous meilleurs ? Aucune idée. Était-ce l'intelligence qui rendait les êtres si atroces ? Humain, Ténurien. Finalement, il n'y avait aucune distinction. Nous étions tous cruels à notre manière.

J'essuyai une larme, pris une profonde inspiration, et écrivis de nouveau.

Épilogue 1
Cathy

Cela faisait des mois qu'on n'avait plus eu de nouvelles de Dereck. La dernière fois, mon frère approchait de la planète où il devait se rendre. Mais à présent, la communication était coupée. Je passais mes jours et mes nuits au poste de surveillance. Mes collègues me disaient souvent de me faire une raison. Quelque chose s'était passé. Dereck n'était sûrement plus de ce monde.

Mais je ne voulais pas m'y résoudre. Dans les bureaux vides, je soupirai en passant une main sur mon visage fatigué. Les témoins qui nous ralliaient au vaisseau de mon frère étaient tous éteints. La radio n'avait pas grésillé depuis trop longtemps.

J'observai le dossier que Franck m'avait fait parvenir. On y suivait la trajectoire de la navette, depuis son départ de la Terre. Je tournai les pages que je connaissais déjà par cœur sans vraiment les lire. Lorsque, soudain, un bruit sourd me fit sursauter.

Mon cœur fit un bond lorsque je compris sa provenance. L'une des lumières reliées au vaisseau de Dereck s'était allumée. Je me précipitai vers elle en l'observant clignoter lentement. Le grésillement se répéta. C'était la radio.

J'appuyai fébrilement sur l'interphone qui me permettait de me faire entendre de mon frère.

— Allo ? Dereck ?

Silence. Après quelques secondes, un semblant de voix me parvint. Ce n'était pas une voix d'homme. Ni même de femme. Je cherchai à changer la fréquence pour capter plus clairement ce que j'entendais.

— ... *des sacrifices. Il n'y a pas si longtemps, je ne connaissais pas votre existence. Je m'appelle Kialys et j'ai seize ans. Je viens de Nerca...*

La communication se coupa à nouveau. Mais j'avais clairement entendu une jeune femme parler. Avait-elle dit qu'elle venait de Nerca ? Où était-ce ? Était-elle humaine ? Elle parlait parfaitement notre langue.

Je jouai encore avec les fréquences pour retrouver un message limpide.

— *Le monde dans lequel je vis n'est pas si différent du vôtre. Il présente des divergences, bien sûr, mais cela s'applique principalement à la composition de la terre et de l'atmosphère.*

Je me levai d'un bond et attrapai mon téléphone portable. Aussitôt, j'appelai Franck qui décrocha après deux sonneries.

— Franck ! Il faut que tu viennes tout de suite ! La radio, elle capte un message !

— Comment ? s'étonna mon époux. Je... Je couche les enfants et j'arrive.

Je raccrochai sans lui répondre alors que le message continuait. Je n'étais pas en communication. Quelqu'un avait enregistré ce message avant de l'envoyer vers nous. Il tournait en boucle, peut-être depuis des années.

Je m'empressai de lancer l'enregistrement. Puisque je ne pouvais rester les bras croisés en attendant que Franck me rejoigne, j'attrapai un bloc-notes et retranscrivis ce que j'entendais.

Lorsque Franck me rejoignit, cela faisait deux heures que j'écrivais. Une femme de cette planète nous racontait son histoire.

Kialys.

Elle avait été touchée par le gaz que Doc avait mis au point. L'expérience avait réussi. À présent, elle était humaine, d'une certaine façon. Elle était comme moi.

— C'est incroyable… murmura Franck en écrivant lui aussi.

— Dereck est mort, Franck… avouai-je tristement.

Il me pressa l'épaule. Nous savions que c'était une possibilité. Après trente ans de voyage et plusieurs mois sans nouvelles, nous avions perdu espoir de le revoir un jour.

— Devrait-on envoyer d'autres navettes ? me demanda mon mari. Peut-être que cette jeune femme a besoin d'aide ?

Je haussai les épaules sans vraiment savoir que répondre. Si on en croyait son récit, nous avions détruit sa vie et celle de beaucoup d'autres. Peut-être que ce n'était pas une bonne idée de révéler ce message à nos supérieurs. Si nous envoyions d'autres humains, que se passerait-il pour cette planète ? Les humains ne pourraient pas survivre. La couche d'ozone est essentielle pour nous protéger du soleil.

Le récit se poursuivait et je priai Franck de se taire. Je ne voulais pas prendre de décision avant d'avoir écouté toute l'histoire de Kialys. J'agrippai à nouveau mon stylo, me concentrai, et écrivis.

Épilogue 2
Ného

Dans la noirceur de ma cellule, j'observai les pages que je venais de noircir. Je n'avais que ça à faire, ici. Écrire.

J'aurais voulu voir Kialys. Je m'inquiétais. Avait-elle réussi à quitter le véhicule ? S'était-elle fait attraper, elle aussi ? Je n'avais aucun moyen de le savoir.

Depuis que les agents de contrôle étaient venus me chercher, je ne savais pas ce qu'il était advenu d'elle. Ils m'avaient enfermé dès qu'on avait passé le mur d'enceinte de la ville, sans même chercher à comprendre ce qui se passait et pourquoi Kialys et moi nous trouvions dans le véhicule accidenté.

Mais cela faisait déjà plusieurs semaines et je ne les avais pas revus par la suite. C'était curieux, parce que mon jugement aurait déjà dû avoir lieu. Ma mort aurait dû être programmée. Mais je n'avais aucune idée de ce qui se passait à l'extérieur de ces murs. Personne ne me tenait au courant de l'avancement de mon sort. Personne ne me rendait visite, à part pour m'apporter une bouillie de temps à autre, en guise de repas. Je ne la mangeais que rarement. Ce n'était pas très bon, et je n'avais pas d'appétit.

Une agitation me fit lever la tête de mes écritures. Ce n'était pas habituel, ici. Les cellules étaient fermées et je ne pouvais rien voir d'autre que les murs en pierre grise.

Mais il était rare qu'un tel raffut se fasse entendre au beau milieu de la nuit.

Je me dressai lorsque les bruits se rapprochèrent. On aurait dit des explosions, ou que quelqu'un tambourinait contre les portes en métal qui maintenaient les autres prisonniers et moi-même enfermés. Lorsque ma porte fut frappée à son tour, je ne pus m'empêcher de retenir un sursaut.

Mais je fus plus étonné encore quand elle s'ouvrit. Face à moi, des Corbeaux que je n'avais jamais vus m'observaient. Ils semblaient essoufflés. Deux d'entre eux poursuivirent leur chemin et le troisième s'approcha de moi.

— C'est la révolution, dit-il d'un air grave. Les Corbeaux se rebellent dans tout le pays. Ils ont trouvé quelque chose qui nous permet de nous exposer au soleil.

Il me fallut quelques secondes pour comprendre ce qu'il voulait dire.

— Quoi ? demandai-je davantage parce que je n'y croyais pas que pour avoir plus de précisions.

— Ils ont trouvé une crème. Visiblement, c'est grâce à une Normale qui est devenue Corbeaux.

Mon cœur ne fit qu'un bond. Est-ce qu'il parlait de Kialys ? Est-ce qu'il savait où elle se trouvait ? L'avait-il vu ?

— Dépêche-toi ! s'empressa-t-il de dire avant que je ne puisse lui demander quoi que ce soit. Nous avons neutralisé les agents, mais nous n'avons pas beaucoup de temps.

Il se mit à courir. Moi, j'étais incapable de faire quoi que ce soit.

Avait-il dit que… que la crème fonctionnait ?

Sans plus attendre, je me penchai vers mon journal et en rassemblai les feuilles rapidement avant de le suivre.

En quittant ma cellule, je fus pris dans un torrent de prisonniers. Tous Exclus. Comme ils suivaient la même direction, je les imitai, sans savoir ce que j'allais trouver à l'issue de ce couloir sombre. Avaient-ils vraiment neutralisé l'ensemble des gardes de Refen ? Qui étaient ces types ? Je ne les avais jamais vus dans mon ghetto.

Un autre prisonnier me bouscula quand nous atteignîmes la sortie. Je ralentis l'allure en me rendant compte qu'il faisait jour. Dans ma cellule, rien n'aurait pu me l'indiquer. L'un des Corbeaux qui m'avaient libéré se tenait sur le seuil de la liberté. Dans la lumière. Baigné de soleil. Le mur avait été explosé et offrait une ouverture sur le désert. La prison de Refen se trouvait au sein du mur d'enceinte.

Comme j'hésitais, il me fit signe d'approcher et je m'exécutai en observant tous les prisonniers sans exception s'exposer au soleil. Corbeaux, Normaux… Et aucun ne semblait souffrir. L'homme que je rejoignais portait des lunettes noires.

— Tartine-toi avec ça, me conseilla-t-il en me tendant un pot.

Je l'attrapai, un peu perplexe. L'odeur qui s'en dégageait était forte, ce qui ne me donna pas confiance. Mais après tout, les autres Corbeaux se trouvaient sous le soleil à présent, au milieu du désert, et tout avait l'air de bien se passer. La plupart s'extasiaient de la chaleur de l'astre, quand d'autres semblaient fous de joie de pouvoir enfin profiter d'un après-midi à la lumière du jour.

Le gars qui m'avait donné la crème insista. Nous n'avions pas beaucoup de temps, répétait-il. Je finis par céder. Dans tous les cas, je mourrais certainement.

Soit en étant exécuté, soit en brûlant au soleil. J'appliquai donc la crème sur chaque centimètre de ma peau non couverte.

— Qui êtes-vous ? demandai-je.

— Nous venons de Casta. Fyrec nous envoie. Il dit que Kialys est celle qui nous a tous sauvés.

Fyrec ? Je ne pus m'empêcher de paraître suspicieux. Même si le chef du ghetto m'avait prouvé sa loyauté, je ne m'attendais pas à ce qu'il mobilise le clan d'une autre ville pour me tirer d'affaire.

— Et Kialys, où est-elle ?

Il me sourit et reprit le pot de crème de mes mains. Ma peau avait une couleur violacée, mais j'essayai de mettre mon bras au soleil. Et je ne sentis rien d'autre qu'une douce chaleur.

Fasciné, j'avançai un peu plus, jusqu'à être totalement enveloppé de lumière.

La sensation était incomparable. Je fermai les yeux, sensibles malgré tout, et tendis les bras pour embrasser ces ressentis que je découvrais pour la première fois de ma vie. Je me demandais comment j'avais pu me passer d'un tel délice.

C'était inexplicable.

Une main se posa sur mon épaule et je plaçai la mienne en visière pour protéger mes yeux. Sans m'adresser la parole, il me montra une direction que je suivis. Je dus lutter pour apercevoir ce qu'il me montrait au milieu du désert. Mais je ne voyais rien d'autre que le soleil trop fort.

Je sentis qu'il me tendait quelque chose, et des lunettes se placèrent sur mon nez.

— Ouvre les yeux, me dit-il. Ces lunettes te protègeront.

Je l'écoutai prudemment. Mais il avait raison. Je pouvais ouvrir les yeux sans qu'ils soient brûlés.

Je retins mon exaltation pour plus tard et m'intéressai à ce qu'il me montrait un peu plus tôt.

Ce que je ressentis en la voyant était plus incomparable encore que la caresse du soleil. Au côté de Fyrec, Kialys m'observait. Elle portait des lunettes comme les miennes et était enveloppée dans d'épais tissus. Mais elle souriait. Et Fyrec également.

— Ils t'attendent, me dit l'homme. Il est prévu que vous alliez à Casta, on vous y accueillera à bras ouverts. Notre ville a subi un renversement. Le ghetto n'existe plus et les Normaux les plus vicieux ont été punis. Nous vivons enfin en paix.

J'avais du mal à l'entendre et à mesurer la portée de ses paroles. Je n'avais qu'une envie : me jeter sur Kialys pour la prendre dans mes bras.

Je l'avais cru morte.

Je m'étais cru perdu.

Et voilà que la liberté nous emportait sur son passage, aussi puissamment qu'un tsunami.

— Vas-y, m'encouragea l'homme en gardant les yeux fermés.

Je ne me fis pas prier. Aussi rapidement que possible, je me dirigeai vers elle. Elle avança, elle aussi, comme si l'impatience devenait insupportable pour ses jambes.

En quelques secondes, nous fîmes dans les bras l'un de l'autre. Je ne pus résister.

Je l'embrassai sous le soleil.

Remerciements

Merci à ma mère pour ses précieux conseils et ses relectures avisées. Comme toujours, tu as été une aide précieuse pour ce manuscrit.

Merci à Céline Leclerc pour ses corrections efficaces et sa gentillesse. Vous m'avez redonné confiance en mon texte, et redonné l'envie de le partager.

Merci à *Muse* pour les musiques que j'ai écoutées en écrivant ce livre. L'atmosphère de vos chansons s'accordait parfaitement avec celle du roman. Une petite préférence pour *Sunburn* s'est fait ressentir au fil de l'écriture. Le titre y est sans doute pour quelque chose.

Merci à l'équipe de BOD grâce à qui je peux publier ce livre sur toutes les plateformes.

Merci à mon compagnon pour son soutien indéfectible et ses encouragements.

Merci à mon fils, qui me donne la force de retravailler des textes écrits des années plus tôt pendant ses courtes siestes. Je ne dors plus beaucoup, mais je rêve davantage.

Merci à vous, lecteurs, de me faire confiance et d'avoir suivi les aventures de Kialys. J'espère que ce récit vous a plu et qu'il vous laissera une trace, quelle qu'elle soit.

De la même autrice

- No salt, just Pepper tome 1, 2024
- Les Ombres du Givre, tome 1, 2024

***

Facebook : charlotte deghilage autrice

Instagram : charlotte.deghilage.autrice

Thread : charlotte.deghilage.autrice

Site internet : charlottedeghilage.com

Page Amazon Author : Charlotte Deghilage